NF《ノンフィクション》文庫

陸軍戦闘機隊の攻防

青春を懸けて戦った精鋭たちの空戦記

黒江保彦ほか

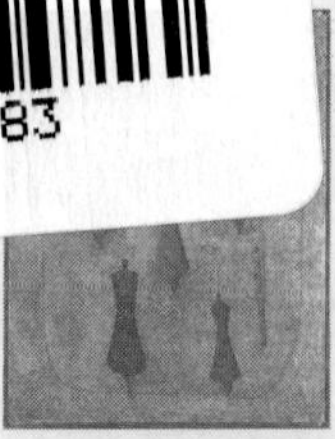

潮書房光人社

陸軍戦闘機隊の攻防——目次

写真提供／各関係者・『丸』編集部・米国立公文書館

陸軍戦闘機隊の攻防

青春を懸けて戦った精鋭たちの空戦記

陸軍戦闘機はいかに戦ったか

元少年飛行兵出身戦闘機パイロット　宇野　禄

空中戦を陸軍は「戦闘」、海軍では「空戦」と正式によんでいた。昭和十二年七月七日の盧溝橋《ろこうきょう》にはじまる大東亜戦争の八年間、終戦にいたるまでの陸軍航空隊戦闘史をふりかえってみよう。

軍用機と軍用機が初めて空中戦闘をしたのは第一次世界大戦であるが、その第一次大戦の初期においては、敵味方にわかれていても敵陣地偵察がおもな目的で、敵機とすれちがったときなど、おたがいに手をふって挨拶をかわしたという。

やがて対抗意識を燃やし、レンガを投げつけたり、ピストルを射ち合うようになり、ついで機関銃をとりつける。これにはプロペラの同調装置が発明されるまでは、自分の弾丸で自分の機のプロペラを傷つけるような危険もあった。

それでも敵機が弾丸を射ちつくすと、また明日の出会いを約束するように、手をふりながら旋回して帰る。自分の撃墜した敵機をとむらって、花束を投下することもあった。撃墜した敵機を検査してマグネットがひどい粗悪品だったりすると、部品をわざわざ敵基地の上空から落下傘で落とすなど、華やかな〝航空騎士道〟が残っていた。

だが、そのころの両軍の戦闘パイロットの平均寿命は、前線に到着してから、わずかに三週間というすさまじさだった。

帰徳空中戦の大勝利

昭和十二年七月、支那事変が勃発するや、内地の航空部隊はその大部分が動員派兵された。飛行大隊七、独立飛行中隊四、計十八個中隊であった。

戦闘隊の主力は北支の北京と天津付近に、九月初旬ごろまでに集結を完了していた。当時は政府も参謀本部も不拡大の方針を決めていたので、戦闘隊の猛者連中も九五戦の愛機をなで腕を撫して待機の姿勢でいたわけだ。

いっぽう中国空軍は世界各国製の寄せ集めながら、一応の優秀機はもっていた。だから日本陸軍の戦闘隊に対しては組みしやすし——という態度であったようだ。

これよりさき、海軍の九六陸攻が九州の大村を基地として、上海付近の敵陣地に荒天下、爆撃を敢行し、全世界をあっといわせたのが有名な「渡洋爆撃」である。

中国空軍の戦闘隊主力も、当時は南京から上海付近に集結し、海軍戦闘機隊の主力、九六艦戦と華々しい空中戦を演じていた。一対一の戦闘では互角《ごかく》に戦える勇者も中国軍のなかにいたが、全般的にはやはりレベルが低かった。

有名な梅林中尉の名をここで思いおこされる人もあろう。上海付近の空戦中に被弾し、エンジンが真っ赤な火をふき愛機が墜落しはじめるや、梅林中尉はポケットからハンカチをふりながら上海上空に散華《さんげ》した。「上海上空、ハンカチの別れ」として広く内地に報道され、当時、小学生だった私もつよく感動した一人であった。

中国大陸で活躍した九五式戦闘機(上)と九七式戦闘機

後年、私も少年飛行兵出身として戦闘機に乗るようになったが、自分が操縦する戦闘機が火をふきはじめたら、人間だれしもあわてるのが常である。それを、ハンカチをふりながら愛機と運命を共にした梅林中尉は、じつに沈着冷静、剛勇の士であると思う。そのことがまざまざと実感されたのである。

昭和十二年七月から十二月の南京攻略までの陸軍戦闘隊は、組織的な大きな戦闘（空中戦）

には遭わなかった。敵陣地に爆弾を落とす軽爆隊の独壇場《どくだんじょう》といってよかった。もちろん単発的な空中戦闘は北、中支でちょくちょくおこなわれていたが、大がかりで組織的な空中戦は、明くる十三年三月二十五日におこなわれた第一次帰徳空中戦が初めてである。

このとき陸軍戦闘隊のトップとして活躍したのが、立川の飛行第五連隊から出陣した加藤建夫大尉（陸士三七期、のちの軍神）指揮の戦闘中隊と、平壌（朝鮮）から出た独立飛行第九中隊の二個中隊である。独飛九中隊は秋田熊雄大尉が指揮し、当時、最新鋭機といわれた九七式戦闘機（九七戦）が三機配置されていた。しかし、むしろ暴れたのは複葉、水冷の九五式戦闘機（九五戦）である。

この日、加藤中隊は五機出動、帰徳上空でソ連製複葉のイ15（ソ連製ポリカルポフI－15。日本軍ではE－15とも呼称した）の中国空軍十八機と交戦し、戦闘十五分にしてそのほとんどを撃墜した。中隊長の加藤大尉自身も敵機四機を撃墜したが、惜しくも中隊の至宝といわれた青年将校川原幸助中尉を失った。

かわって四月十日、第二次帰徳空中戦がはじまった。中国空軍戦闘隊の士気はきわめて旺《おう》盛《せい》で、帰徳周辺にイ15戦闘機群を集結して、南下する日本陸軍戦闘隊を一挙に撃滅せんという作戦をたて、互角にわが軍と勝負を決めんとしていた。これら敵空軍の指揮官のうちには、かつて日本の陸軍士官学校に留学、卒業した人々も少なくなかった。

十時五十分、戦闘大隊長寺西多美弥少佐を先頭に、両中隊が出撃した。帰徳東南方において、敵機三十機と交戦に入った。この戦闘で寺西大隊は二十四機撃墜という、陸軍航空隊はじまっていらいの大戦果をあげ、鵬翼堂々《ほうよくどうどう》、基地に帰ったが、加藤中隊は歴戦の斎藤曹長を失っていた。

斎藤利三郎曹長（埼玉県出身）は下士官学生出身であったが、空戦中、敵機イ15に壮烈な体当たりを敢行し、帰徳上空の華と散った。敵戦闘機に「体当たり」を実施して戦死したのは、じつに斎藤曹長が初めてで、その意義においても航空戦史に特筆される。

この二度にわたった帰徳大空中戦が終わった四月中旬、加藤中隊へ北支方面軍司令官寺内《てらうち》寿一《ひさいち》大将から、全軍羨望のマトである感状が授与されている。戦闘飛行中隊としては、まさに建軍いらい初めてのことである。

寺西戦闘大隊はその後、五月二十日には蘭封《らんぷう》付近でまたも十機を撃墜、事変開始いらい八十余機を確実に撃墜した。五月二十五日には、航空兵団司令官徳川好敏《とくがわよしとし》中将から部隊感状が授けられている。

九五戦は、当時としてはめずらしい三翅ペラ（三枚プロペラ）、八〇〇馬力、武装七・七ミリ二門、最高速度四〇〇キロであった。この数次にわたる帰徳空中戦で、九五戦が同じ複葉のイ15を圧倒できるという力づよい信念を堅持し、決定的な勝利をおさめたのだった。

もっとも、当時の戦闘隊のパイロットたちは、最低一千時間以上の操縦時間を持つベテランたちばかりであった。しかし、中国空軍も非常によく訓練された戦闘機パイロットを擁しており、わが戦闘隊としても決してあなどることはできなかった。

戦闘法も、編隊長の敵機発見のバンク（翼を上下に振る）とともに、それぞれ高度をもとめて上昇し、各個戦闘、各個撃破に移る古いやりかたであった。

帰徳の空中戦では九五戦があくまでも主体であったが、それでも新鋭九七戦が三機参加している。この戦闘を境として、陸軍は九五戦から九七戦へと機種改変をおこなった。昭和十三年夏からは、北中支の制空権は完全に日本軍のものになった。武漢三鎮攻略のときは、九七戦が圧倒的な武装、速度、格闘性能をもってイ15戦闘機群を追い散らした。

昭和十四年早春、陸軍航空隊が敢行した蘭州連続爆撃では、戦闘機の掩護《えんご》なしにおこなったためもあって、手痛い損害をうけた。陸軍としては、事変いらいもっとも大規模な編隊爆撃であった。当時、旧式の九三式重爆からようやく新式の九七式重爆にかえられていたが、いぜんとして機数が不足で、イタリア製のフィアットBR20をイ式重爆とよび（ムッソリーニからの贈与機）、半数ずつでもって編隊を構成していた。

事変のはじめ、旧式の九三式重爆は部内においても「九三飛行棺桶《かんおけ》」または、〝鈍爆《どんばく》〟などとよばれ、しばしば中国空軍機に撃ちおとされていた。しかし、この九七式重爆の出はじめた十四年はじめから、九機で一中隊を構成し、二十七機編隊で新しい訓練をはじめていた。

ノモンハン上空のトモエ戦

支那事変は、前世代の戦闘形式で戦われたため、将来戦に占めるべき航空戦力の価値判断にあたりかえって誤解を生じ、航空部隊発展のためには、かならずしもよい結果を招いたとはいえないものもあった。しかし、かつてない広大無辺な大陸の戦場における航空部隊の実用的な価値を否定することはできず、この間に陸軍航空部隊は比較的に順調かつ急速に拡大されていき、昭和十四年の夏をむかえた。

そして、五月に発生したノモンハン事件は、その性格上は単なる局地戦ではあったが、それまで中国空軍としか遭遇してこなかったわが航空部隊にとって、長いあいだ仮想敵国としてきたソ連空軍の実体に初めてふれることになった。

その空中戦闘の激烈さ、人員、器材の損耗の大きさは、軍としてもたしかに骨身にこたえるものであった。この九月十五日の停戦までのノモンハン大空中戦こそ、じつに陸軍戦闘隊の真髄をいかんなく発揮したものといえよう。

ノモンハンとは、旧満州国と外蒙古の国境線一帯のホロンバイル草原のあたりをいい、ハイラルの満州里の南方である。ノモンハン事件の原因についてはここではふれない。満蒙の空に展開された世紀の大空中戦のみを述べよう。

陸軍初の低翼単葉の九七式戦闘機は、その軽快かつ卓越した運動性を充分に発揮し、堂々とソ連空軍とわたりあった。わが軍も停戦時には、戦闘六個戦隊が獅子《しし》奮迅《ふんじん》の大活躍を演じ、空中戦闘ではつねに絶対優位の態勢を保ちつづけた。

六月二十日までの第一次には、野口雄二郎大佐指揮の飛行第十一戦隊（二個中隊、十八機）と、松村黄次郎中佐の飛行第二十四戦隊（二個中隊、十八機）で、撃墜破の確実な機数は六十二機である。

六月二十日以降停戦までは、青木部隊（三十三戦隊）、今川部隊（五十九戦隊）、横山部隊

（六十四戦隊）の三個戦隊の九七戦、朝鮮会寧から灘波清作中佐指揮の九五戦（飛行第九戦隊）が急きょ駆けつけ、参加している。第二次作戦の撃墜破は一一九〇機、合計一二五二機が正確な数字で、ソ連空軍にあたえた打撃はじつに甚大なものがあった。

ソ連空軍は複葉のイ15戦闘機と、低翼単葉で当時としては珍しい引込脚（胴体内に脚が入る）のイ16戦闘機である。とくに旋回性能が優秀で、格闘戦闘に強い九七戦と戦闘機同士の一騎打ちのトモエ戦を演じたのは、これが最後になった。

イ16は速度においてややまさり、高空性能などはいくらか劣っていた。ただ問題は火器が九七戦の七・七ミリ二門にくらべ、七・七ミリ四門と強力なため、わが戦闘隊も苦戦することがしばしばであった。全作戦期間を通じて約一五〇名の戦闘機パイロットが、ホロンバイル上空に華と散った。

当時の空中戦の流儀は、日本はトモエ戦型であり、ソ連は一撃戦型であった。イ16は九七戦の軽戦にたいして重戦であり、一撃離脱戦法で対抗した。ノモンハン当時は一個中隊九機、一編隊三機ずつの三編隊で構成されており、編隊長は将校または准尉、古参下士官である。出撃は編隊長の指揮する三機編隊で、編隊長の肉眼による敵機発見の合図（バンク）とともに、各機それぞれ高空の優位置から敵編隊群に殴り込みをかける、九七戦得意のトモエ戦を戦法とした。これはグルリと回り込みながら旋回戦闘の格闘戦にひきずりこみ、撃墜するのが定石の戦闘法であった。

この空中戦では、複葉のイ15、単葉のイ16を徹底的に撃墜した。ソ連戦闘隊はこれに懲《こ》り、操縦席背後に現地で溶接切断した鋼板の防弾板を装備して防御力を強化し、優速を利しての一撃離脱の戦法で対抗してきた。また、編隊によるチームワークで損害を避けてきた。しかも八月下旬以降の末期には、さらに高性能、優速のイ17を出現させて、戦局の挽回をはかろうとした。

ノモンハンの空中戦では、撃墜王といわれた篠原弘道准尉を思い出す。猛鷲・野口大佐の十一戦隊に所属する篠原准尉は、ノモンハン空戦で名を売った一代の勇者である。世間ではその撃墜数は六十余機となっているが、第一次から戦死まで、彼のあげた正確な撃墜数は五十四機である。新聞、雑誌などで報道された数は、どうしてもオーバーになりがちだ。

昭和十四年七月二十七日、この不世出の名パイロットも、イ16の編隊群と遭遇し、敵機に深く斬り込みすぎてバルシャガル高地の華と散ってしまった。ときに弱冠二十七歳。戦闘機パイロットとしては体力、気力、戦闘技術とも、もっとも脂ののりきった年齢である。

撃墜王戦死す、の悲報は、出陣の各戦闘部隊の荒鷲たちの顔をくもらせた。この戦死を、彼とおなじ江戸ッ子、荒鷲の中隊長島田健二大尉（のち戦死）は、自己の日誌につぎのように書いている。

「バルシャガル上空で篠原機は、たちまち二機を撃墜した。三番機の敵機を追って、逃げるのを急降下で射ちつつ火をはかせたが、そのとき、追撃の篠原機も突然、火をはいた。イ16が一機、篠原機の後からくっついて乱射したのだ。篠原機は真っ赤な一朶《いちだ》の火焔と化し、落ちていった。おのれ！　と、すぐその敵機に飛びかかり、たたき落とし、篠原の仇《あだ》は討ったが……後略」

戦死一ヵ月前の六月二十七日のタムスク上空の空戦で、篠原准尉は一日五、六回出撃し、イ15、16戦闘機を合わせて計十一機も撃墜している。これはノモンハン作戦、大東亜戦争を通じて、個人の一日の撃墜数では最高のものと思われる。

九七戦は最高四六〇キロの速度を出し、トモエ戦に入ってもほとんど失速がなく、近距離射撃での一騎打ちの王者となった。ここから戦闘機操縦者の名人芸が生まれ、射撃もカンで左右される結果になった。合計で一二五二機を撃墜破し、ソ連空軍を圧倒できるという戦闘隊独自の信念をもつことができたが、これは各戦隊長の指揮統帥の適切さと、当時の戦闘機操縦者の旺盛な精神力、技術が、最高度にすぐれていたことによるものであろう。

このノモンハン航空作戦を注意してみると——九四式偵、九七式司偵を主力とする偵察機の方はさっぱりであった。たやすく敵戦闘機の餌食になり、敵情不明のまま、ほとんど目明《めあ》きと盲目の戦闘を強いられていたといっても過言でない。陸軍は九七戦のトモエ戦の成功に酔って、隼の出現が遅れることになるのだが、このノモンハンを境として陸軍航空は戦闘隊重視の思想にかわっていく。しかし、単機戦闘はノモンハンで実質的に終了した。

戦争全期間に勇戦した隼

昭和十五年にはいるや、世界列国の一流をもって聞こえる空軍戦闘隊の第一線機は、引込脚の飛行機の時代に入った。速度は戦闘機の生命である。脚の出た(固定脚)戦闘機は、もはや理屈ぬきに時代遅れになってしまった。もう速度の出る形のよい引込脚の時代だ。これはまさに時代の趨勢《すうせい》でもあった。

昭和十五年八月の中ごろ、海軍の「零戦」が中国大陸で活動を開始するや、陸軍の第一線戦闘隊はもちろん、航空本部もいうにいえない焦燥感にかられてきた。軽快な引込脚戦闘機の出現は、軍自体の強い要望でもあった。

零戦に遅れること一年、昭和十六年九月二十日の第一回航空日には、「隼《はやぶさ》」がそのスマートな英姿を帝都上空に現わし、颯爽《さっそう》と国民の前にデビューした。当時、私は中学生で、羽田空港での公開と編隊による特種飛行（高等飛行）などの一大ページェントを目のあたりにして、はなはだ心強く感じたのをいまだにはっきりおぼえている。また、これが私の少年飛行兵志願の大きな動機にもなった。国民をして「陸軍にも引込脚の戦闘機がある」との安心感を強くいだかせたのは、けだし当然だ。だが、そのときはまだ「隼」という名称は未発表であった。

この十六年八月、中支から内地へよびもどされ、九七戦から隼に最初に機種改変した飛行第五十九戦隊では、空中分解や操作不良による事故があいついでおこり、パイロットの評判はかんばしいものではなかった。そのころの操縦者たちは、ノモンハン空中戦で決定的勝利をおさめた九七戦にいまだ絶対的な信頼感をよせていた。なかでも豪放闊達な戦隊長谷村《たにむら》礼之助少佐（のち戦死）は、酒をのんだときなど、一式戦をして「こんな戦闘機に乗れるかい」と部下たちに公言していたという。

また、航空本部内にも、とても制式機としてはムリだとの声もあったが、加藤建夫少佐（当時）は隼の熱心な推進者の一人であった。この隼が開戦と同時に、時運にのってあれだけの大活躍をし、隼という名前の魅力からでもあろうが、のちに国民からこれほど親しまれるようになろうとは、まったく夢のようなことだといわねばならぬ。

〈勇将をえた名機「隼」〉

ある著名な軍用機集の解説のなかに、「隼がわずか四十機ほどしか整備されぬうちに、太平洋戦争に突入したことは、まったく驚くべきことであった」と記してあるが、驚くのはむしろ真実を知っている旧軍航空関係者であろう。

開戦と同時に隼は、飛行第五十、五十九、六十四の三個戦隊で合計約一二〇機ほどが配置

飛行64戦隊の一式戦「隼」

され、出撃している。そしてさらに驚くことは、明くる十七年上期には全戦闘隊が隼、「鍾馗《しょうき》」、「屠龍《とりゅう》」に機種改変をしていることなのだ。

十二月八日、開戦。南部仏印に展開していた飛行第五十九、六十四の二個戦隊は、マレー半島の英空軍に対し果敢な先制攻撃に出て、さいさきのよいスタートを切った。加藤建夫少佐指揮の飛行第六十四戦隊は、マレー半島の敵飛行場群に暁闇《ぎょうあん》を利して、先手先手と奇襲に成功、「隼の征くところ敵影なし」とまでいわれるようになった。

相手の敵機は、ホーカーハリケーン、バッファローの両戦闘機と、ブレンハイムおよびロッキードハドソン爆撃機であったが、隼戦闘隊の猛攻にも負けず、戦意はけっして失っていなかった。マレー半島を逐《お》われて、おいおい南下し、シンガポール地区やビルマ（現ミャンマー）方面に集結を終えるや、薄暮、暗夜、暁闇を利用して反撃に出てきた。こうして隼といたるところで壮烈な空中戦闘を演じることになった。

初陣の隼は、まさにそのとき統率者に人を得たというべきであろう。隼は加藤、谷村という「戦闘機の鬼」といわれた二人の戦隊長にひきいられ、ベテランのパイロットたちに操縦されて華々しい初陣をかざり、その真価をあますところなく発揮したのだった。

P40は十三ミリ機関砲と七・七ミリ機関銃二門であったが、ハリケーンは七・七ミリ八門もそなえており、空中戦闘のとき、隼一型丙の十二・七ミリ二梃の機銃が火をふくと同時に、敵火器もいっせいに火をふいてくる。飛行機ではなく火だるまがくるような感じであった。

五十九戦隊はマレー、スマトラ上空で「ハリケーン殺し」の異名をとって有名になったが、その秘訣はハリケーンの胴体下のラジエーターだった。照準目標は「ラジエーターをねらえ」と命令された。敵操縦者の真うしろには防護板があるので、百メートル付近まで接近してラジエーターを狙い、一連射で撃墜している。

当時、隼は三機で一編隊をなし、もっぱらそのすばやい旋回性能を利用して、グルグルまわりこむトモエ戦に引きずりこむ格闘戦法をとった。オランダ、イギリス空軍は、遠くから一射撃して逃げる一撃式戦法であった。

ここでとくに記しておくことは、隼の大きな特徴がなんといってもその軽快な運動性能にあったことだ。隼は、敵機をおのれの得意のトモエ戦に引っぱりこむ旋回戦闘性にすぐれていた。武装は軽装で初期においても対爆撃機戦闘では苦労もあったが、垂直戦闘性にはすばらしい性能を発揮していた。

〈涙をのんで二線機に転落〉

昭和十七年暮れから一一五〇馬力に強化された二型に改変され、戦闘法も四機を一編隊とするロッテ戦法に変わってきた。

昭和十七年十二月、隼二型一〇〇余機の飛行第一、第十一の両戦隊は、ニューブリテン島ラバウル上空に進出してきた。ときあたかもガダルカナル島争奪戦のまっただ中であった。十二・七ミリ二門の武装は一型と同じではあったが、敵艦載機、Ｐ47、Ｐ38、Ｂ24にくらべて、火力の不足、速度の遅いことで不利な戦闘がつづいた。

空中戦闘も四機一編隊によるロッテ戦法の高速一撃式にかわり、伝統のトモエ戦法は単機の場合でないかぎりやめ、編隊戦闘へと移行していた。そしてラバウル上空の邀撃《ようげき》に、船団掩護に、東部ニューギニア上空にと、隼は不利な条件を克服してよく戦った。

昭和十八年六月、遠くチモール島を基地として、豪州ポートダーウィン攻撃に、隼は常にさきがけとなり、制空圏の獲得にその威力をしめした。一方で、昭和十八年秋から十九年にかけて、中支漢口を根拠地とする坂川敏雄少佐指揮の隼二型、三型の飛行第二十五戦隊は、在支米空軍のP51戦闘機との空中戦闘に痛撃をうけていた。

敵をおびき寄せるにも追撃するにも、隼では速度がどうしても足りなかった。全速力で追っかけても、サーッと逃げられてしまう。隼ではもはやいかんともしがたい。基地へかえる戦闘隊の古強者にもくやし涙があふれていた。新鋭戦闘機がほしい。隼はいまや第二線機になってしまった。

昭和十八年秋以降のビルマ、ニューギニア戦線も同じ苦戦を強いられていた。「駿馬も老ゆれば駄馬」で、もはやだれしも劣勢を疑う余地がないときがきた。

個々の武勇伝は別として、隼がP51などと同一機数で互角に戦えたのは十八年の夏まであった。十八年の秋になると、彼我同一機数による編隊戦闘では、常にわが隼の損害が敵機にくらべて多くなってきた。それは連日の空中戦での統計が、はっきり示していたのだ。それでもまだ、隼は第一線機として獅子奮迅《ししふんじん》の死闘をつづけていた。

〈〝老雄〟レイテに死す〉

昭和十八年五月、インド洋上アンダマン諸島付近に反攻にでてきたイギリス機動艦隊がその姿をみせるや、隼戦闘隊は五十キロから一〇〇キロの爆弾をかかえて、「爆装戦闘隊」として勇躍、敵艦めがけて出撃していった。

対艦船攻撃は、戦闘隊の猛者《もさ》連も不得手《ふえて》の一つであったが、英国艦隊めがけて急降下し爆弾投下、そして反転。しかし、敵艦隊に損害をあたえるには与えたが、撃沈するまでにはいたらなかった。そんな勇士の一人、小田軍曹は業《ごう》を煮やして、ついに敵駆逐艦に壮烈な体当たりを敢行した。小田機は艦の機関部に命中し、大轟音とともに艦は瞬時に沈没した。これはまさに特攻攻撃の元祖であった。

さらに、この小田軍曹をさきがけとして、昭和十九年十月下旬以降のレイテ決戦では、隼はついに二五〇キロの爆弾をつけて特攻機として出陣した。八紘一宇隊以下、誠、振武隊にいたるまで、数多くの隼特別攻撃隊は、レイテ湾に比島周辺に、沖縄近海にとひたすら戦局挽回のため、日本の最後の切り札として、そのはなばなしい最後をかざった。

それよりさき、「爆装隼戦闘隊」はニューギニア、ビルマの奥深くインパール周辺の敵陣地めがけて殺到し、わが地上軍の作戦に寄与するところが大きかった。北千島では終戦直前、ソ連空軍機を相手に敢闘し、爆装してソ連艦艇にも突入している。

開戦と同時に、零戦が南太平洋を制したように、隼は一時的ではあったが、南方諸地域の制空権を完全ににぎり、太平洋戦争の全期間を通じて大東亜の空をくまなく制空した。

「鍾馗」の強力な上昇力

開戦直前の昭和十六年十二月、坂川敏雄少佐指揮の独立飛行第四十七中隊が調布に、キ44鍾馗《しょうき》一型九機で、秘密裡に編成された。杉山元参謀総長みずから「空の新撰組」だと菅原道大第三飛行集団長に豪語したこの「鍾馗」は、当時まだテスト中の新鋭戦闘機であった。東条英機陸相みずから異例の命令をしたというが、当時は「キ44部隊」――通称〝かわせみ部隊〟ともいわれ、開戦と同時に仏印からタイ国バンコクに進駐、ビルマ作戦にそなえていた。しかし、菅原中将以下の第三飛行集団首脳部も、鍾馗の使用方法にはいろいろと悩んだらしい。

それに、はじめは脚の事故などが多く、作戦軍の期待にそえず、翌十七年四月中旬、例のドーリットル東京初空襲直後、防空戦隊として調布に帰還を命ぜられた。

のちに鍾馗は、絶対的といってよいほどの防空戦闘機であることが、幾多の戦例によって証明されたが、進攻作戦にむく戦闘機ではなかった。およそ戦闘機の優劣はその年度によってあらそわねばならず、昭和十七年当時の鍾馗は、たしかに世界の戦闘機界にあって真に傑作機の一つであった。昭和十八年、ビルマから中国戦線にあらわれた鍾馗を、米空軍も上昇力、速度において〝隼〟にまさり、火力と防弾装置も優秀なファイターであると重視していたことが、戦後の記録によってわかった。

〈東京上空の大空中戦〉

鍾馗の活躍の檜舞台は、B29に対する内地の防空戦闘であった。

ビルマより帰還した四十七中隊は成増《なります》飛行場に移り、飛行第四十七戦隊となった。この四十七戦隊は、鍾馗の部隊としてはいちばん歴史のある戦隊で、黙々として防空戦闘の訓練にいそしむこと二年有余ヵ月、いよいよ待望の腕を発揮するときがきた。

昭和十九年十一月十一日、B29の帝都空襲により、防空戦闘の火ぶたが切って落とされた。同年十二月末までの一ヵ月半の戦闘戦果は、B29撃墜がじつに一〇〇機という華々しいものであった。しかし、「勲《いさお》の陰に涙あり」で、十一月二十四日の激突では、銚子沖五キロまで追撃していった、私の一年先輩である見田義雄伍長（少年飛行兵一二期）は、僚機・山家曹長と海軍機の眼前で壮烈な体当たり攻撃を敢行した。

見田機は真っ赤な火の玉となり、B29とともに東京湾に散っていった。かくして東京上空初の体当たりとなった見田伍長は、弱冠十九歳。ふだんは無口でじつにおとなしい男であった。この烈々たる闘魂が、いったい彼の体内のどこにひそんでいたのか。現在のティーンエイジャーの少年たちと比較するとき、感無量なのは私一人だけではあるまい。

一部の鍾馗に装備した大口径四十ミリ砲は初速がおそく、弾道がわん曲して射撃効果が少なく、激戦には不向きであった。パイロットたちにはまったくの不評判であった。

同じく十九年十二月三日、震天《しんてん》特別攻撃隊の幸《ゆき》万寿美軍曹（少飛七期）は、出撃直前、先輩の刈谷中尉に「悠久《ゆうきゅう》の大義に殉《じゅん》ずるのみ」と、ただ一言いい残して機上の人となった。成増飛行場一万二千メートルの高空で待機中の幸軍曹は、

「ただいまより体当たり、バンザイ！」
と叫びながら、基地全将兵注目のうちにB29十一機編隊の最左翼に壮烈な体当たりを敢行した。文字どおり機体とともに微塵となって四散したが、場所が基地上空だけに、人機一体の烈々たる攻撃精神に対し部隊全員は感涙にむせぶのみであった。敵はこの体当たりに恐れをなしたのか、約二週間あまりは本格的な攻撃はなかった。

この四十七戦隊は、鍾馗の上昇限度一万一千メートルまで昇り、B29に対し戦闘をいどんだ。これができるのは、単発戦闘機では鍾馗のみであろう。着陸速度が大きいため、若年のパイロットたちからはちょっときらわれたが、その強力な上昇力は本機の一大特長であった。難点は旋回性能と他機にくらべて滞空時間の短いことであった。

鍾馗は、その卓抜した上昇力とともに、独特のスムーズな「ひねり込み」、そして加速突進時の機の安定性とともに、運用方法いかんによっては前述のようにいかんなく実力を発揮できたのだ。B29の邀撃に独自の戦闘力を発揮し、満州防空に任じた在鞍山の飛行第七十戦隊もそのよい例だ。

〈グラマンと鍾馗の対決〉

昭和十九年の後半から二十年春にかけて、英国機動部隊の艦載機を相手にパレンバン上空の制空権をかけて血みどろの空中戦を展開した飛行第八十七戦隊も後続の鍾馗がつづかず、ついに敵の手に空をゆだねた。

また、レイテ航空決戦とともに、グラマンF6Fと壮絶な死闘を演じて散っていった石川貫之少佐指揮の飛行第二四六戦隊の空中戦士には、痛々しいものがあった。

低空における鍾馗対グラマンの戦闘は、なんといってもわれに不利であった。鍾馗がもっとも不利とし、グラマンのもっとも得意とする旋回戦闘に引きこまれた場合、グラマンの発射速度の速い機銃と、やや遅い二式単戦鍾馗の機銃とでは、つねにわれの被害を多くした。

クラーク周辺でのグラマン三十機と鍾馗十六機の戦闘では、低高度であったが、高位必占の戦闘原則からいって、また防空網の不備から、つねに不利な態勢での戦闘をよぎなくされ、鍾馗の損害八、敵機撃墜二という悲しい結果になってしまった。

マニラ周辺でのグラマン四十機と鍾馗十六機の死闘でも、同じように鍾馗に不利であった。グラマンの編隊群の包囲下にあって、撃墜わずか二機、損害七機という悲惨な空中戦に終わってしまった。この防空戦闘などは、鍾馗の特性を発揮できなかった、むなしき空中戦の一コマであろう。

夜戦部隊として活躍した屠龍

海軍の「月光《げっこう》」とならんで夜間戦闘機としてB29を相手に活躍したのが、二式複座戦闘機「屠龍《とりゅう》」である。昭和十七年四月、比島より山口県小月《おづき》飛行場にかえり、九七戦より機種改変した飛行第四戦隊が本土上空で大活躍したのが、屠龍の最頂点ともいうべき戦績であろう。

初期の屠龍は進攻作戦か、防空戦闘一辺倒でいくか、用兵上の軍の基本的態度は決まっていなかった。いや、むしろどの面で使用するのが最適当なのか、決められなかったというのが実情であったようだ。秋田熊雄中佐指揮の一個戦隊（飛行十三戦隊）が屠龍で編成されて作戦軍に編入されたのが、最初の部隊であった。

昭和十八年夏、第五戦隊とともにビルマ、ニューギニア航空作戦に投入され、「船団掩護、地上襲撃」に活躍したぐらいで、敵火器による被害が多かった。むろん個々の勇士の活躍はあったが、部隊として軍の期待どおりの空中戦果は上げることができなかった。

ニューギニア航空作戦が一段落して、ほかの戦闘隊が比島、豪北地区に撤退した昭和十九年三月以降の飛行第五戦隊は、高田勝重少佐陣頭指揮のもと、面目新たなるものがあった。ウエワク地区に上陸の米軍に対し、昼夜をとわず果敢な艦船攻撃、地上集積物資の爆撃、機銃掃射と、連日のこり少ない十機以下の機数でめざましい活躍をしていた。

昭和十九年五月下旬、米機動艦隊はビアク島の友軍に対し艦砲射撃を加えてきた。五月二十七日、米軍はビアク島に上陸を開始した。戦隊長高田勝重少佐は身体は小さいが、肝《きも》っ玉《たま》は人一倍大きい男だった。

彼はみずから屠龍四機をひきいて、ニューギニア西端のソロン基地（海軍零戦隊と共同使用）を出撃。敵巡洋艦に肉迫し急降下爆撃をおこない、なおも二十ミリ機関砲と後方射手による銃撃を再度敢行した。敵艦の黒煙の天に沖するもの三艦あったが、少佐はこのとき急きょ反転、ビアク島地上軍の目前で敵艦隊に体当たりをおこない、肉弾となってこれを撃沈した。

〈撃墜王が愛用した名機〉

およそ戦闘機操縦者で、いちばん難しいとされていたのは夜間戦闘である。昼間の猛者《もさ》たちのなかでも、夜間戦闘操縦ができるのは各部隊ともその一割ぐらいが限度であった。

小月の飛行第四戦隊は夜間戦闘専門に訓練してきた戦闘隊である。昭和十九年六月十五日の夜、中国大陸を出発したB29十七機が初の空襲を九州に加えてきたが、第四戦隊はこれを邀撃して七機を撃墜した。以後じつに終戦まで、昼間はもちろん夜間戦闘専門に飛びまわり、米空軍のアーノルド将軍をして、

「鍾馗」(上)。夜戦「屠龍」(中)。大東亜決戦機「疾風」

「小月に屠龍戦闘隊あり」

と警戒せしめたものだ。そして六月十五日の深夜、遠賀川上空で最初のB29を至近距離八十メートルにまでせまり、三十七ミリ砲を命中させて撃墜してから、翌年の終戦三日前の八月十二日の最後の戦闘までにB29二十六機を撃墜し、武功章の栄誉にかがやいた撃墜王に樫出勇大尉（少年航空兵第一期）がいる。大尉はいつの邀撃戦にも、飛行隊長として率先して空中指揮をとった。

昭和十九年八月二十日の昼間、約八十機のB29編隊群が壱岐島上空より北九州に侵入した。このとき、その第一梯団長を目標に高度七千メートルで第一撃を放ち、打撃をあたえながらも撃墜にいたらないと知るや、敢然と体当たり攻撃を敢行したのが野辺重夫軍曹（少飛六期）と高木兵長（少飛一三期）のコンビである。

野辺機は敵機に猛然と激突を敢行し、彼我両機は一瞬、空中に巨大な火のうずを生じ、同時に敵の四発機体は飛散し、野辺機も吹っ飛んだ。それとともに敵二番機が無数の残骸《ざんがい》をあびて誘爆し、これも墜落炎上したのであった。ここに不落をほこるB29を、単機の体当たりで一挙に二機を屠《ほふ》る快挙をなしとげたのであった。この壮烈無比の野辺軍曹の戦法は燦然《さんぜん》と戦史に残るものと思う。

明くる二十年三月二十七日の戦闘では内田実曹長（少飛五期）が、やはり体当たり攻撃を敢行して散華した。終戦一ヵ月前の七月中旬に戦死した木村定光准尉は、樫出大尉とともに武功章をうけている。彼は武運にめぐまれて二十二機撃墜したが、ついに還らぬ人となった。

そのほか四戦隊には十機以上を墜とした人に佐々利夫大尉、西尾半之進准尉、藤本曹長、河野軍曹などがおり、撃墜、撃破合わせて十機以上という勇士が十余人もいた。まさに強者の名に恥じぬ屠龍部隊であったといえよう。

期待された大東亜決戦機「疾風」

昭和十九年春、「大東亜決戦機」と銘《めい》うって、軍が絶大な期待をかけた重戦闘機が四式戦闘機「疾風《はやて》」である。「敵を捕捉し撃墜する」ことのできる優秀機と目された。

岩橋譲三《いわはしじようぞう》少佐指揮の飛行第二十二戦隊は、相模野飛行場で最初の編成を終え、十九年七月中旬、中支に出陣を命ぜられた。岩橋少佐は本機の試作時代からの主任パイロットであり、疾風の特性、欠点などをよく知っていた。

漢口を根拠地として活躍をはじめるや、P51、P38などの在支米空軍を今度こそ圧倒した。中支一帯の制空権は久しぶりに日本機のものとなった。在支将兵は誰いうともなく「この決戦機があれば勝てる」と信じるようになった。

在支米空軍は、大きな脅威をおぼえはじめた。征空一ヵ月、八月中旬に大本営はなぜか殊勲の二十二戦隊を内地に帰還せしめた。だが、戦隊長岩橋少佐は西安の敵飛行場攻撃の日、ついに帰らなかった。

これよりさき、北九州の芦屋飛行場の第五十一、五十二戦隊も「疾風」に機種改変し、六月中旬末の昼、来襲するB29に決戦をいどみ、奮戦した。両戦隊を統率する第十六飛行団長新藤常右衛門《しんどうつねえもん》中佐はまっさきに飛び上がり、B29一機を撃墜するという偉功を樹《た》てた。

十六飛行団は九月はじめ、比島にすすむ海軍雷撃隊の掩護に、グラマン戦闘機との決闘に、レイテ制空権の争奪戦にと、死力をつくして戦い、多くの感状を授与された。しかしその戦力の九〇パーセントを失い、戦力回復のため内地帰還を命ぜられた。とはいえ、十六飛行団が四式戦部隊としてレイテ作戦に貢献した功績は、見のがせない大きなものがあった。

〈レイテ湾制空の立役者〉

突っ込んで（急降下）七〇〇キロという速度の出る疾風は、操縦性能もきわめてよかったが、全重量の大きなのにくらべて脚が弱かった。事実、脚の故障は各戦隊とも多かった。それと発動機の油圧系統の故障が終戦時までついてまわった。

空中戦闘でのグラマンと疾風の戦闘をみると、同一高度において、四式戦は旋回性能の点で劣ることがあらためて認識された。急降下して水平にもどすときの「沈み」は、グラマンよりたしかに大きかった。とはいえ、敵も手こずった優秀機であることは間違いない。

疾風装備の飛行第十一戦隊は、比島赴任の途上に台湾沖航空戦にひっかかり、全機をあげて対グラマンとの死闘をおこなった。敵には相当な打撃をあたえたが、十一戦隊は残存二機という悲惨な結果になり、戦隊長金谷祥弘少佐もグラマンとの死闘で台湾東部に散華した。

疾風でレイテ航空決戦に奮戦したのが高橋武中佐、坂川敏雄少佐指揮の飛行第二〇〇戦隊である。ネグロス島サラビアを基地として、比島到着のその日から活躍をはじめ、十月二十一日から五日間はレイテ湾上空の制空権を一時的であるが完全にその手におさめた。

〈沖縄への超低空殴り込み〉

沖縄作戦でも疾風は終始敢闘した。第一〇〇飛行団の一〇一、一〇二、一〇三の三飛行戦隊がとくにめざましかった。桜島上空でグラマン六十機と疾風三十機で戦ったこともあったが、疾風の損失も大きかった。

昭和二十年四月十五日夜、第一〇〇飛行団から選抜された疾風十一機は、暗夜を利用して沖縄北、中飛行場に低空で突入、「タ弾」攻撃によって敵機を撃破した。さらに友軍地上部隊によって飛行場数ヵ所に大爆発が起きたことが確認された。この四式戦による「タ弾」攻撃は、五月十一日の第七次航空総攻撃の日もおこなわれた。すなわち疾風十四機が超低空で進入して攻撃を敢行したもので、われの未帰還も多かった。

五月二十五日には、義烈空挺隊を応援して荒天にもめげず、小川倶治郎大尉を指揮官として十一機の疾風が北飛行場に進入した。そして味方に数倍する敵機とすさまじい対空砲火の中、単機ごとにわかれて敵機攻撃をかけた。生還は小川大尉一人のみで、いっきょに精鋭十人を失ってしまった。

陸軍戦闘機「空戦法」の変遷

ベテラン戦闘機パイロットが綴る戦いの奥義

元飛行一一二戦隊長・陸軍中佐 檮原《ゆすはら》秀見

今から約五十年の昔、第一次欧州大戦（一九一四〜一八年）がはじまったころ、飛行機は各国ともまだまだ幼稚なものであり、兵器としては地上作戦に協力するため、敵情捜索や指揮連絡などに使われるだけであった。

しかし、戦争の様相がしだいに複雑になるにつれて、戦闘を有利に導くためには、どうしても敵機の活躍を封じることが必要になってきた。そこで飛行機を撃墜しようと互いに研究しはじめたのである。まず偵察機に、地上で使っている機関銃を載せて敵機を射撃することからだんだん進歩して、空中戦闘を主任務とする戦闘機が生まれた。

檮原秀見中佐

空中では互いにものすごいスピードで飛んでいるため、弾丸を命中させることが非常に困難である。そこで機首に機銃を固定させ、敵機の真うしろから射つ方法に改良された。すなわち回転しているプロペラ翼の間から弾丸を発射できる連動性の発明によって、戦闘機は空戦の花形としてますます発達していった。

戦闘機の優劣、空中戦の勝敗が制空権獲得のカギとなって、連日、ときには夜間までヨーロッパの空にはなばなしい死闘がくりひろげられた。リヒトホーヘン、ギンメル、ホンクなどの名前は、当時、小学校入学前の子供でも知っているほどであり、これら永久に戦史をかざるエースたちがぞくぞくと誕生した。

国産機と国産戦法の誕生

わが国は欧州の戦場から遠くはなれており、直接戦闘に参加しなかったので、飛行機、とくに戦闘機の必要性をあまり感じなかった。そのため、自国の運命をこの一戦にかけて死闘している欧州列国にくらべると、だいぶ立ちおくれていたといえる。欧州大戦が終わった一九一八年ごろになって、やっと戦闘隊らしいのがつくられ、その使用飛行機もフランスから買い入れたニューポール会社製のニューポール機がほとんどであった。

空中戦のやりかたも大変つたないもので、当時の列国にくらべるとまったく問題にならない有様だった。そこで、これではいかんと昭和二年にフランスからド・レルミット空軍少佐をまねいて約半年間にわたり演練し、空中戦術の大体の基礎づくりができあがった。

その後、戦闘隊の諸先輩のひじょうな苦心研究によって、日本人の体力および気質にあう戦闘法がだんだんと完成されていった。

同時に、日本国内航空工業の進歩発達につれて国産の戦闘機がつくられるようになり、昭和六年には純国産の九一式戦闘機が生まれた。そして、この九一式戦闘機によって純日本式戦闘法が確立されたのである。

満州事変につづく支那事変、さらには太平洋戦争と、日本が戦時体制をとるにしたがい、戦闘機もまた、つぎつぎに進歩する航空技術をとりいれて改良がくわえられていった。九二式戦闘機、九五式、九七式、一式隼、二式、三式、二式複座、四式、最後に五式戦闘機がつくられていったが、昭和二十年八月の終戦で終止符を打つことになった。

重要な索敵力

戦闘機は、その機首に固定装着してある機銃または口径の大きい機関砲で敵機を撃墜することによって、空中戦に勝利をおさめるわけである。はじめに陸軍戦闘機に装着した機銃はビッカースで、口径は七・七ミリ、一分間の発射速度は発射連動機によって四百発から六百発であり、百メートルまでの経過時間が〇・一三秒、二百メートルになると、〇・二九秒を要した。一方、照準器はだいたいOG（オージー）式を使っていたが、照準器をのぞくと、次ページ図のように目盛りが見える。

空中戦の要領は、敵機をなるべく遠くから、しかも素早く敵機に先んじて発見し、敵に気づかれないように攻撃しやすい位置について一撃をくわえて命中させることである。この敵機を発見することを、私たちは索敵《さくてき》といった。

人間の眼はもっともよく見える人で視力二・〇である。このすぐれた視力をもっている人でも、胴体の直径が一・五から二メートル、翼の幅もやはり二メートル以内だとすると、これを発見しうる距離は生理学的にいって八キロ以内である。八キロの距離といえば、彼我たがいに非常な高度差がないかぎり、飛行機のもっとも大きな部分は見えないわけである。高度差が一千メートルや二千メートルでは、水平線に近く見えるから、もっとも厚い胴体だけが、眼に点のようにうつるわけである。

飛行中は機の震動、酸素の欠乏、機体にさえぎられて見えない部分（視死界）が多く、なお索敵範囲が立体的であるのと背景が青空や青黒い大地であったりして、索敵は大変むずかしい。したがって、八キロ以上で敵機を発見することはごくまれであり、ときにはすぐ前で敵の射撃をうけて、敵機を知る場合さえあるのが空中戦場の実態である。かりに八キロ付近で敵機をみとめたとしても、彼我たがいに時速三六〇キロ、すなわち毎秒百メートルで接近すれば、四十秒後にはほとんど衝突するような状態になるわけである。そのため、敵を発見してからはまったくゆとりのない、いわば瞬間的に決心をして戦闘することになる。

OG式照準器図

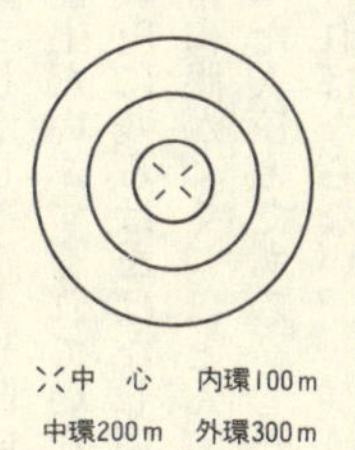

だから敵を発見したときの態勢が非常に大事であり、敵を低位に発見したときは、ただちに有利な攻撃位置につくことがで

きる。しかし、敵より低位であるときは、敵に気づかれないかぎり、またこちらの戦闘機が性能上だいぶすぐれていないかぎり、敵の第一撃を食うことが多い。

戦史に残るはなばなしい戦果をおさめた、いわゆる撃墜王といわれるような空中戦士は、非常に眼がよく、ほとんどつねに敵にさきだって敵を発見し、敵から奇襲をうけることのなかった人びとである。したがって、空中指揮官の第一の資格として、索敵力の優秀性をあげなければならない。


支那事変でも太平洋戦争のビルマ作戦でもかっかくたる武勲をたてた加藤建夫少将や、ニューギニア作戦におしくも散華したものの、すぐれた操縦技量を発揮された横山八男大佐、まれにみる戦術家であった寺西多美弥大佐など、すべて人なみ以上の索敵力をもっておられた。

敵機を上手に墜とす法

敵を発見したとき、つぎに重要なことは敵機を攻撃するのに都合のよい位置を占めることである。敵が戦闘機や偵察機などのように、後ろにたいして防御力の弱いものには、普通その直上方で一挙に突進射撃のできる位置につくことが必要である。

また、爆撃機の大部隊のように後ろに対して防御火力のすぐれているものには、前上方または前下方攻撃がくわえられる位置につくことが絶対に必要である。

どんな場合でも、太陽や雲などを利用して、敵機にさとられないようにすみやかに、しかも攻撃が正確にできるように近づく。そして、奇襲を心がけることがいちばん大切である。

敵が戦闘機であり自機の高度が低いときは、敵にさとられないように、そのうえ敵が接近しないようにして、速度と上昇力を最大限につかって高度上の不利をだんだんとりもどし、できれば敵の上方に位置するように、すくなくとも対等の位置で戦える態勢をととのえなければならない。

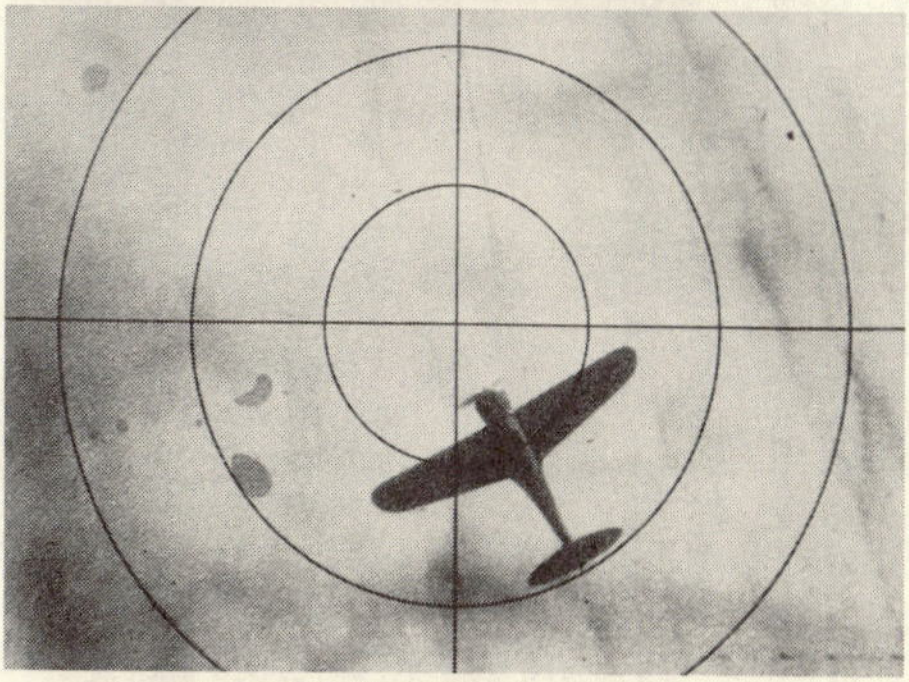

「隼」一型の望遠鏡式照準器をのぞくパイロット(上)。下はカメラ銃が捉えた九七式戦闘機——実戦なら撃墜

戦闘機の性能がよいと、敵機発見時の態勢がすこしくらい悪くても、その性能を十分に発揮させることによって、不利な態勢を有利な態勢に立てなおすことはさほど困難ではない。また性能が劣っていると、敵発見時の態勢が有利であっても、敵機を逃がしたり、あるいはかえって不利な戦闘をよぎなくさせられることも少なくない。

したがって、戦闘機の速度や上昇力がすぐれていることは大へん重要なことである。すなわち、これらの性能が優越していると、自分の思うように戦機をつかみうる公算が非常に大きいのである。空中戦場の特性として、ときには敵の発見がおくれることもありうる。このような場合でも、優性能を利用して不利な戦勢を挽回《ばんかい》することができるのである。私たちが、戦闘機にたいして航空技術のトップをゆき、一歩でも二歩でも飛行性能の優越を要求したのは、じつにこのためであった。

敵機を攻撃するところに占位したならば、機首を向けてつっこみ、良好な射距離にはいる前に、精密な照準をしてから射撃する。

この突進する方向は大別して、敵機の後上方から、後下方から、前上方から、前下方から、側面からの五方向があり、それぞれ突進経過に特性がある。

すなわち、後方からするものはたがいの速度差の関係で攻撃経過時間が長く、したがって射撃時間がわりあいに長い。これに反し、前方からのものは速度がプラスされるために射撃時間は短く、つまり攻撃経過にゆとりがない。

また、上方からの攻撃は降下速度がくわわるので速度の自由をもつことができるが、下方からの攻撃は速度がしだいに落ちるので失速状態になるおそれが出てくる。側方からの攻撃はだいたい後方からの攻撃に似た特性をもっている。

対戦闘機戦闘では、後方が弱点であるのと、射撃が容易であり、攻撃が失敗しても速度を利用して攻撃をくりかえし行なえるので、後上方から攻撃するのが一般の原則である。前方攻撃はたがいに撃ち合いとなるので、火力がすぐれている場合のほかは実施すべきでない。また、下方からの攻撃は〝窮鼠猫《きゅうそ》をかむ〟といった、やむをえない攻撃の場合にだけ行なう方法である。

後方にたいして十分な防御火力をもっている爆撃機、とくにその大編隊には素早い攻撃で戦果をおさめるように、前方攻撃を行なうのが普通である。いままでの実戦の経験によっても、大爆撃機編隊にたいする後方攻撃は損害が多くて戦果があがらないことが多かったのである。

操縦者か燃料タンクを狙え

つぎに空中射撃のことであるが、非常に早い速度で飛んでいる飛行機に直接、照準線を向けたのでは、弾丸は目標のうしろにそれて命中するわけはない。

時速三六〇キロ、すなわち秒速百メートルで飛んでいる敵機にたいし、ビッカース七・七ミリ機銃を百メートルの射距離で発射するとすれば、射距離百メートルの弾丸経過距離からみて、目標の十三メートル前方に照準線を向けて弾丸を送らなければならない。もし二百メートルだとすれば、二十九メートル前方に弾丸を送る必要がある。もちろん上空では空気密度も高度によって変化するし、自分の飛行機も速度があるので弾丸経過時間もいくらか変わってくるから、厳密にいえば相当の誤差はまぬがれない。しかも弾丸の威力が七・七ミリ級の機銃では不十分なので、うまく機体にあてても撃墜することはほとんど不可能で、できるかぎり敵の操縦者またはガソリンタンクに命中させるようにしなくてはならない。

このように空中戦における射距離の判定はたいへんむずかしく、また瞬間的にかわってくる。そのうえ敵機の速度も正しい判定は不可能である。したがって、空中射撃はその基礎条件が不正確であるので、目標致命部の小さいのとあいまって、敵機に近づき、そうとうの射弾をつかって命中させるようにせざるをえなかった。

操縦者の防楯やガソリンタンクの防弾装置の発達で、七・七ミリ級の機銃では効果がないようになった。そこで一発の弾丸の威力を増大する必要にせまられ、十三ミリ機銃、二十ミリ、さらには三十七ミリ機関砲を使用するようになった。射距離もいくらかのびて、爆撃機などには三百メートルあるいは五百メートルくらいの射距離でもあるていどの戦果をおさめることができるようになった。

ノモンハンで真価を発揮

以上述べてきたように、空中射撃の特性から、装備火器が七・七ミリ機銃のときは近迫射撃の必要上、戦闘機は敵機のどんな回避機動にも対応して至近距離に肉迫しうるように、巧妙な機動のできる軽快な運動性というか柔軟な操縦性を持たなければならなかった。

純国産の九一式から九七式をへて、一式隼までの一連の陸軍戦闘機は、速度や装備火器をいくらか落としても、小まわりのきく、いわゆる旋回性能のよい戦闘機としてつくられた。九五式、九七式、隼の三つの戦闘機は、実戦においてその特性をじゅうぶんに発揮して敵を

戦闘機同士では後上方攻撃が有利。写真はブリュスター・バッファロを追撃する隼

圧倒し、遺憾なく真価を高めた。なかでも九七式戦闘機のノモンハン事件における空中戦の活躍は、世界の軍事航空界をおどろかせて、長く航空戦史に誇るべきものであった。

ノモンハン事件の後期には、イ16戦闘機は操縦席のうしろに防楯をつけるようになり、太平洋戦争がはじまったころからは、爆撃機はもちろん戦闘機も防弾の強化によって、七・七ミリ機銃は役に立たなくなった。したがって十三ミリ、さらには二十ミリ機関砲を装備する必要から、隼戦闘機の改造型以降、三式戦、四式戦とも機体の重量がふえ、いくらか大型化してきた。その関係などで軽快な操縦性にやや欠けるようになり、いわゆる敵のふところに飛びこんでゆく戦闘法はできなくなった。

ただ、最後に陸軍が苦しまぎれに、あま

っている三式戦闘機の機体に水冷のエンジンにかえて空冷のエンジンを装備した五式戦闘機は、九七式戦闘機に似た運動性をもち、しかも二十ミリを二門装備し、さらに十三ミリを二銃装着しうるようになった。この機は、きわめて優秀な戦闘機としてまったく奇跡的な性能をもっており、大いに期待されたのであった。しかし、不幸にして生産機数が十分でなく、第一線部隊にたくさん備えることができないうちに終戦となってしまった。

戦果は編隊単位で

軽戦闘機の代表ともいうべき九七式戦闘機が、ノモンハンの空中戦で、どんな要領で戦ったかを述べてみよう。

まず部隊を編成して空中行動する場合の戦闘隊形は、最先頭に戦隊長が位置し、僚機二機をしたがえて戦隊本部となる。

中隊は九ないし十二機で編成して戦隊本部の後上方に位置し、急激な運動をおこしても混乱しないように正しい隊形をたもたせ、かつ戦隊長機の機翼を動かす指揮命令がただちにわかる範囲で、適宜の高度差と距離をもつようにした。

無線はもっていたが、残念ながら通信に確実性がなかったので、これにたよることはできなかった。主として機翼を動かすことで指揮するので、戦隊長の意図を部下各機に伝えることは不十分であり、ふだんの訓練によって以心伝心《いしんでんしん》の指揮ができることを建て前とした。

ノモンハン空中戦での敵戦闘機は、主としてソ連のイ16、イ15戦闘機が参加していた。これらの戦闘機は急降下速度と火力においてわが九七式戦闘機よりややまさっていたが、上昇力や運動性能などでは格段に劣っており、わが戦闘機の特性をいかした肉薄攻撃に手も足も出ないというありさまであった。

緒戦にこりた敵は、さっそく防楯を装備して後方射撃から操縦者を守るようにした。それとともに、戦場全域にできるだけ多くの戦闘機を行動させて徹底した奇襲戦法をとり、高位から一撃をくわえるや、降下速度を利用して降下遁走する戦法にかえてきた。そのため、これまでのような戦法ではわが方の損害もだんだん増加する形勢となった。

この空戦中の後期に、私ははじめて戦隊を指揮して出動することになった。ふだん部隊の訓練をしたわけではなく、戦士のほとんどが新しく補充された人びとだったので、以心伝心の指揮などは思いもよらなかった。

そこで、わずか二日間の教育でつぎのような戦法をとることにした。すなわち戦隊は一体となり、つねに団結して戦う。戦隊は全力をもって一機ずつ敵機を撃墜する。このため戦闘開始とともに、それぞれ攻撃隊、支援隊、掩護隊、警戒隊の態勢をとる。攻撃隊のほかの各隊は、戦闘にくわわる敵機を追いはらうだけでほんとうの攻撃はせず、すぐもとの隊形にかえるようにする。撃墜機数は戦隊全部のものとし、個人の撃墜機数に数えない。

このような戦法をもちいたが、なかなか口でいうほどうまくゆくわけではない。しかし、だいたいこの主旨で戦闘をつらぬき、ノモンハン事件の終了後もこの戦法で訓練をかさねた。ただ、対爆撃機の戦闘では戦隊は前方から攻撃し、先頭機から雪崩《なだれ》のように射撃をくわえる戦法をとって教育した。

「組戦法」の採用

太平洋戦争に突入し、制空権の獲得が陸海作戦をふくめて戦勢を支配することがあきらかとなり、陸軍当局では航空部隊の大拡充をはかった。その最大の悩みは作戦につかえるパイロット、なかでも戦闘機操縦者の養成であった。

これまでは、五〇〇時間以上の飛行訓練をした操縦者でなければ戦列にくわえられなかった。しかし、戦局は高度の訓練をする余裕をあたえず、二、三〇〇時間の訓練で第一線部隊に補充せざるをえない状況となった。かつ、使用機である四式戦闘機は重火器を装備し、速力ではかなりの性能であったが、いままでの戦闘機にくらべて、小まわりがきかないうらみがあった。

なお、友邦ドイツ空軍ではロッテ戦法をとりいれ、予想以上の成績をおさめている事実からみて、わが陸軍も「組戦法」を採用することにした。この「組戦法」というのは、二機をもって一体とし、僚機はいかなる場合でも長機にしたがって掩護し、長機がうしろを心配することなく戦えるようにして、訓練のていどがいくらか低くても戦闘ができうるように配慮した。この二機を分隊とし、二個分隊で小隊を、三個小隊で中隊を構成することにした。

この隊形で僚機第二分隊、第二小隊、ならびに第三小隊の位置は右でもまた左でも行動のしやすいように位置してさしつかえないのである。対戦闘機戦闘では、戦術部署は掩護、警戒、攻撃の三つにわけることを原則とし、部隊は一団となって、正々堂々と戦えるようになっていた。

しかし実戦では四式戦闘機の故障続発で、多くの場合、兵力がはなはだしく劣勢であり、イギリス空軍のスピットファイアやアメリカ陸軍のP51、アメリカ海軍のグラマンF6F戦闘機は、わが四式戦闘機にくらべ性能がまさっていたので、この「組戦法」もじっさいには大した戦果をあげることができなかった。

わが「九五戦・九七戦」大陸の空を制覇す

九五戦や九七戦で戦った支那事変とノモンハン戦

元六十四戦隊操縦員・陸軍大尉　上坊《じょうぼう》良太郎

私が少年航空兵第一期生として、所沢をへて明野陸軍飛行学校下士官学生を卒業したのは昭和十一年二月下旬であった。折りから二・二六事件のまっただ中、その騒然たる国情をあとに平壌飛行第六連隊戦闘中隊へ赴任したのである。

飛行第六連隊は軽爆中隊と戦闘中隊とで編成され、昭和十二年七月七日、支那事変が勃発すると、私の中隊も動員され、九五式戦闘機（九五戦）をもって北京付近に出陣した。ここで私の中隊は独立飛行第九中隊となり、私は十五キロ爆弾四発を抱《だ》いて中国軍の軍用列車に急降下爆撃をして、まず中国戦線の第一日をすごしたのである。

上坊良太郎大尉

この日から私の実戦生活がはじまったのである。しかし、戦闘機搭乗員としてまことに髀《ひ》肉《にく》の嘆をかこったのは、ライバルがいないということだった。ときどき「敵爆撃機十機、大同方面」とか、「張家口に戦闘機八機」とか無電は入るのだが、飛び出してみてもまず影ひとつおがめないのが普通だった。

じりじりして時を待ちつづけ、九月十九日をむかえた。この日、飛行部隊の主力は太原飛行場を爆撃することになり、私は三輪《みわ》寛《ひろし》中佐の編隊とともに掩護を命じられた。早朝、九五戦をもって大同南方の懐仁付近までいくと、敵偵察機四機を発見した。これを広瀬編隊が代州の方向に追撃することになり、私もこの機に遅れまいと上方を併行して追撃する。

敵機も九五戦をどうやら発見したらしい。垂直運動、一八〇度の旋回で逃げきろうという隊形だ。これをみた私は、ともすればハヤる心をおさえにおさえ、完全に敵機の後尾にくいついた。ころあいよしとばかり機銃の連射をあびせる。右腕にぐんぐん衝撃がつたわる。ふっと照準からはずれた敵機はどっと前のめりになり、ついで左錐揉《きりも》み状態となって墜落していった。

「やった、ついに一機撃墜した」

私は胸いっぱいのうれしさに、感動していた。ときに九時十五分、数え年二十二歳の若鷲だった。

このときが、北支における陸軍航空部隊の最初の空中戦だった。この日は太原上空でも、わが爆撃隊が、迎撃してきた五機のボーイング戦闘機を撃墜している。初戦の勝利としてはまあまあの出来だったといえる。

しかし、北支の戦況は停滞《ていたい》していた。中国空軍はわが近辺にはまったく姿をあらわさず、地上軍のうえにのみ姿を見せてわが作戦企図を妨害していた。われわれはついに太原飛行場攻撃を決心した。

九月二十一日、三輪中佐を総指揮官として、独飛九中隊、水谷編隊、高橋編隊、ついで三輪編隊の順で、豪雨のなかを離陸した。編隊は高度二千をとって敵基地に進攻した。途中、ふたたび崞州の付近で驟雨《しゅうう》にあったが、あとは晴天のようだ。高度二五〇〇から四千メートルの間に残雲が浮かんでいる。

対空火器は砲口をそろえて、わが九五戦をねらい射ちする。高射砲についで迫撃砲の天地もゆらぐほどの一斉射だった。われわれは北から東南に出た。このとき、ソ連製イ15戦闘機二機が、左前方三千メートルを上昇中だった。つづいて約十機が市街上空に現われた。彼らは九五戦が来襲するとは思わなかったらしい。こちらを発見すると、おどろいて反転急降下をとりながら一散に遁走しようとする。

待ちにまったイ15である。なんじょう逃がしてなるものか――私は編隊長の翼の合図を横に見て、最高度にいる二機に突進した。イ15は私を発見すると、こんどは約七十度ぐらいの急角度で急降下しはじめた。私はその降下姿勢をねらって一、二連射をたたきこむ。するとたちまち黒煙をあげて墜落していった。

このとき私の眼に三輪中佐機がうつった。中佐機は逃げるイ15を追って一機に火を吐かせ、その最期を見とどけるつもりか、そのまま追ってゆく。低空に降下したその三輪機は、第二の敵にぶつかった。大きく弧をえがいて反転、第二機を追撃する。〝さすがにやるなあ〟と見ているうちに、上方から中佐機をねらうもう一機がいた。〝しまった、やられる〟と思ったとき、こんどは僚機の原田曹長機がその中佐機におどりかかろうとしたイ15を捕らえた。城壁外で一度姿がかくれたが、みごとに屠《ほふ》って原田機はつぎのエモノをさがしている。私はほっとした。

一方、中佐機は二番機も撃墜、ついで三番機をめがけてともに急降下、いつしかこれが深追いとなり、地上五十メートルにまで下降した。これを狙い射ちする対空砲火はついに中佐機をとらえ、集中砲火をあびせてきた。機は一瞬ぐらりとゆれた。数発の命中弾をうけたらしい。意を決した中佐機は機首を西北部の敵兵舎にむけた。黒煙が糸のごとく流れる。そして瞬時に、三輪寛中佐は機体もろとも兵舎を炎上させたのである。言語に絶する壮烈なる自爆であった。

この日、中佐機の戦果もふくめ偵察機二機、戦闘機九機をわれわれは撃墜した。中佐は四十四歳。軍規定の四十歳を四歳もオーバーしていたが、その闘魂はわれわれより大きくオーバーしていたようであった。

神わざを見せる加藤中隊長

快報がきた。情報によると敵の戦闘機隊は洛陽付近に大編隊を集中し、反撃に出ようとしているらしかった。その陣容は戦闘機二十機、中型機十機、大型機が数機というのだ。

まさに好餌である。

ときに昭和十三年の旧正月三十日であり、しかも私は十二月一日に軍曹に進級したばかりという、記念すべき日である。ことにこの日の相手はどうやらソ連将校らしいのだ。そのころわれわれは彰徳に前進して、気概は十分である。

十四時十分の出動となった。地上が晴れているのに、上空は雲が多く視界がきかない。今日は加藤大尉（加藤建夫軍神）が指揮してくれる。予定どおり鉄謝で軽重爆の編隊と会合、全隊形をここでととのえて約十キロ、めざす洛陽を指呼の間に見る位置にきた。

すると突然、敵戦闘機がわが九三重爆めがけて攻撃をはじめた。はやくも発見した加藤機は、川原幸助中尉の編隊に命令するとともに、みずからも飛びだした。この瞬間的な攻撃で、すでに加藤機は一機を屠った。まったく神わざというしかない。ついで川原機もぴたりと敵機のうしろについた。宙返りを二度、三度、とうとう一機が炎上する。一方、和田軍曹は、川原機を掩護していたが、横から反撃する一機を発見、これを一斉射で追っぱらった。

イ15はぞくぞくと舞い上がる。いままでの敵とはちがう。私にもイ15が挑戦してきた。まず宙返り二回で攻撃位置を逆転する。ここで一連射、これがまことにうまく命中したらしい。たちまち白煙をあげて墜落していった。

しかし今日は、空戦だけが任務ではない。爆撃隊直掩の重大任務がある。加藤中隊長機は敵機を落とすと爆撃機にすぐ追いつく。みごとな掩護ぶりである。とうとう混戦になった。和田軍曹は急降下をして頭上から猛射をあびせ、背を向けて逃げようとする敵機にふたたび猛射。こんどは石川機とグルグルわたり合うイ15に横から一撃し、これを火ダルマにするという活躍ぶりだ。

加藤大尉機は三、四機、川原機は三機、和田が三機と……数えているうちに日が暮れ、戦いは終わった。邀撃のイ15約二十機は完全に打ちのめされたわけだ。わが方は私と同期の、川井利男機一機がついに帰らなかった。加藤大尉は彰徳からふたたび洛陽にもどって川井機をさがしもとめたが、すでにむなしいことだった。この日の撃墜は十三機と発表された。当時、陸軍戦闘隊では撃墜マークを愛機に書きこむのがはやり、加藤中隊の川原機と私がいちばん多かったと記憶している。

複葉3翅ペラの九五戦を背にした加藤建夫大尉

三月八日、西安飛行場に敵三十機が集結中という情報がはいった。ここしばらくは爆撃隊の掩護ばかりで、いささか腕の鳴る思いをしていたところだった。そんなわれわれにはこの情報は貴重であり、歓喜にちかいものだった。

午前九時、加藤中隊とともに十四機でこの撃滅に飛び立った。しかし、六時間飛びつづけても敵機は見えなかった。また逃げられたかとがっかりして帰途につき、隊長の森本重一大尉の編隊と山ぞいに下ったとき、どこにかくれていたのか、敵の大型機と小型機四機がわれわれの帰るのを見さだめて、着陸を強行しようと降下姿勢に入った。

私は森本機とともに、ただちにこれを襲撃、全機を炎上させた。ほっとしてこんどはいよいよ帰ろうとしたとき、ふたたびイ15四機を発見した。森本編隊とともに私も逃げる敵機に追いすがり、一連射でこれをしとめた。これでやっと帰投できた。

しかしよほど執拗な敵らしく、二日後にも姿を見せ、その日、森本隊は五機を撃墜している。ただここで特記すべきことは、すでに敵側にはイ15の改型が出現したことだった。機銃も下翼胴体の付け根に二門と、胴体に二門、計四門をもっており、上昇速度も九五戦を上まわった。

ここにきて、われわれの次期戦闘機、九七戦への待望は切実になってきていた。

彼我いりみだれての激戦

「林《りん》大隊長の指揮する敵戦闘機二十四機は、昨二十四日夕、帰徳に進出せるもようなり。貴部隊は、本（三月）二十五日朝八時を期し、帰徳上空に敵機をもとめて攻撃すべし」

林大隊長とは、中国空軍名うての名パイロットだった。その林大隊長の部下に劉《りゅう》という人物がいる。彼は、加藤中隊の沢田貢中尉が明野陸軍飛行学校時代に教育した教え子であった。

沢田中尉は、

「劉は俺の手で落とす。それが武士のなさけというものだろう」

と、いつも口ぐせにしていた。

私はこの夜から明け方にかけて、輾転として寝つかれなかった。こういう人間的な臭いがぷんぷんする戦闘を前にして、私は奇妙な人間関係を思った。そして沢田中尉の言葉が腹にしみるように理解できた。ときに私は二十三歳だった。中国大陸に出陣いらい八ヵ月をへているし、撃墜数も十機（撃破をふくむ）に達していた。

午前七時に離陸した。わが寺西大隊の出動機数が十六機、わが中隊十一機、加藤中隊は五機、八八式偵察機の中平部隊の編隊は両翼に数個の爆弾をつんでいる。編隊は高度二五〇〇メートルで帰徳をめざして一路南下する。彰徳で散った中村静雄軍曹、洛陽で散った川井利男軍曹と同期の戦友が目に浮かんでくる。

突然、敵機発見の合図があり、たちまち大混戦となった。私は敵の三機編隊の長機をねらい、ただちに急降下にはいった。どすぐろい色をしたイ15に、「この野郎」と叫びながら後ろにくいついた。至近距離だった。

全精神は、照準器をのぞく瞳と右手の引《ひ》き鉄《がね》に集中される。引き鉄をひく。いつものあの軽い衝撃が、全身にまるで血のうねりのように伝わってゆく。轟音がつづくと、敵機のエンジンは火につつまれる。直距離三十メートルだった。飛行帽をかぶったパイロットが座席内にうつ伏した。と、同時に敵機の速度が急ににぶくなり、ものすごい黒煙をあげて墜落してゆく。またも一機分マークがふえたわけだ。

周囲を見る。今日は意外に敵が多く、目にうつるのは敵機ばかりである。死にもの狂いの戦闘になった。自分が死ぬか、エンジンがさきに参ってしまうか。それとも彼らを片っぱしから撃墜するか。旋回戦闘は果てしもなくつづいた。

この空中戦における中国空軍は、かつてない戦意を示した。とっかえひっかえ彼らは執拗にわれわれをおびやかし、あるいは左、あるいは右、上、下と縦横の邀撃戦をくりかえす。わが戦闘隊も基地承徳へ帰ったときは、まったく疲れきっていたほどだ。

しかし、加藤中隊はイ15十八機と交戦し、戦闘約十五分でそのすべてを撃墜した。加藤機自身も四機を撃墜している。だが加藤隊の至宝といわれた川原幸助中尉（陸士四七期）は、ここで散華した。

待望の「新戦」九七戦の登場

第二次帰徳空中戦は、昭和十三年四月十日におこなわれた。寺西多美弥大隊長は全操縦者にたいし、攻撃命令をくだした。

「情報によれば、敵戦闘機隊は本朝ふたたび帰徳飛行場に進出したもののごとくである。大隊は全力をあげてこれを攻撃、撃滅せんとす」

十時五分、編隊群は寺西少佐機を総指揮官として袁州《えんしゅう》基地を出発した。この帰徳第二次空中戦には特記すべきことが一つあった。それは「新戦」とよばれる九七式戦闘機（九七戦キ27）三機が参加していたことである。

われわれは、この頼もしい新機種にたちまちほれこんでしまった。新戦は公称速度四七〇

陸軍初の全金属製低翼単葉戦闘機、九七戦。写真は南支上空の飛行64戦隊所属機

キロで九五戦をはるかにしのぎ、世界に名機とうたわれた海軍の九六艦戦とならんで運動性の軽快ぶりを誇るものだった。その待望の九七戦の初登場であった。

帰徳上空――。はるか東南方に、まるで雲《うん》霞《か》と見まがうような敵大編隊群を発見した。大隊長は敵機発見を合図すると、右急旋回、急上昇をはじめた。最高度四千メートルから八百メートルにかけて寺西編隊が陣どり、その左下方が九七式戦闘機の編隊、右下方が森本中隊、そして加藤中隊と、四つの戦闘圏をつくって敵陣になだれこんだ。乱戦は当然である。敵機を追う味方機、それを追撃する敵、そのあとに友軍機と、敵機との生きるか死ぬかの肉迫戦だった。

この戦闘で、寺西編隊は三十数機の敵戦闘機群と衝突した。わが編隊は敵の大群にかこまれて、単機決戦のすべての秘術をつくしたといえる。その結果は、じつに二十四機もの撃墜という金字塔になってあらわれた。

だがここで、川原についで斎藤利三郎曹長がイ15に対し壮烈な体当たりを敢行した。斎藤曹長は被弾した愛機を駆って、おりから正面に肉迫したイ15に射撃をかけたが、不運にもすでに残弾はなく、そこでとっさにみずからの機体をぶつけたのであった。

そのときを詳述した加藤建夫大尉の日記があるので、参考にあげてみよう。

「四月十日

なんの望みもなく待機しありし正午前、十一機ふたたび出撃せよとの情報あり。勇躍出発、帰徳に進入せるも敵なく、東進を開始せるや、奇しくも前回同様の地点にて、大部隊に遭遇し、新戦の威力をいかんなく発揮し、逃げる敵の退路を遮断し、愉快なる戦闘を実施せり。川原中尉の仇敵と思えば、敵愾心《てきがいしん》が湧然とおこり、ついに地上すれすれにまで一機を追い、これを不時着激突せしめたり。

斎藤機、空中衝突す。不運をなげくのみ。田中曹長、下方（曹長）を敵地にて救援。涙の出るほどどうれし。福山（中尉）重傷にくっせず、操縦桿をくわえて帰る……」

要するに加藤中隊は九七戦を駆って、敵の退路をさえぎり五機を撃墜。寺西大隊長隊は二機、森本隊は十七機という戦果をあげた。

新鋭機と新鋭機の死闘

その後、私は昭和十四年七月、第二次ノモンハン事件で、今川一策中佐の第五十九戦隊と

九七式戦闘機の編隊飛行。九七戦は軽量化を徹底し、極限の空戦性能を誇った

ともに、横山八男少佐（ニューギニアで戦死）の第六十四戦隊の二隊で参加した。すでに九七戦とは一年四、五ヵ月のつきあいとなり、もう手足のように乗りこなす自信に満ちていた。

八月四日、ハルハ河付近に進出中のソ連軍は、すでに通信連絡も完備しているとにらんでいた。われわれは高度四千メートルでイ16戦闘機を発見した。約二十機である。引込脚が高性能らしく威圧感をもってせまる。

私はすかさずレバーを入れ、先頭機を捕《ほ》捉《そく》した。敵はいちはやく逃げようとする。急降下の降下速度は、どうやら九七戦より速いとみた。私は追撃を断念した。このまま突っこむと、つい低空に身をおき、敵の包囲をうける苦戦を喫《きっ》するからだった。しかし一時もはやく撃滅する必要があった。

ぐずぐずしていれば敵は新たに増勢するだろう。

私は苦戦中の僚機はないかと見まわした。ちょうど直下二百メートルあたりに、ねらわれている僚機を発見。危険とみた私は速度をあげ、編隊長機めがけて必中の後上方攻撃をくわえた。一連射はたしかに命中したが火を吐かない。私の腕がにぶったのか、それともかねてのウワサどおり防弾板が厚くなったのか。

よし、それならと私は急旋回して後尾についた。ところが私の機が他の三機にねらわれていたのだ。一機は前上方、二機は後上方だ。私はかまわず引き鉄をひく。そのとき、カンカンと私の機が命中弾をうけはじめていた。

私はひるまなかった。もうこうなっては、被弾せずに敵機撃墜などムシのよすぎる話だった。私はかまわず引き鉄をひいた。焼夷弾の曳痕《えいこん》が、敵機の操縦席から前方エンジン付近に突きささる。白い糸、ついで火災だ。急激に速度がおとろえ、イ16はくるくると回転しはじめた。

しかし、このころから敵機はしだいに数を増した。約六十機はあったかもしれない。私は後方機をひきはなし、反転して身をまもった。この日、わが方は一機が撃破され、イ15とイ16十数機を撃墜した。

ノモンハンの戦闘は、夜間をのぞいて連日だった。一日平均、五回から六回の出撃になっていた。戦闘パイロットの体力と気力からみて、完全に常識をこえていたといえる。

このノモンハン空中戦は、日本陸軍機にとって数々の得がたい体験となった。私もノモンハンの激闘をへたために、より空戦について自信をもてたし、同時にまた、一厘一毛の狂いもあってはならない精密機械と精密機械の戦いであることも知った。

九五戦まではむしろ空戦といっても、それは気力の戦いであったと思う。だがその後、私が六十四機撃墜の記録をつくるには、九七戦以後の「隼」をはじめとする名機の輩出によるところが大きかったといえる。

昭南を基地として

ノモンハン以後のことについても、ざっと記しておこう。とくに二式単座戦闘機「鍾馗」による対B29戦闘については、個人的な思い出も深いのでそれにも触れておきたい。

さて、ノモンハンいらい、私は広東《かんとん》・桂林《けいりん》などを基地として中国空軍と戦ってきたが、日米戦争の火ぶたが切られるにおよんで、その後、中支の漢口、武昌飛行場を基地としていた飛行第三十三戦隊に属して、シェンノート大佐指揮下の在支米空軍と隼二型戦闘機によるはげしい戦闘に明けくれた。

そして昭和十九年二月、私は昭南（シンガポール）のテンガー飛行場を基地とする第三航空軍第一野戦補充飛行隊へ教官として転任していった。戦闘隊長は垣見《かきみ》少佐（少尉候補生出身）だった。この戦闘隊の任務は教育戦隊で、九七戦、隼一型程度の教育を終わってきた操縦者を、第一線の各戦隊へ送るための錬成教育をするところである。

当時、ビルマではインパール作戦が完全な失敗に終わり、日本本土の表玄関サイパン島も敵手に落ちるにおよんで、野戦補充飛行隊も作戦部隊となり、教育をおこないつつ戦闘に参加するようになった。

昭和十九年十月、「英国機動部隊現わる」の報をうけたわが戦闘隊は、ただちに阿部中尉を長とする隼二型の一編隊を出撃させた。敵機動部隊はインド洋カーニコバル島付近の海面を遊弋《ゆうよく》していたが、隼の一編隊によってこの敵艦隊を攻撃させようというのである。

阿部中尉は隼による攻撃では敵艦を撃沈することが困難なことをよく知っていたので、ひそかに非常手段による攻撃法を決意した。体当たり攻撃である。

三機の隼は太陽を背にうけて層雲をぬって敵艦隊に近接するや、突如として敵艦頭上に突っこんでいった。阿部中尉機は敵空母に、寺田曹長機は戦艦に、中山軍曹機は重巡に……。この戦果は地上部隊の目撃と敵側の放送によって確認されたが、まさに悲壮、特攻の先駆ともいうべきであった。

当時、昭南の留守隊にいた私は、四式戦の一編隊を率《ひき》いて、ただちにカーニコバル島付近に飛んだが、無念にも敵艦隊はインド洋をはるか西に退いた後であった。

隼によるB29邀撃戦

昭南地区にたいするB29の初空襲は昭和十九年十一月であったと記憶している。わが情報網は、カルカッタを基地とする敵空軍指揮官の名前を空襲直前にキャッチしていた。緒戦のころ、わが陸の重爆隊がカルカッタ空襲を敢行したことを思えば、立場はまったく逆になりつつあったのだ。

Ｂ29の昭南初空襲のとき、私は隼八機をつれて出撃した。先行してきた偵察任務らしいＢ29をはじめとして、のべ二百機のＢ29の空襲をうけたが、わが戦闘隊による撃墜は認められなかった。

さっそく、このＢ29初空襲を研究する作戦会議がひらかれた。その結果、隼の十三ミリ二門、七・七ミリ二門による火砲ではＢ29は白煙を出す程度で、どうしても撃墜することが不可能であることが確認された。

そこで、つぎからは隼装備のタ弾攻撃によるＢ29撃墜法が採用されることになった。この邀撃方法は、Ｂ29が昭南に到着する約一時間前に、タ弾装備の隼四～六機を高度八千メートルから八五〇〇メートルまで上げておき、二機ずつを一攻撃単位として約千メートルおきに待機させることになった。タ弾というのは、隼の胴体下に装備した弾倉内に積まれた三十七ミリ機関砲弾ぐらいのたくさんの爆弾を敵編隊の上空にまき散らすもので、相当の破壊力をもった一種の超小型爆弾である。

Ｂ29は時速四五〇キロで、インド洋を直進コースで昭南に向かってくる。カーニコバル島の友軍情報は、Ｂ29が昭南に到着する約一時間半前に探知して、わが戦闘隊に流してくる。Ｂ29はまず一機から二、三機程度で偵察をかねて現われ、三十分ほどたってから大編隊がくるのだ。敵はふつう十一機編隊で八千から九千メートルの同一高度ですすんでくる。規則正しく爆撃も諸元どおりらしい。

これに対して、わが方の邀撃はもちろん部隊の基幹人員だけである。内訳は准士官以上四割、下士官六割である。隊長以下二十四、五名、二個中隊の人員である。

敵の大編隊は、最初のころは五分間隔で高度六千メートルで侵入してきた。これが隼にとっては最も有利な高度だった。

鍾馗で編み出したB29撃墜法

私がB29邀撃に使用した機は、主として二式戦だった。二式戦は故障もすくなく使いやすい戦闘機だったが、高度七千メートル以上の戦闘にはちょっと無理があった。

私はたいてい二機から四機の編隊長として邀撃に上がった。そして、それも友軍の情報が遅れたりして、もっともわが方に不利なときが多かった。二式戦によるB29撃墜破は海上突入まで入れて約十機ほどだったが、その攻撃法は私独得のものだった。

私の編隊は高度七千メートルで待機している。B29に対しては、ふつう前上方攻撃か前下方攻撃である。第一撃は編隊の一斉攻撃。目標は敵編隊の一番機。つまり編隊長機だけをねらう。第二撃以降は、空中送話機による指揮はやめて、各分隊長の判断にまかせた二機ずつの各個攻撃である。

B29編隊群との最初の高度差は約千メートル上位、これが最も攻撃しやすいのだ。だが、なかなか死角（敵機から射たれない安全範囲）がないといわれるB29は落ちなかった。

単機の私のB29攻撃法はこうである。

Ｂ29が八千メートルできた。私は七千メートルでいる。仰角二〜三十度で一気に前下方から突進する。レバー全開で前下方攻撃である。狙うところは胴体内側のエンジンの中間である。敵機との距離三百メートル、ほとんどおなじ高度まで機をひき上げて三十七ミリ砲をぶっぱなす。二式戦は三十七ミリが十四発しかつめないが、この第一撃で約半分は射つ。一発射つと機体がちょっと停止するように感じられるが、敵機は目の前にいる。ボヤボヤしてはいられない。三十七ミリは確実にＢ29の胴体に吸いこまれているのだが、なかなか落ちない。こうして、あわや自分のねらったＢ29と体当たりするかと思われる寸前、敵との距離約三十メートル付近からＢ29の胴体下に入り、二式戦の特性をいかして右に失速横転する。つまり大きな宙返り横転である。これを前進するＢ29のちょうど胴体下でやるわけだ。

大鯨のようなＢ29にくらべれば、小さな二式戦はその内ふところにつつまれるようだ。そして一瞬のうちに、前進するＢ29との高度差は五百メートルほどぬかれる。私は一気に機首を下げる。頭（機首）の重い二式戦は、加速度も加わってぐんぐん速度を増す。Ｂ29との高度差千メートル、ここで操縦桿を思いきり引き上げる。第二撃の後側下方攻撃にうつる。目標はあくまで同一のＢ29の先頭機だ。

ダッ……ダッ……と第二撃は、残っている半分の三十七ミリを発射する。と同時に、こんどは失速状態から機首をぐんと落として一気に降下する。そしてまた高度差千メートルで全速上昇、肉迫、後側下方攻撃、失速、降下、千メートルで上昇……こうして何度でも、Ｂ29が落ちるまで同じ攻撃をくりかえすのだ。もちろん、第三撃以降の反復攻撃は機首の十三ミリである。

私はこの攻撃法を〝失速反復攻撃〟と名づけていた。だが、この攻撃法は高度の技量を必要としたので、若い搭乗員にはムリだった。この攻撃法でB29に対するかぎり、B29の完全な死角に入っているので、射たれることはなかった。しかし第一撃に入るときだけは死にもの狂いだった。曳光弾の弾幕がスルスルとつづいているのがはっきりと認められる。このときひるんだ者は逆にB29の餌食《えじき》にされてしまうのである。

このときほど、空に生きる戦闘パイロットのきびしさを感じたことはなかった。

加藤隼戦闘隊かく戦えり

当時飛行六十四戦隊操縦員・陸軍中尉　檜　與平

「加藤隼戦闘隊」とは通称で、部隊の正確な名は飛行第六十四戦隊である。

加藤建夫大尉は陸大入学のため北支を去り、ついで寺内元帥の随員としてドイツをはじめヨーロッパ諸国を視察した。その間に六十四戦隊は関東軍の隷下《れいか》にあって、満州の東京城飛行場を基地としてはげしい訓練の日夜を送り、昭和十六年二月、南支の広東へ出動した。

檜與平中尉

灼熱の地、広東郊外の天河飛行場には、日夜をわかたぬ要地防空の重任が待っており、いつしか指折りかぞえる暇もなく四月となっていた。佐藤猛夫部隊長が転出することになり、その後任として加藤建夫少佐がひさしぶりに着任することになった。

その四月十五日、全員が集結して待ちうける天河飛行場の東の彼方に、ポツンとあらわれた黒点——時刻はちょうど十六時十五分、加藤少佐操縦の九七式戦闘機（キ27）は、みるみる大きくなり、そしてあざやかな滑走ぶりでその第一歩をここにしるしたのであった。

少佐は元気よく降りると、笑顔を見せながら全員に力強く握手をされた。名にしおう歴戦の人に今ここで会えるという喜びとも憧《あこが》れともいえる少年のような胸の高鳴りが、私にはあった。私はこの日がはじめての少佐との対面であったが、その慈愛のこもる眼とひきしまった口元、心なしか右肩を上げるくせの少佐に、すでに魅せられたように見守っているだけだった。

かつて中隊長として伝統を築いた部隊へ、ふたたび部隊長として着任した加藤少佐の広い胸の中には、その喜びとは別にわれわれのうかがい知ることのできない重大任務がたたみこまれていたのである。そしてこの瞬間から、加藤隼戦闘隊の歴史はつくられていったのである。われわれの歓迎会にのぞまれて、母国の津々浦々にまで老幼をとわず口ずさんだ「エンジンの音轟々と……」の部隊歌に耳をかたむけている加藤部隊長は感慨ひとしおなのか、眼にキラッと光るものさえ見えた。

広東の郊外には、中国空軍戦士を弔う航空墓地があった。その墓地には、林《りん》大隊長をはじめいくたの将兵の碑が戦歴もあざやかに立ちならんでいた。この人たちはかつて日本に留学し、空中戦を学んだ経歴の持ち主である。林大隊長は日本に留学中、寺西多美弥大佐および加藤部隊長を教官と仰いだ勇士で、その素質も非常にすぐれていたと聞いている。

北支の空を舞台に、教官が教え子を追いかけて激闘をまじえねばならなかった戦争という皮肉な運命。教え子を撃墜した加藤部隊長の姿が早朝、林大隊長の航空墓地に見られたのは着任後まもないころであった。それはかるいマラソン姿で、つぎへの大任にそなえる身体の鍛錬をかねて、根気よくつづけられた。

昭和十六年五月十一日、牟田口兵団の恵州攻略作戦に参加して制空任務につき、後日その功績によって、後宮淳《うしろくじゅん》南支方面軍司令官から部隊感状を授与された。ついで同年七月、北部仏印方面に前進し、南部仏印進駐作戦に参加した。

長距離護衛に初成功

八月半ばをすぎたころ、とつぜん第三中隊より内地の福生飛行場にかえり、九七式戦闘機から隼戦闘機（キ43）に機種を改変することになった。その間に第一中隊長の丸田文雄大尉と、第二中隊長の坂井菴《いおり》大尉が明野飛行学校の教官に転出し、高橋三郎中尉（新潟出身、船団掩護戦死）が第一中隊長に、私の属している第二中隊長には高山忠雄中尉（宮崎県出身、クアラルンプールで戦死）が着任した。

部隊の機種改変が完了したのが昭和十六年十一月中旬、太平洋戦争開戦直前のあわただしいときであった。広東飛行場にあつまる飛行機の数も日ましにふえたが、仏印付近の天候が連日不良で、作戦予定地への前進をはばんでいた。

対米開戦予定日のX日は刻々とせまってきた。十二月二日の夕刻、いよいよ南部仏印のフコク島飛行場に前進を命ぜられた部隊は、その集結に一抹《いちまつ》の不安を感じた。二階の控室でひとり机にむかっている加藤部隊長は、戦闘機の性格上、途中で中継して前進すべきか、あるいは目的地が快晴であるので一挙に雲上を前進すべきかを苦慮していた。

当時の戦闘機をもって、一八〇〇キロ、六時間余の無着陸飛行は空前のことであった。しかし集中は、作戦遂行の八〇パーセントの重要性をもつ。この成否がすべてを支配するのだ。ついに断が下された。

十二月二日は徹夜作業で整備をおこない、明くる三日十一時三十分、加藤部隊長を先頭に第一、第二、第三中隊の兵力三十余機が広東を出発した。そして直路、仏印のジャングル地帯の雲上を飛び、ボロバン高原から大湖を右に見つつ、サイゴンの西方二〇〇キロ、フコク島の一画に十五時三十分、ぶじ全機が着陸した。

この集中で損害を出さなかったのはわが部隊のみで、他の部隊では全滅に近い損害を出したところもあった。しかし飛行機は前進したものの、整備員と弾丸、酸素などの補給がおくれ、われわれ操縦者が部隊長以下全員で装弾、整備をやり、勝手のわからぬなかをかけめぐって準備に夜を徹するありさまだった。

十二月七日の夕刻、第二中隊の高山中隊長の指揮する船団掩護部隊が、第一次任務のためスコールの中をぬって出発していった。山下将軍以下、マレー敵前上陸部隊の精鋭を満載した船団が、タイランド湾を航進する今宵から夜半にかけての護衛である。

乱立するスコールの中を日没まで掩護し、基地まで帰ってくる第二次掩護隊の行動は、まさしく決死隊である。安間《あんま》克巳《かつみ》大尉は加藤部隊長にかわって出動を懇請《こんせい》したが、頑《がん》としてきいれられなかった。そのかわり第一中隊長の高橋中尉が、十二月六日の夕食時、熱心に同行をねばっていたが、安間大尉の助言もありついに願望が達せられた。

船団の上空で日没をむかえた加藤部隊長以下の決死隊は、船団将兵の国運をかけた壮挙の成功を祈りながら、夜に入って全速で帰途についた。しかし、夜間飛行のためには計器類がきわめて不備なうえ、無線機も整備されていない戦闘機の苦労は、なみたいていではなかった。またこの日、戦闘機の帰途を誘導するはずの重爆機（操縦者大西大尉）は、ついに戦闘隊と会合できず、無念にも暗黒の浪にのまれてしまった。

基地を出撃する一式戦「隼」を見送る飛行64戦隊の搭乗員たち

個人の功名手柄を許さず

フコク全島が地響きするような轟音が、未明の空をゆすぶっていた。マレーに初陣の翼をのばすチャンスがやってきたのだ。昨夜の出動隊員を休ませた部隊長はややつかれた表情をしているが、全機をひきいて出動すべく飛行場に姿を見せた。部隊長に休みはないのだ。十二月八日の日記に、「約二時間の仮睡にて、月光を頂いて飛行場に到る」としたためてある。加藤部隊長を先頭に、第一中隊奥村弘中尉（中隊長代理・奥村中尉が指揮）が第二、第三中隊と全機をもってペナンおよびスンゲイパタニ地区を攻撃、二機炎上、六機撃墜の戦果をあげた。

支那事変当時は各中隊に撃墜旗をかかげ、飛行機の胴体に赤鷲のマークを撃墜ごとに入れさせた部隊長も、太平洋戦争になってからは個人の功名手柄を許さなかった。部隊の綜合戦力を主体とし、上空掩護があってはじめて安心して活躍ができるのであると、チームワークを最大の方針として教育された。そのため、極度に新聞報道を忌避《きひ》されたのも偉大な進歩であった。加藤戦隊には表だった撃墜王はただ一人もあらわれなかった。パイロットの撃墜数を整備員が知らない場合も多かった。

十二月九日、基地をシンゴラにうつすため強行着陸をおこない、その日のうちにタイ領のナコンへ進駐した。シンゴラからナコンへ前進の途中、ふたたびペナン島アエルタワルを攻撃し、ゆきがけの駄賃に炎上六機、撃墜六機の戦果をおさめた。

この強行着陸にたいし、船団掩護についで再度の感状が授与された。ちょうどそのとき、英極東艦隊のプリンス・オブ・ウェールズとレパルスがわが基地を艦砲射撃により覆滅すべく北上中であったが、さいわい海軍の攻撃によって難をのがれた。

十二月十三日、主力をもってコタバル飛行場に前進、マレー作戦部隊の補給港を掩護し、またクワンタン飛行場を攻撃し、着々とシンガポール攻撃の機をうかがっていた。

クアラルンプール空中戦

十二月二十二日、山下兵団の前進にあたって、ペラク河のクアラカンサル橋を敵の破壊にさきだって確保できるかどうかによりシンガポール攻撃の日程がかわってくるため、これを安全に占領する協力命令が下った。部隊は西海岸のアロルスター飛行場に前進し、任務につくことになったが、例によって闘志満々、積極先制の加藤部隊長は、コタバルからアロルスターへ前進の途中、クアラルンプールを攻撃してゆくことに決心した。

十時三十分出発、加藤部隊長、その僚機の武山隆中尉（韓国生まれ、崔明夏、陸士五二期生）、ついで攻撃中隊の高山中隊は囮《おとり》部隊として低空より、第三中隊は支援部隊としてその上空を、第一中隊は上空掩護の命をうけ、三層にわかれて太陽を背にしてクアラルンプールに進入した。

高角砲の炸裂《さくれつ》にまじって、敵戦闘機バッファロー十五機の編隊群を発見した。第二中隊はただちに攻撃をはじめ、第三中隊は支援攻撃と、彼我入り乱れて市街上空で壮烈な空戦を展開した。屋根すれすれまで急追するものもあり、数分でその全機を撃墜した。

衆人環視の中で日本空軍の真面目を発揮し、威容をしめした。しかし、この勲《いさお》のかげに涙ありの隊歌のごとく、第二中隊長の高山忠雄中尉は二機を撃墜したあと自らも被弾し、他の一機に壮烈な体当たりをして散華したのである。この日の部隊戦果は十五機撃墜だった。山下兵団がクアラカンサル橋を破壊前に占領しえたことはいうまでもない。

ラングーン上空の初合戦

「やられたか」、部隊長はコタバル基地にあって沈痛な面持ちである。大坂部隊の重爆五機、臼井部隊の重爆二機がラングーン上空で自爆し、臼井大佐は機上で戦死した。その電報をうけとったのが十二月二十三日の夜半だ。

部隊は独断でバンコクに移動し、翌日の攻撃を掩護することに決定、二十四日の夕方、バンコクに集中を完了した。灼熱の太陽がまぶしく滑走路を照らすなかで、命令がつたえられた。

「部隊は爆撃隊の直接掩護を実施し、その行動を容易ならしめんとす。飛行第七十七戦隊はラングーン上空に同時に進入、制空に任ずるはず。本日の戦闘主目的は敵機撃墜でなく、爆撃隊の行動を掩護するにある。単独の行動を厳にいましめる」

戦隊長は翼に白ダスキをしるしたマークも鮮やかに、十一時三十分、まっさきに離陸した。つづいて第一中隊長代理の奥村弘中尉、第二中隊長代理の大泉製武中尉（仙台出身）、最後

ビルマの首都ラングーン近郊を飛翔する飛行64戦隊、マダラ迷彩の一式戦「隼」

に安間中隊の順で飛びたち、メナム河上空で隊形をととのえ、北島、小川両爆撃戦隊八十機と合流した。

これよりさき、奥村中尉機の武装整備員は、定刻になっても機関砲の故障がなおらず、出動をとめた。しかし、奥村中尉はがんとして聞きいれず、中隊長の任をはたすべく出動したが、ついにふたたび彼の山羊ひげを見ることはできなかった。

酸素もないなか、高度六千メートルをとる。爆撃隊も動揺しているが、私も酸素の欠乏で晴天が真っ黒に見えてきた。しっかりせよと、部隊長以下の各中隊が激励に爆撃隊のまわりをとりまく。

やがて爆撃終了後、帰途についた瞬間、敵機数十機が禿鷹《はげたか》のように襲いかかってきた。われわれは本来の任務を忘れて、欣喜雀躍として禿鷹の群にむかって突入していった。加藤部隊長は小川部隊に同行し、ただ一機で群がる敵を右に左に追いはらい、全機ぶじ帰還させたが、他の北島部隊では三機の自爆を出した。北島部隊長の怒りは激しく、本分を忘れた私は背をまるめて消え入りたい気持であった。北島部隊長の前でわびられる加藤部隊長の姿に、全員は粛然として反省を誓った。このときの戦果は撃墜十機であったが、部隊長の「一機の戦果があることも悲しい。撃墜された重爆隊三機のことを考えれば、胸が裂ける思いだ」との言葉に、いちばん遅く帰ってきた私はいっそう恥じ入った。

だが、夜の食事のとき部隊長から「檜君はこれが好きだろう」と大きいザボンをいただき、どうやら叱責《しっせき》は終わりになった。しかし、食卓の歯の抜けたような空席、主のないコップを見ると、奥村中尉の帰ってこないことが、ひしひしと全員の胸にせまるものがあった。また、若山重勝曹長（新潟県出身）もマルタバン湾上空で敵に喰われてしまった。

戦い終わりと、マルタバン上空で放尿していたとき、ヒューンとすれちがった敵機に撃墜されなかった私は、運があったといわねばなるまい。

闘志あふれる鬼隊長

昭和十七年の正月はコタバルでむかえた。一月六日、部隊はシンガポール攻撃準備のため、西海岸のイポー飛行場に前進した。十二日早暁にシンガポールを攻撃してから二月一日まで、連続攻撃をくわえて五十数機を撃墜した。

一月十二日の戦闘で第二中隊長代理の大泉製武中尉をうしない、その後、八田米作中尉（陸士五三期）と辰巳英夫曹長（姫路市出身）が戦死し、若年の私が第二中隊長代理を務めねばならなかった。

一月十七日、地上部隊はゲマスを通って南下中であり、上陸部隊はバッバファートに上陸した。

わが戦隊は加藤部隊長が主力を指揮してスマトラ島パカンバル飛行場を攻撃したが、不幸にして対地砲撃中、加藤六三中尉機の機関砲は腔《とう》内で弾丸が爆発した（注：伊式はその心配がないが、出が悪いので国産の榴弾を使っていた）。加藤中尉は全身が油だらけとなり、真っ黒くなった顔にニッコリと笑いをうかべた。そして僚機の平野伍長に別れを告げ、低空で反転、自爆をとげた。

また、部隊長の僚機であった武山隆中尉と斎藤准毅曹長（北海道出身）はパカンバル付近に不時着し、武山中尉は敵兵と拳銃で応戦したが、ついにコメカミに銃口をあてて自決、壮烈無比の戦死をとげた。長く加藤部隊長の僚機としてその身辺を掩護し、将来を期待されていた人だけに、惜しみてあまりある青年将校であった。

一方、加藤部隊長は一度も出動を欠かしたことがない。ある日、私が僚機編隊として従っていると、部隊長の身体が前後に約四時間もゆれていたことがあった。あとで聞いてみると、燃料系統の故障でポンプを押さないとエンジンがとまるので、そんな姿勢のまま攻撃してきたのだと、マメだらけの手を振っていた。まったく頭の下がるファイトだ。

またあるとき、シンガポール上空に敵が一機舞い上がってきたので、部隊長が私に行けと合図された。私がモタモタして発見がおくれたとたん、部隊長は落下タンクをぶらさげたまま発進し、ピタリと敵の後方にくいついた。三回、四回と宙返りで逃げる敵について機をうかがっていた部隊長は、一連射をかけたとみるまに敵は紅蓮《ぐれん》の炎につつまれて舞い落ちていった。まったくあざやかな腕前であった。

パレンバン降下空挺隊掩護

シンガポール陥落にさきだち、パレンバンを攻撃すべし、とは加藤部隊長の主張であった。二月六日、シンガポールの北方一〇〇キロにあるカハン飛行場に前進し、パレンバンの航空戦力、大型機十一機および小型機五十四機の敵にたいして、長駆猛攻をくわえた。

軽爆の瀬戸戦隊は天候不良でひきかえしたが、部隊は独力で攻撃をくわえ、対地攻撃で六機を炎上させた。

ひきつづき二月七日さらに猛攻をくわえて二十一機を撃墜炎上させ、十四日にひかえたわが落下傘部隊降下の下準備は終わった。この戦闘で、部隊長僚機の奥山長市曹長（北海道出身）を失い、また至宝とうたわれた国井正文中尉（栃木県出身）は空中分解の悲運にあい、壮烈な戦死をとげた。

二月十四日、中尾部隊をあわせ指揮した加藤部隊長は五十数機に搭乗した落下傘部隊を掩護して、十一時三十分、敵戦闘機をして一指もふれさすことなく、南方の要衝であり戦力の根源パレンバンの攻撃を大成功にみちびいた。何をおいても、このパレンバンの敵戦闘機の撃滅こそ、加藤隼戦闘隊の戦闘史上、特筆さるべき一戦である。

「さあ、今度は満州だぞ」加藤部隊長が生ブドウ酒を口にして、われわれに話しているとき、タイ国チェンマイに転進しビルマ作戦に従事すべしとの命令をうけとった。

ビルマ作戦に参加

ビルマ方面の敵総合兵力は百六十余機、わが軍の制空権はまだ確立せず、地上部隊の前進は困難をきわめていた。第一中隊長に大谷益造大尉（東京都出身、陸士五一期）、第二中隊長に丸尾晴康大尉（香川県出身、陸士五〇期）がそれぞれ着任し、戦力も充実した。

パレンバンで捕獲した敵戦闘機ハリケーンを先頭に、タイのチェンマイ飛行場に展開を完了したのが、三月十五日であった。

三月二十一日、満を持していた部隊はいっきょに行動をおこし、長駆ビルマのマグエ飛行場を急襲した。ついでアキャブ、インパールと息もつかせぬ攻撃をくりかえし、攻撃開始後わずか一週間で制空権をわが手ににぎった。

三月二十七日、アキャブ秘密飛行場に敵機十三機在地の報に、ただちに出動した。爆撃隊は天候不良のため攻撃を中止したが、加藤部隊長は独力で攻撃に決し、在地敵機十一機を炎上、挑戦してきたハリケーン二機を撃墜し、第一次マグエ攻撃いらい残っていた英空軍をほとんど潰滅《かいめつ》させた。

巨星ついに消ゆ

四月八日、部隊は整備休養の日であったが、私は三機を指揮し、重爆隊を掩護してメイミョウ（敵司令部の所在地）爆撃に参加することになった。この日の出来事が部隊を決定的な悲運のどん底におとしいれようとは、だれが予想しえたであろうか。

私が任務を終えて基地に帰ってくると、飛行場に飛行機が一機もいない。ふしぎに思って着陸してみると、部隊は緬支《めんし》（ビルマと中国）国境のローウィン飛行場に敵機ありとの情報により、全員はカラスか何かをまちがえたのだろうと軽く考え、初陣の者をかきあつめて慣熟飛行のつもりで出動したとのことであった。

私は胸さわぎをじっとおさえながら、部隊の帰りを待っていた。やがて、部隊長の飛行機が一機、滑油で機体を真っ黒にして帰ってきた。そして、着陸するやいなや指揮所にかけこんで、頭をかかえたまま机にうつぶしてしまった。

聞くところによると、対地攻撃中、上空に待機していた米義勇軍のトマホーク戦闘機の精鋭（全員勲章保持者）に上からひっかけられ、加藤隼戦闘隊中の至宝、不死鳥とうたわれた北支以来のベテラン安間克巳大尉（名古屋出身、陸士四八期）、和田春人曹長（少年飛行兵第二期生、熊本県出身）、奥村完之中尉（奈良県出身）、黒木忠夫中尉（宮崎県出身、陸士五四期）の四勇士を失ってしまったのだ。

たった二日前、新編成部隊へ加藤戦隊の撃墜王とうたわれた竹内正君中尉（陸士五二期）、本山明徳中尉（陸士五三期、いずれもニューギニアで戦死）、平野中尉（陸士五三期）の三人を送りだしたばかりで、それがまたこの痛恨事である。部隊は開戦いらいの憂色につつまれ、寂として声もなかった。

「必ずこの仇は討ってみせる」

決してひるまないのが加藤中佐である。四月十日夜半、チェンマイ飛行場に整列したわれわれに部隊長の声だけが聞こえてくる。空には月齢二十三の眉毛みたいな月がかかっている。昼間でも航法のむずかしい雲南の山岳地帯だ。しかも夜間六〇〇キロの進攻である。

「……航法だに成功すれば、敵を奇襲しうるの確信を有す」との力強い命令である。

部隊長の大きい頭が、かすんで見えるのが頼りだ。一生懸命、一点を凝視《ぎょうし》して無我の境地で従った。二時間が長い長い時間に思えた。

夜がようやく白みかけたころ、山肌には白い霧が糸を引いたように横に長くなびいている。部隊長の翼灯が消された。後ろをふりかえると、片山正志中尉（陸

5月22日、戦死直前の加藤戦隊長。この直後に敵機を追って出撃、自爆突入

士五三期）の編隊二機が従っているだけである。

一緒に出発した遠藤健中尉（陸士五三期）の編隊はどうしたのか、と心配になった。まもなく飛行場に進入してみると、カバーをかけたままの飛行機が十六機、ずらりとならんでいる。こちらは四機だ。地上二メートルくらいまでいって、反復攻撃をかけた。スッポリ頭の入るような大きなアナがつぎつぎとあいてゆく。

翌日、すこし気分が悪く吐気がする。控所で横になっていると命令がきた。ひきつづいて敵を空中へさそいだし、その残存機に鉄槌《てっつい》をくわえよ、というのである。病気というほどでもないので出動した。やがて部隊長の飛行機が故障でひきかえす。やれやれ助かったと思うまもなく、すぐ修理して出発である。加藤部隊長は四十歳、私は二十二歳だ。なんとも恥ずかしい。

この戦闘で私は敵の編隊群長とわたりあい、不覚にも受弾二十一発におよび、臀部《でんぶ》に負傷した。そのほか僚機の三砂英吉曹長（福岡県出身）と後藤力曹長（大分出身）の二人を失った。私の入院中、安間大尉の後任として黒江保彦大尉が着任してきて、戦隊に一大威力が加わった。

五月十九日、病院を出た私は、アキャブ飛行場で制空中の加藤部隊長をたずねて、退院の報告をした。部隊長は非常に喜ばれ、みやげの煙草をおしいただいてくれた。

「部隊長、ここにおられては情報も入らないし、危険ですからトングーへ帰りましょう」

「いや、ここにいて一機でもやっつけておくと、ビルマの治安が助かるんでね」

自発的に大乗的見地に立って任務についている部隊長には、いくらかデング熱による疲労がうかがわれた。

かくて運命の日、五月二十二日を迎えた。十四時三十分、敵ブレニムを急追し、アレサンヨウ沖に巨星は消えていったのだ。軍神部隊長を失った部隊の大半の者が、その日突如として原因不明の病気で寝込んでしまった。

しかし、加藤戦隊の撃墜数はじつに二百数十機を数える。自ら戦果をへらされたことを勘案すると、その実数は三〇〇機をくだらないと思われる。

「自分で人に話のできるような戦闘は、一回もまじえることができなかった」と、もらしていた加藤建夫部隊長の戦闘経歴は、古今を通じて不滅の金字塔を打ち立てたのである。

飛行六十四戦隊 インド上空「隼」空戦秘録

当時飛行六十四戦隊飛行隊長・陸軍大尉　黒江保彦

黒江保彦大尉

戦争は遠いむかしのことであった。それなのに私には個々の空中戦がときおり、あまりにもあざやかに思い出される。なかでもビルマでの死闘、あの全身全霊を傾けて戦った若い日々の悔いなき戦いのある場面が、もう忘れかけていた記憶のそこから突然浮かびあがって、昔を今に、私の心に荒々しい息吹きをよみがえらせる。

そのとき、私は生涯にくらべるもののない精神の充実と集中が、あの個々の場面にあったことをあらためて認識しないわけにゆかない。

私は一年の間、英国空軍に学んでつい最近帰国した。十数年前におたがいの祖国の栄光を肩に戦ったわれわれの間も、今では歳月がいっさいの怨《うら》みと憎しみを消し去っていた。

基地を出撃する飛行64戦隊の一式戦「隼」。手前は二式複戦「屠龍」

ときに話題はビルマとインド正面の空中戦におよんだ。戦時中から情報によって知っていた相手側の戦闘機隊長の一人、ダッケンフィールド中佐（当時大尉）は、退役して中部イングランドの片田舎に住んでいることも知った。「よろしく」と伝えた私の伝言が、彼のもとにとどいたかどうかは知らない。

空軍大学同僚の一少佐は、最後のお別れパーティーでの記念のサインに、こう書いてくれた。「あなたとは第一回目はインド上空ですれ違った。第二回目に会ったのがこの大学で仲のいい同級生として学んだ。願わくは第三回目、世界のどこかでふたたび仲のいい親友として会いたいものです。どうぞ御幸運と御発展を祈ります」と。

そのほかにも、思い出の地名、おたがいに攻撃したり守ったりした空が共通の話題となって、かえって私には多くの友人ができた。

忘れかけていた記憶は、そうしたチャンスをとらえて私になまなましい迫力をもってよみがえり、古い日記や写真をひっくりかえして見るとき、まだ文にも書いてみなかったくわしい場面が再現されるかのように思い出されるのである。

敵、味方とはいったい何であろう。人間はまぼろしにうなされ、血なまぐさい命の取り引きをしていたのではなかったか。いまにして敵を知り、己れの裸をさらけ出して当時の敵の中に住んでみるとき、過ぎし日の凄絶な死闘は若さゆえにのみ息切れすることもなく、昂然と張りつめた情熱ゆえにのみくり返すことができたことをしみじみと感ぜざるを得ない。

さもあらばあれ、あのはげしかった空中戦の一コマをここに記述しながら、私は亡くなったこよなくも愛すべき若人たちの面影を、何度も何度も思いおこすのである。

オトリ戦法で征く

果てるともない雲また雲のならびたつ上空を、殺気をはらんだ三十数機の一式戦闘機「隼」(キ43)が西にむかって二つの大きなかたまりとなって飛んでいた——昭和十八年十一月、ビルマのアラカン山系を越えた上空であった。そのころ、ビルマの空戦はようやく激突の様相を示しはじめ、日本陸軍航空部隊にとっては、無気味に膨《ふく》れあがってきた連合軍航空戦力の脅威《きょうい》の実体にふれて、苦戦の色濃くなりつつあったときである。

一つの編隊群、これは新田重俊少佐の指揮する飛行第五十戦隊であった。この戦隊はこのとき三機ずつの五編隊が、がっちりと密集隊形に組んで、幾何学的な美しさに菱型の機影を雲に落として飛んでいた。

その上空に、一見バラバラに見えるおなじ隼が十数機、スピードを増して不規則な旋回をくり返しつつ、下の密集編隊群を見まもるように傘をひろげて飛んでいた。それが私の指揮する飛行第六十四戦隊、かつて加藤軍神にひきいられた伝統の部隊なのであった。爆撃機の攻撃とそれを守る戦闘機と見せかけた苦肉の進攻なのである。

北東ビルマのシャン高原の基地から前日は東へ、南西支那の要衝《ようしょう》である昆明《こんめい》を攻撃したビルマ方面航空部隊は、翼をひるがえして西へ、今日はインドを攻撃する、いわゆる内線作戦の軽妙さを示す出動であり、菱型の密集隊形は爆撃機に見せかけ、めざす敵の前線基地コックスバザーの戦闘機をオトリ戦法で釣り出し、空中に決戦を求めようという作戦なのである。

下方はうすずみ色のゴツゴツした乱雲で、ところどころそびえ立った積雲系の南方特有の雲が灼熱の陽に映えてまぶしく、戦闘機のコクピットに照りかえしが降りそそぎ、異様な緊張した雰囲気をかもし出していた。それでもときおり雲間からチラッと濃緑のジャングルがのぞまれたのは、全天をおおう雲ではなかった証拠である。

もし、国境のどこかに布陣する敵の地上軍か、あるいは監視哨が、雲間からこの上空をごうごうと通って西へむかう日の丸の大編隊を仰ぎ見たら、機腹に雲の白さを反射した密集隊形の隼を見つけて、まぎれもなく日本の戦爆連合の第一線支援空軍来襲と判断し、その通信機はたちまち見えない火花を散らせて電波を送り、敵基地の戦闘機に邀撃《ようげき》態勢をとるよう要請したであろう。また敵がレーダー基地を持っているとしたら、そのスコープには明らかに大編隊が来襲しつつあることを捉えたであろう。

こちらとしてはそれが思うツボなのである。もし敵戦闘機があわただしく離陸し、雲をぬけて比較的弱い防御力しかない軽爆撃機だと見て、よきカモござんなれとかかってきたら、そのときこそ、五十戦隊の密集編隊をサッと解いて戦闘機の本性に変貌し、これにいどみ合うてはずなのであった。だからなるべく敵の監視哨もレーダーも、こちらを明らかに発見してほしかったのである。

だが、静かな空には何ごともなかった。雲の照り返し、灼熱の陽は高く、青い空からギラギラと白熱の無数の光をそそぎ、上から見る隼のドス黒い翼と胴体を焼く。

そのうえ、大気は少しにごっていた。長い乾季に舞い立ったあらゆる地上の埃やジャングルの野火の煙塵《えんじん》、それらの微粒子《びりゅうし》をいっぱいにふくんでいるのだろうか。それに光線が乱反射して独特の烟霧《えんむ》となり、浅黄色の空気が上へ上へと果てしなくつらなってこの一画の空を孤立させ、ぶきみな嵐の前の静けさみたいなものを漂《ただよ》わせていた。

深傷を負った重爆とともに

しばらく、敵影は一機だに見つけることはできないまま、われわれは雲上を直進していった。操縦席では、右手でシッカと操縦桿を握りしめた一人一人の若人たちが、編隊を信頼と友情のきずなで結び、スロットルを汗ばむ手袋のなかの左手にジッと保持していた。

その一人一人の若人たちは、長い数多い空中戦に堪《た》えぬいて生きてきた不屈の意志の男だ。

怒江に近いビルマ戦線ロイレン飛行場で飛行師団・中野参謀と打合せ中の黒江大尉

らんらんと虚空《こくう》の果てまでも見ぬこうとする瞳はトゲトゲしく、そげ落ちた頬につもるアカと、熱帯の陽と高空の紫外線と哨煙にやかれた皮膚《ひふ》に生えた無精《しょう》ひげには、劣勢《れっせい》を常識に、鉄の軍規につらぬかれて奮戦力闘してきた跡だけが痛々しかった。彼らには、そうだ、昨日の激戦が心の片隅にシコリのように残っていたのであろう。

今日の西へ飛ぶ攻撃行と反対に、昨日は東向きの攻撃行であった。在支米空軍基地の昆明上空でわたり合った何とも具合の悪いまとまりのない空中戦——それは赤茶けた浸蝕《しんしょく》だらけの大地の連続、単調でさっぱりどこがどこだかわからず地点標定《ひょうてい》のむずかしい内陸の湖のかたわらの上空での出来事だった。

雲間には殺気をはらんだ哨煙が垂れこめていた。いつもの短い射ち合い、キナくさい閃光《せんこう》とドス黒いトマホークP40、それに鰻《うなぎ》の肌にも似て捕えがたい奇妙な双胴のライトニングP38のある瞬間の悪夢にも似た光景は、彼らパイロットの瞳にこびりついてはなれない。

けっきょく、高射砲の弾幕が黒く投げ出された雑巾《ぞうきん》のように散らばった雲間に死の乱舞をくりかえす両軍は、味方の重爆編隊を中心に攻防の秘術をつくし合った。しかし私が忘れられないのは、攻撃をおえて旋回がすんだ直後、傷ついた一機の双発重爆が片発動機のペラを止め、油を黒くひき引込脚すら出してしまって、塔のようにならびたつ雲の柱の中をのろのろと飛んでいた光景なのである。

そこへ当然のことながら敵の攻撃は集中した。群がり寄せるフカのような敵戦闘機からこれを守ろうと、健気《けなげ》にもその絶望的に傷ついた重爆のうえを旋回していた隼戦闘機の遠藤健中尉以下四機は、やっぱりかえらぬ翼に名をつらねてしまった。

雲の墓標だったのかしら――あの塔状積雲の下は波濤《はとう》を思わせる乱れた雲、そして上空には陽をさえぎるかと思うと、ところどころ一瞬まぶしく照らす高積雲が、その場の雰囲気をさらに印象的に暗くいろどっていた。

またしてもわが最愛の僚友《りょうゆう》死す。しかも雲間の不可思議でさっぱり真相のわからないホンの一瞬の空中戦は、みんなが帰ってからどれだけ話し合ってお互いの見た情景をつなぎ合わせてみても、バラバラなくい違いがあってハッキリしない。

はっきりしていることは、傷ついた重爆も、そのうえで旋回を切りかえて群がり寄せる敵とわたり合ったあの若人たちも、帰ってくる望みはもう絶対にないという惨酷《ざんこく》な事実だけなのである。

悪夢――まさに白昼夢《はくちゅうむ》のように生命をうばった事実、それがみんなの胸に後味わるく残っているに違いなかった。いつかは俺の上にもその運命がくる、と。

「今日は、昨日の腹いせにハリケーンを食ってやろう」

「下手はすまいぞ、今日こそは――」

密集隊形の第五十戦隊は、すでにコックスバザーとおぼしき地点の雲上に達し、高度二五〇〇メートルで左旋回していた。しかし何ごとも起こらない。そこに見えるものはひろがる空と雲、きれぎれに見える水とジャングルだけしかなかった。

低空の追撃

私は少しいらいらしてきた。

「よかろう。敵さんが迎え撃ってこないなら、では雲を突っきって下へ突っ込んでみよう」

スロットルを少ししぼって、速度三五〇キロでわが第六十四戦隊の十数機は雲間を下へ出た。積雲系のいかにも暑苦しい厚味のある雲であった。雲底の高度はわずかに二百メートルしかない。地面と雲の間隔が狭いということは空中戦には不向きなこととわかっている。

われわれは縦になってコックスバザー飛行場の周りを遠く大きく旋回する。超低空でジャングルの樹上すれすれだ。そしてジッと飛行場を注視する。もし飛行場から土煙りがあがったら、それが敵戦闘機の離陸だ、すぐ殺到していってとらえよう。

「上がらぬか、早く上がれ、離陸してむかってこい」

われわれはそう心に呟きながらスロットルを押す。戦闘巡航速力、飛行機はいつでも戦闘行動がとれるように、普通より速くそして僚機は間隔をひろげて、どんな急機動でも隊長機にくっついてゆけるよう、後方に浮き沈みしながらつらなっていた。

とつぜん、私の馴れた瞳はチラリと黒い影が雲間を横切ったのをとらえた。

「いた、いた」

一瞬、反射的に全速力、機首を急旋回で敵の針路へ。近寄るまでもなく、雲から雲をぬって積雲の底に逃げかくれようとするのはまぎれもないハリケーン二機だった。

「それゆけっ！」

全機はいっせいに私を先頭にハリケーンを追った。やはりハリケーンは先に離陸して上空にいたのだ。これはしかしあまりにも敵側の数が少なかったので、遠くから数多い隼と知って攻撃を遠慮したのだったろう。それがいま自分の基地に帰ってきたところに違いなかった。

フルスピードの私が敵の後下方に追いせまったとき、ハリケーンは急上昇姿勢をとって雲の中へ昇っていった。とたんに見えなくなる。直距離六百メートル。すかさず、私も雲に飛びこんで上昇してゆく。一秒、二秒、三秒、真白い雲を計器にたよって上昇してゆくとき、雲を突きぬけて上に出たら、いったい敵機はどんな関係位置に、どんな態勢で待ち受けているだろうか、との不安が脳裡《のうり》にひらめいた。まかり間違って変な態勢で出て、そのトタンに敵機の機首がこちらを向いて、七・七ミリ十二梃の機銃から消防ポンプのように弾丸を射ちこまれてはかなわない。

ハリケーンを叩き落とす

十秒ぐらいで雲は切れた。青空が眼前にパーッと拡がった。ハリケーンは私が予想したように、そのとき青空を背にして私に襲いかかろうとまさに旋回中であった。直距離五百メートル。しかし幸いなことに敵の機首はまだ九十度までまわっていない。

「よーし、大丈夫！」

この態勢と距離では、敵が旋回をおわっても、こちらを向くより早く私の方がその内側にまわりこんでしまえる。弾丸を射たれずにすむことはトッサの判断でわかった。だから左へ左へと敵と同じ側に旋回する私の鼻先を、敵はギコチナク翼を傾けて斜めにサーッと落ちるように、また雲に突っ込んでしまった。全馬力、全速力。いまこそ捕捉《ほそく》の好機《チャンス》、私もすかさず雲に突っ込む。敵の方向を見さだめて――。

雲下へは一瞬のうちに出た。急降下を引き起こしたハリケーンは、濃緑のジャングルをかすめて北へ逃げた。私も樹上すれすれにこれを追った。河を越え、そして平たい島の上空でついに追いつめた。ブースト計はプラス一〇、回転数二五〇〇、私にはまだ追う余裕があった。ぐっと近くなった機の前に、左へ右へと旋回して焦り気味に飛ぶハリケーンの命脈は、もう見えていた。

短い点射、落ちついて二連射したあとで見ると、ハリケーンは翼を左右に振っていた。「助けてくれ、見逃がしてくれ」とでもいっているようでもあったが、後方を見るための自然におこなわれた機動であったのかもしれなかった。

島の中央には丘陵《きゆうりよう》がつらなっていた。恐らく敵のパイロットは、後方にダニのようにくっついて離れないこちらを見るのに手一杯であったのだろう。翼をふって小刻みに動揺する敵機を照準器にとらえるのに苦労して、第三撃目の発射をしようと少し持てあましていたとき、敵は突然バーンと丘陵に衝突した。コッパ微塵だった。私は砂煙の上をのめるように飛び越えてふりかえったが、土くれとともに破片となって飛び散ったハリケーンは、燃えあがらなかった。

私はいそいで右旋回した。いつしか主力とはなれてたった一機になっている。雲の上と下への急機動で、誰もついてくることができなくなっていたのである。

「ほかに敵機はいないか、ここでやられぬ用心が大切」

私は超低空、全速力で南へ引き返した。上空に必死の見張りの眼を向けながら——。やがて、はるかコックスバザーの方向に乱舞する点々とした機影が見えてきた。味方の隼にちがいなかった。

死の急降下

コックスバザー北側の入江に、病院船が赤十字のマークをつけて浮いていた。そこへ乱舞する一群が近寄ってきた。見れば、味方数機が一機のハリケーンに交互に攻撃を加えているところであった。やっている……と思ったつぎの瞬間、水柱があがってこの戦闘もおわった。

あとでわかったが、遠方からハリケーンと見たのはじつはブレンハイム中爆で、高橋俊二中尉編隊の鮮やかなチームワークの勝利であった。別にもまた飛行場の方向に一機を撃墜したらしく、大きく黒々とした煙の柱が望まれた。二機目のハリケーン撃墜のしるしなのであった。

私はスピードを落としながら味方の編隊の中心部に入っていって、大きく翼を交互に振っ

インド方面攻撃に出動すべく土煙りをまきあげてビルマ戦線トングー飛行場を離陸する飛行64戦隊の一式戦「隼」

た――集まれ、集合、戦闘終了――の合図である。

三機撃墜確実はこの目でわかっている。味方は一機だに欠けていない。「壮快な勝ちいくさじゃないか、下では敵さん口惜しがっているだろうよ」などと考えたのが、運の尽きであったのかもしれない。おごる者への酬いはたちまちきた。低空で敵飛行場の近くを横切るのが無謀であることに気がつかなかった指揮官の無能を、私は責められるべきである。

突然、編隊の中に破裂音をともなって軽高角砲（いわゆるポンポン砲）の弾幕が開いた。四十ミリ級のやや小型弾であるが、みんながいましも編隊を組んだ密集区域に破裂した運命の一撃であった。

私の右側の隼が一機、矢のように急降下してゆく。角度六十度。最初は高角砲陣地にたいして射撃する気かと思ったが、彼の機首は地面が近づくのに起きてこない。

「引け、起こせ、引っ張れ」

声にならない声ではげます視線の先に、遂にこの隼は機首を上げることなく大地に激突し、真紅の火柱となり、すぐに黒煙と変わっていった。

「やられた、しまった！」

急旋回、全機たちまち雲中へ、そして全速で飛行場をはなれた。雲の上へ出るとき、下方の兵站《へいたん》道路を一〇〇台を越えるおびただしい数のトラックで砂塵をあげて前線へゆくのが見えたが、射撃するのはこのさい断念したほうがよさそうであった。せっかくの撃墜戦果も味方の一機をなくしては帳消しになったようであった。この上さらに損害が出てはみんなに済まない——そういった弱気が私にあった。

雲の上で、全機がまた私に近寄ってきた。天蓋《てんがい》をうしろにずらせて、私は手で一人ずつ近くへ寄せて、顔をのぞきこんだ。誰が一体欠けたのか、あの墜とされた機のパイロットは誰だったろう。ラジオでみんなにたずねてみても返事もしない。手のモールス符号で、私は隣りの機にたずねてみた。

「ツートト・ツーツーツー（だれ）」

隣りの隅野五市中尉も、頭をかしげて誰かわからないといっている。

遠くの高橋編隊が四機のところ一機欠けている。「二番機平野軍曹か？」まさしく平野軍曹であった。紅顔の美少年、少年飛行兵出身の若人、平野をまずい指揮で殺してしまった。なぜあんな集合地点を選定したのだろう。なんであんなところをうろうろしたのだ。私には悔恨《かいこん》以外の何ものもなかった。

力落ちした私に集まってきているこの可憐な人たちを、これからゼッタイにまずい指揮で殺してはならない。それにしてもあのポンポン砲め……といいようのない憤《いきど》りがこみ上げてくるのであった。それが戦場の異常で単純な心理なのであった。

B25編隊への怒り

帰りの空は長い。いつでも緊張をゆるめるわけにはゆかないが、気落ちした私には、この日とくに悔恨《かいこん》だけでふらふらになりそうであった。けれども、何がつぎに起こるかわからないのが戦場の常であった。後ろをのみ振りかえる私は、ハッと電気に打たれたようにみんなの緊張がわかった。——何かまた変わったことがある——味方編隊が小刻みに動揺したからである。

まさしく、いましも密集隊形のノースアメリカンB25双発中爆が九機、同高度を反対方向にすれ違ってゆく。左側直距離二千メートル、ビルマの味方占領地を爆撃して基地に帰ってゆく敵の精鋭であった。すばらしいスピードとその特徴ある双尾翼の姿態が、アメリカ空軍のマークも鮮やかに、きれいな編隊で三機ずつ三つがっちり組んで、こちらを発見したのか、ゆるい降下で増速している。

みんなの気持の中には、ついさっき墜とされた味方機の犠牲に対するいいようもない憤りが、沸々《ふつふつ》とたぎり立っているときである。たちまち申しあわせたように全機は急ターンして、いましもすれ違ったB25を後方から追撃した。B25の編隊はそれでもフルスピードで整然と編隊をくずさず遁走する。

そこへ豪勇をもって鳴る隅野中尉が強引な追尾攻撃に入った。壮烈な射ち合いであった。敵九機の後上方と尾部の銃が白煙をふきながら隅野機を射った。隅野機も白煙をひいて全弾射撃する。そして空戦はふたたび西へ西へと敵地へ流れていった。

隅野機につづいて各機が側方および後上方から喰いつく。やがて敵一機が左エンジンを射ちぬかれて落後した。近寄って一射撃をくわえてみれば、胴体も翼もズタズタに孔をあけられた敵機は満身創痍《まんしんそうい》である。そのうち四つのパラシュートが飛び出し、ジャングルの上に純白の花をひらくと、B25は静かにダイブに入り、おかしいほど静かに真逆さまになって落ちていった。

そして火柱、黒煙となったこの一機を残して、残りの八機は前方にそびえる大きな積乱雲の中に突っ込んだ。戦闘終了である。この間、約十五分ぐらいであったろうか。四つのパラシュートは人跡未踏《じんせきみとう》の大ジャングルに沈んでいった。

私に新しい心配が起こってきていた。

「ガソリンがもう足りないはずだ——ビルマ内の基地へは帰れない。全機でアキャブの前線基地にゆく以外にない」

たとえ爆撃銃撃を受ける心配があるにしても、みんなのガソリンの考慮を忘れての奮戦を収拾《しゅうしゅう》するには、この際、安全な着陸が先であろうと決心した私は、アキャブが見えたところでは編隊を解散し、まっすぐに着陸した。

しかしそのとき、僚機のガソリンタンクはすでにカラカラになっていたらしかった。一機がプロペラを空転させながら、明らかにガソリンが切れて止まったエンジンで飛行場に斜めに進入降下してきて、低空でひねって滑走路に平行になろうとしながら、とうとう掩体《えんたい》の土堤《どて》にぶっつけて転覆《てんぷく》し、パイロットの毛利公一中尉は重傷を負ってしまった。

また他の一機は、滑走路までとどかずに、脚を引っ込めたまま畑の中に胴体着陸してしまった。壮烈なB25への攻撃意識がもたらした結果は、こんなところで思わぬ失敗となってハネ返ってきたのであったが、それは勝ったという自信と、味方の損失を何となくお返ししたような満足で十分つぐなわれたような感じであった。

私どもは早々に燃料を補給すると、おわった機から順々に離陸して上空を警戒し、残った全機を揃えてアラカンを越えて発進基地マグウエに帰った。

〝ベンガル湾の波遠く〟

戦場ではつねにシンプル（単純）な原則しか通用しなかった。疲労とあまりにも大きく一瞬の運命にさいなまれる異常な環境では、平時に考えるような巧妙で手のこんだ作戦指揮はありえないような気がした。

とくに第一線指揮官には、鉄の攻撃意識と強い忍耐と、激しい勇気をいつでも温情と友愛のオブラートでつつんで大きく部下をリードする必要があった。個々の人間には、ときにためらいも気おくれもあったし、発奮も憤怒もあった。そのいろいろの戦場心理をつかむものは、弾雨をみずからくぐる指揮官以外にない。またそれをリードできるのも、大勇をそなえた最も信頼される指揮官以外にないであろう。

危難をみずから拾い、身をすてて友を助け、友の不運不幸を親身に悲しみ、ひとたび怒ったならば千万の敵といえども決然尻ごみしないで戦えた人が、そも幾人あったろうか。それにしても強者たちはみんな散っていった。本文に名をあげたすべての人は、その後の戦闘で全員死んでしまった。

隼がいかに旋回性や性能がよくとも、鉄の団結がいかに強かろうとも、雲霞《うんか》のごとく寄せる数多い敵機と、それにつぎつぎに出現した新しく性能のいい強敵、スピットファイアやムスタングP51などと対抗しては、昔日《せきじつ》の面影はとどめることはできなくなってしまった。大戦は後半戦に移行して、日一日と戦勢われに利あらず、こうした個々の空中戦の勝利も、いつしか色あせて忘れられていったのである。

しかし、私にはいまでも颯爽《さっそう》と積雲をぬい、高空に優雅な姿勢で飛んでいた大戦前半の隼の面影がありありと想起される。翼端から真っ白な水蒸気の尾をひいて急旋回した隼、勝利の凱歌《がいか》を両翼にのせて、南方特有のジャングルの上を飛んでいた日の隼を想うことしきりである。

見よアラカンの山越えて　大ヒマラヤの峰の果

ベンガル湾の波遠く　進む決死の俊翼が　あぐる凱歌のその誓い

そうだ、隼空征《そらゆ》きし日々、日本人の心の中にこの飛行機は、やっぱりあの時代の忘れられない若人の情熱を感じさせる歴史を形造っていたのであろう。星霜《せいそう》十数年、世は大きく変動した。けれども私はもしいわせてもらうならば、

「私は隼で戦った」

というただひと言に、知っている人は無限の懐かしさを、知らざる人も祖国の栄光を信じて戦ったその人の若い日のことに、いささかの尊敬を払ってくれるであろうと思う。ましてや散り果てし人を忘れ去って、その純一なりし精神に泥をぬるような心ない言動を加えるなどのことがないように祈りたい。

空戦場の上空を飛ぶ

歴史は大きく転回してゆく。私は死闘の空を再度通るチャンスに恵まれ、アキャブ沖を通るBOACのコメット四型の座席にすわって、あかず眺めていた。だれ知ろう私の感慨《かんがい》。空の色と海と陸、それに雲の形さえ変わりないインド洋の上で、走馬灯のように数々の空中戦が瞼に浮かんだとき、私は一人一人の友の名を呼びつづけ、ジッと食い入るように窓に額を押しつけて泣いた。

そのとき、平らな雲の頂きに不思議にもたった一つの塔状積雲があった。その塔はコメットの進行につれてしだいに傾き、頂上からだんだん消えて、ちょうど視界を去るときに全部の形が崩れてなくなってしまった。気象現象になんの偶然や神がかりな現象が起こるはずもないであろうが、それがちょうどアキャブ沖のことであっただけに、あの海と陸に散った軍神加藤さんをはじめとする数多い私の先輩同僚部下たちの霊のしからしめるものではなかったか、と思わないわけにいかなかった。

空に散りにし友よ、できることなら私はコメットの窓から花束でも上衣でも投げてみたい強い衝動があった。それほど強烈な印象で、われわれの胸に、あのころの空中戦と空の友の面影はのこっている。

コメットはふたたび一万二千メートルの空を、巡航九百キロで苦もなくカルカッタからラムレ島、そしてラングーンをへてバンコクへ、数々の積雲や積乱雲を越えて飛んだ。

幾多の謎や不思議な空中戦を秘めたあの雲と烟霧《えんむ》など、現代のデラックスな航空機にとってものの数ではない。これまた頬を窓にくっつけて真下を通るラングーンの市街を飽《あ》かず眺める私の視界を、高層雲が思い出をたち切るかのように隔ててしまったが、そのときわれわれは、なぜにあれだけ闘魂を燃やして戦ったのだろうか。

戦後、会ってみたイギリスの多くの当時の敵側の人たちが、あまりにも愛すべき友人であり、信ずるに足る人たちであったことを身をもって知っただけに、私の素朴《そぼく》な疑問は尽きないような気がした。国のポリシイ、国民の考え方の公約数、そんなものはときにとんでもない錯覚であることがあるのかもしれない。また、個人と国とは大変な性格の差がある。そして個人は、しょせん国の大きな歴史の流れの中にその身を投じて、運命の車に乗ってゆかねばならないのであろう。

私たちのように、戦争のギリギリの中を生き抜いてきた者も、すべてがやむを得ない試練であったかと納得できるものもある。それが日本民族の避けられない試練であったと思う。隼の思い出に寄せて、私はそうした運命観みたいなものを今にして思うのである。

そして、「ああして、こうした」という戦記が、忠実に事実と個人の所感を述べるものであるかぎり、書かれても読まれてもよいものであることを信ずる。誰が何といおうとも、私たちは祖国に絶対の愛着をもって、その義務に邁進《まいしん》したことを誇りにしているからである。

隼戦闘隊ニューギニア増援の七十日

十余機撃墜の陸軍エース空戦記

当時飛行三十三戦隊中隊長・陸軍大尉　生井　清

ダダダ……ピュンピュンピュンと突然の機銃弾の音に、スワ敵襲とばかりピストを飛び出せば、朝モヤをついて初めて見るP47（サンダーボルト）戦闘機二機による奇襲である。

私が気づいたときには、P47はすでに滑走路のむこう側を銃撃しおえて、上昇しているところであった。そこで私はすばやく落下傘の縛帯《ばくたい》を身につけながら愛機のそばに駆けつけたが、こんどは敵はこちら側に機首をむけて突進してきた。

〝愛機よ狙われるな！〟と、祈るような気持で掩体壕に身を伏せて様子を見ていた。だが、幸いといおうか、P47は東側列線の第二中隊側を銃撃し、ピュン、ピュン、ピュンと土煙りを立たせながら頭上を急上昇して通りすぎ、高度二千、三千と機影が小さくなっていった。

生井清少佐

私は「第一編隊まわせ！」と叫んで、愛機である一式戦「隼」二型の座席に飛び乗ったが、さっきの敵機は東の空に豆粒のように小さく見えた。それを見ながら車輪止めをはずすのももどかしく離陸滑走をして、浮き上がらせるやいなや直ちに機銃の空中試射をおこなった。ダダダダ……と快調に弾丸が飛び出していく。

離陸した直後に敵機にかぶられては死と直面だとばかりに、エンジン全開でまずぐんぐん速度をつけた。速度計は二〇〇、二五〇、三〇〇キロをさして、どんどんスピードが上がってきた。そして、はたして敵はどこへ行ったのだろうと、目を皿にしてまわりをくまなく見張りながら、徐々に高度をとった。後方を見ると、わが編隊の僚機二機があとにつづいてくるのが見え、非常に心強く感じた。

敵機はもはやケシ粒のように小さくなっていて、見失っては大変と、しばらくあとを追った。すると敵の二機は急に旋回しながら高度を下げはじめた。〝たぶん、となりのウエワク航空基地をたたくつもりか？〟そうなるとしめしたものだぞとほくそえんで、敵に見つからないように後下方にまわりこんで距離をちぢめていく。しかし、その距離はなかなかちぢまらない。

まだまだだと思っていると、敵はとつぜんサッと急降下をはじめた。そこで私は充分に未来位置をとって、これにひねりこんだ。だが、敵はなにしろ名にしおう七トンの巨大戦闘機であるのに対し、こちらは二トンたらずの軽戦であり、その重量にまかせてものすごい速度で降下する。そのうちの一機をすれちがいざまに、やっと捕捉した。そしてダダダ……と十三

一式戦「隼」二型の列線。中支漢口飛行場にて

ミリ機銃二梃で一連の猛射をあびせたが、必殺の射距離にはとどかず、わずかにガソリンを噴射させただけで遁走されてしまった。これがニューギニア進出の戦闘の第一回戦である。

ニューギニアへ進出す

わが飛行第三十三戦隊は昨夕(昭和十九年二月二十二日)、ウエワクの西約三十キロにあるブーツ西飛行場に到着したばかりである。

戦隊は、今次の太平洋戦争のはなばなしい緒戦には参加できず、満州国の佳木斯《チャムス》、杏樹地区で対ソ警戒にあたっていたのであるが、翌十七年八月、ついに待望の出動命令をうけた。それいらい南支、中支、仏印、スマトラ、ビルマを転戦し、昭和十九年一月、ひさしぶりにスマトラ島のメダンにおいて戦力の回復中であった。

一年半にわたる数十回の激烈なる空中戦闘において、すでに三十数名の空中勤務者を失っていたので、これを補充しようとして急速練成にはいったのも束の間、戦局が日本軍に不利になりつつあるニューギニア作戦にようやく参加を命ぜられた。一月三十一日のことであった。

当時は戦隊長・福地勇雄少佐(陸士四七期)、第一中隊長・生井大尉(陸航士五三期、私)、第二中隊長・土井千幸大尉(同期)、第三中隊長・河野清助大尉(少候十九期)という編成であった。しかし、第三中隊長以下はバンコクにあって、泰国《タイこく》空軍にたいして九七式戦闘機の伝習教育にあたっていた。そこで戦隊はひとまずシンガポールに集結して整備の完璧を期し、二月四日、第三航空軍司令官以下に見送られて長駆三千浬《かいり》の航程を勇躍出発したのであった。

このときは戦隊長編隊四機、各中隊十二機で計四十機、それに整備員搭乗の輸送機十機の配属をうけて、総勢約一三〇名という堂々たる編成であった。なお、約二〇〇名はスマトラに残留していた。

それからのわれわれは赤道を越えて直路南下してジャカルタに一泊、翌日はジャワ島東端のマランまで前進した。ここで航空機は充分に最終整備し、人間サマは生還を期しがたい門出の最後の保養地として、全員が心ゆくまでたのしみ、いっさいの煩悩をたち切ってふたたび出発した。

これからさきは飛行場もせまく、また爆撃のおそれもあったので、各中隊ごとに別経路をとることにして、私の中隊はチモール、セレベス経由で三日目にアンボンに集結したのである。ここではさっそくの夜間空襲に見舞われて、宿舎も直撃弾にやられてくずれ落ちるなかを、あわてて防空壕にとびこむしまつで、ニューギニアに到着するその前夜からして一発見舞われたしだいであった。

翌日はニューギニア最初の補給基地であるバボに着陸した。ここは滑走路もみじかくてせまく、東側の池に落ちこんだ友軍機の残骸がゴロゴロしており、わが戦隊所属の二機も滑走路からはみだして使用不能となっていた。バボはその日に出発して一挙にホーランジアまで前進し、二月十六日、第六飛行師団長（板花中将）の指揮下に入ったのである。

ホーランジアはオランダ占領時代から、中部ニューギニア北岸にあるジャングル地帯唯一の要衝で、赤屋根の洋館が数軒ある風光明媚な小港であった。一年ほど前から航空部隊の前線根拠地として飛行場も三ヵ所あって、海軍水上機部隊も展開していたが、純地上部隊はほとんど到着していなかった様子である。

ブーツに展開していらい十日くらいは敵も戦力の回復中らしく、偵察と夜間にいやがらせの爆撃をおこなうていどで平穏であった。しかし私たちにしてみれば毎日毎日が緊急した姿勢での明け暮れであった。

三月にはいり、二日に私たちは双軽爆撃戦隊を掩護して、北方のアドミラルティー諸島を攻撃のため進攻したが、天候不良により中止してウエワク飛行場に着陸した。このとき、着陸事故で第三中隊の栄田年太郎曹長がニューギニアにおける初の犠牲者となった。

ウエワクは、昨年からのたびかさなる猛爆撃により付近のヤシ林は全部が丸坊主で大小の弾痕だらけというすごさで、いままでの戦闘のはげしさを物語っていた。この日は、ほかの基地から三個戦隊も集まったので、宿舎とは名ばかりのニッパヤシの掘ッ立小屋で一夜をすごした。

翌朝、ブーツへ帰還する前に、ひげだらけで痩せさらばえた一人の将校が私をめがけて駆け寄ってきた。そして突然、

「よおーッ、満州いらいだ、なつかしいなあ！」

というので、よく見ればなんと戦隊の整備隊長、田崎大尉であった。その彼が、

「いまちょっと敵さんも小休止の状態だが、近く毎日のように大攻撃があるよ。もうここへ

きて一年近くになるが、先輩、同期生、後輩のほとんどの操縦者が戦死したよ。重傷者が内地に帰れるだけだよ、あまりムキになるな」

と恬淡《てんたん》と語ってくれた（彼はこの地で自活態勢にはいり、よく生きのびて終戦後に帰還して、いまも元気に活躍している旧き友である）。

初めての大邀撃戦

ブーツ飛行場へ帰ってからの五、六日間は平静であったが、三月八日になり、「全機出動、敵戦爆連合の大編隊、ギルギル岬東進中」の電話と同時に、戦隊本部前で大きな青旗がふられた。この旗は「全力邀撃」の意味である。ついで直番の警急中隊である第二中隊の赤旗、つづいて第三中隊の黄旗、そのつぎにわが第一中隊の白旗がふられた。しかし、まだ迎え撃つ時間的な余裕はたっぷりとある。そこで、航空糧食をかじりながら操縦者の全員と機付長を集合させて訓示をした。

「本日はニューギニアへ来て初めての大空中戦となろう。攻撃目標の重点は爆撃機、それもおそらくB24と思うが、これらの後方銃はとくに危険であるため、側前上方攻撃に徹せよ。とくに初陣のものは敵戦闘機と後方見張りを厳重にし、編隊長から絶対にはなれるな。きょうは敵さんの顔をおがむだけで充分である。さあ出発！」

そういって愛機に近寄ると、中隊長就任いらいの機付である戸塚伍長は、すでにエンジンをかけて試運転中である。

「ご苦労、異状はないか？」

「ハイッ、点検異状なし。中隊長殿、きょうもがんばって撃ち墜としてきてください」

といいながら座席を交替した。

飛びあがってからは整然と中隊ごとに集結して、高度七千メートルでブーッ、ウエワク間を往復しながら索敵態勢にはいった。はてしなくひろがる紺碧の空、海岸線でクッキリ区別された濃青の海と、広大なる青黒い密林地帯、この三つの同系色以外になにものもない大宇宙の僻地《へきち》で、一体われわれはこれから何をしようとしているのか。また、戦争というものはなんとふしぎなものであろうか。個人的にはなんの恨みもない人間同士が民族のために、祖国のために血みどろの戦いを挑むとは。やらなければやられるからか？

ウエワクの沖合いに数隻の艦艇が停泊しているのが、なんとなく小さくあわれに見える。なにしろ大自然のなかで目に入る物体はこれだけしかないからか、あるいは大量爆弾のえじきとなって海底にほうむり去られる運命にあるからか。いずれにしても索敵哨戒も、時間があるとろくなことを考えないものだ。

もう離陸してからすでに三十分以上も経過している。そろそろなにか見えなければならない頃である。と、つぎの瞬間、はるか遠くにキラリキラリと目に入ったものがある。いよいよ来たなと思っていると、あちらこちらで大きく翼を振って「敵機発見」の合図をしている。あれは敵戦闘機群にまちがいない。しかも先行の遊撃隊らしく、高度もかなり高い。そのためにこちらも徐々に高度をとりながら右からまわりこむ態勢にもっていったが、敵ももち

椰子林を背景に勢揃いした一式戦「隼」の列線

ろん気づいて、こちらの後方の列機のほうへまわりこんできた。これでだいたい同じ高度で、お互いのシリをかじる等位戦となってしまった。しかし、相手はP47の重戦だ。

そのためにすばやくまわりこんで、後方の編隊に一撃をあびせかけると同時に、はやくも得意の急降下でひきはなしの戦術をとった。ところがわが後方の列機も追いおとされて、いよいよ混戦状態になってきた。

これからがほんとうの戦闘で、彼我の態勢をそのつど判断しながら高度をとって、高位戦を強いるのがもっとも有利である。また、大勢の敵のなかにはなすすべを知らないで、なんとなく飛んでいるのが必ずいるものである。そこでまず前下方を〝泳いでいる〟編隊の敵機に後上方から肉迫していって、照準環いっぱいまでつめて、そこで初めてダダ……と小気味のよい一連射をあびせた。敵は反転するひまもなく、黒煙をふきあげながら墜落していった。

ホッと一息ついて機を引きあげながら下を見ると、僚機も敵の一機を仕止めたようすである。こうなるともうすでに激戦をとおりこして、ときたま遠くにチラリ、チラリと機影が見えるくらいで、一体どこへあれだけの飛行機群が散っていってしまったのかと、おどろくほど機数は減っていた。

ここで編隊の隊形を立て直して、よき獲物はないかとさがしているうちに味方機も三々五々と集まってきた。これまでの例をみても、もう爆撃機が侵入してこなければならない時間である。そうなるとこれからが本命の空中戦である。しかし、一体どこへいったのか、爆撃機のカゲもカタチも見えないのである。

そう思いながらあたりを探しているうちに、ウエワク付近の地上でもうもうたる爆煙が目に入ってきた。そしてそのつぎに、ちょうどウエワクを北にすぎたあたりの上空にB24の大編隊群を発見した。これこそ待ちのぞんでいた獲物とばかり僚機に攻撃下令の合図を送り、そして私は前方を押さえぎみにして接敵し、前上方から側方にまわりながら攻撃の火ブタをきった。これこそビルマいらい久方ぶりの得意の一連射だ。と、見るまに最右翼にいたB24の前部胴体に、私がはなった曳光弾が吸いこまれていった。

そのとき突然B24も反撃してきたので、一瞬危ないとばかりにあやうく体をかわして、直下へ反転して逃げのびた。しかし、それでも待ちかまえた機銃弾幕の中をどうしても一瞬通りぬけなければならない。そのために機はものすごい加速をつけて急降下で通りすぎた。そこでゆっくり機首を引き起こしたとき、目の前がまっくらになった。わずか一瞬の出来事であるが、これがブラックアウトという現象である。

僚機の編隊もつぎつぎと勇敢にB24におそいかかっては、パッと離脱していった。そこで私は直下から「戦果はいかが?」とばかりに見上げれば、B24の三機ほどから白煙が長く尾を引いているが、まだ墜落しそうにないのが見えた。

そこで、もう一撃をかけて撃墜してやろうと考えて敵の前へ前へ出ようとした。これには、B24と隼の速度差があまりないので時間が三、四分かかった。このときがいちばん危ないだけに、敵の掩護戦闘機にやられないよう見張りだけはおこたらなかった。

つづいて第二撃をかけた。僚機の編隊もあとにつづいてどんどん攻撃をかけてくれている。そのうちB24の一機はついに火だるまとなって墜ちていき、あとの三機ほどは白煙を引きながらだんだん遅れてゆくのが見えた。そのうちに敵の随伴していた戦闘機も追いついてきたようである。だが、この頃になるとわが初陣の部下たちも心配になってきたので、今日はこのくらいでうち切りにしようと基地へひきあげた。

ウエワク上空の大空中戦

三月十一日、十二日と、連日にわたって戦爆連合の大空襲があった。これに対し全員が奮闘した結果、B24一機、ダグラスA20ハボック一機、P47八機を撃墜し、B24三機を撃破した。しかし、わが中隊でも中国戦線いらいの勇士である戸松辰男曹長が自爆をとげたのであった。そのうえ十二日の猛爆によってウエワク、ブーツとも滑走路は使用不能となったため、残念ながら遠く西へしりぞいてホーランジアに帰投せざるをえなくなった。

明くる十三日は「敵戦闘機のみウエワクにむかう」との情報が入り、今日こそは大戦闘をまじえようとウエワク上空に馳せ参じた。ほとんど彼我がおなじくらいの高度で衝突して、そこで一大空中戦が展開された。お互いにしのぎをけずる大乱戦となって、中隊も三機を撃墜したが、その代償として熊谷城主曹長を失ったのである。

この戦闘で、私も一時は低空まで追いおとされて不利な態勢となり、僚機の山登軍曹（のちに比島戦で負傷したが生還し、いまも元気で生きている）と戦闘圏からの脱出をはかった。それでも敵の数機が執拗に追いかけてき、そのうち距離もだんだんちぢまってくる。そのため突っ込んではとうてい逃げられないと判断して、こんどはホーランジアをめざして上昇離脱をはかった。こんな離脱方法は初めてのこころみであったが、もし敵の上昇性能が優秀であれば、イチコロであっただろう。

敵も後下方から上昇しはじめ、一部は下から横へ出てくるのもあって、シリがむずがゆくて仕方がなかった。それでもエンジンを最高調に調節して、じっと絶好のときのくるまで辛抱した。こうなるともう高度の獲得競争だ。横下の敵はじわりじわりと近寄ってくる。そのうち私は敵の反応を見るため、そろっーとこれに機首を向けるふりをすると、敵もそろりと反転態勢をしめすだけで、お互いにスポーツをやっているようなものである。僚機もときどき不安そうに近づいてきてうなずいていた。が、結局、隼の身軽さのせいか、わが性能の方がわずかにまさり、敵もあまりの深追いをあきらめてか、たがいに翼をふって敬意を表わして別れたのであった。

着陸してから、〝きょうは本当に危なかった、しかし、よくぞ生きのびたものだ〟と考えながらまずは一服とタバコをすっていると、ザラザラザラと胴体下から保弾子（機銃の弾丸を帯状に連結する金具）が数百個も落ちてきた。それを見た機付兵がそばで、

「きょうはずいぶん撃ちましたね。激戦だったのですね。後部胴体に三発、尾翼に二発の穴があいていますが、すぐなおると思います」

と報告してきた。

機付はたいてい愛機が帰還してくると、たくさん機銃弾を撃って、たくさん被弾するほど、武勇を立てたと思ってよろこぶものである。

三月十四日は、戦爆連合大編隊がウエワクに来襲したので、第六十八戦隊（飛燕）、第二四八戦隊（隼）と協同して、ホーランジアから出撃してこれを邀撃し、わが戦隊でB24二機、P47四機を撃墜した。しかしこの戦闘で松本三男軍曹、大矢誠司伍長は奮戦したがおよばず、自爆したのである。

十九日にはB24四十機の大編隊がウエワクに来襲したが、あまりにも堂々たる密集大編隊に直面して、一瞬とまどいを感じたものの得意の側上方攻撃で一撃のもとにその一機を爆発させ、合計二機を撃墜、二機を撃破した。だが、この時機にいたっては敵機の来襲がはげしく、とうていウエワク地区での駐留はできず、全飛行部隊はホーランジア地区の東、中、西飛行場に集結していたのである。

航空機なき地獄の行軍

それからの十日間というものは全然来襲する敵機もなく、ぶきみなほど平穏な日がつづいた。しかし、三十日、三十一日の二日間、戦爆が連合した一〇〇機以上の大空襲をうけて、中、西飛行場に集まっていた二〇〇機に余るわが爆撃機はぜんぶ焼かれ、かろうじて残ったのは東飛行場の戦闘機三十機たらずとなってしまった。

このときの敵の掩護戦闘機は航続距離の長いP38が主で、これと交戦しその十機を撃墜した。しかしこれが精一杯で、とても爆撃機までを攻撃する余裕はなかったのである。また、三十一日の激戦で、中隊の下浦繁勝中尉（陸士五五期）が未帰還となり、地上では青野菊一少尉（少飛四期）以下五名が爆死した。

四月に入るや、三日、五日とまたまた一〇〇機以上の大空襲をうけた。迎撃に飛び上がったわれわれと激戦を展開した末、P38五機、P47五機を撃墜したが、竹森重晴曹長は未帰還、千木良信郎曹長、中村伍長は自爆した。この二日間にわたる攻撃によって飛行場は全部たたきこわされて、われわれは戦闘機ともども西方一五〇キロにあるワクデ飛行場まで一時後退せざるをえない哀れさであった。

それからというものは、四月十一日に五個戦隊で残りの戦闘機をかき集めてやっと二十機をそろえ、ウエワクまで迎撃に出むいて交戦した。なにぶんにも兵力の差がはなはだしく、戦意まで失ったかのようななさけない戦闘であった。わずかに私がP47の一機を撃墜したのみであった。

そして中旬になって、戦闘戦隊のうちわが戦隊だけが内地の防空戦隊としての転進命令をうけた。四年ぶりの帰還とあって喜びはしたものの、とうてい輸送機の迎えも期待できないと判断された。そこで隼一機を残してもらい、一名ずつを胴体内にもぐりこませて後方のビアク島まで空輸することとした。

しかし、なにしろ一日に二名くらいしか輸送できない始末であった。まず負傷や病気中の空中勤務者を運び、四日目に戦隊長を送ったので、やっとのおもいで計七名が脱出できたのみだった。

四月二十一日は早朝から敵艦載機の上空制圧が終日つづいたため、ついに東飛行場にあった数少ない戦闘機もつぎつぎと発見されて、グラマン戦闘機の地上掃射によって炎上破壊されてしまったのである。

その翌日の二十二日未明、敵上陸開始の報につづいて、「夜襲攻撃の準備をして飛行場に集結せよ」との命令をうけたので、私たちは斬り死を覚悟して、正装で白ダスキをかけて下山したのであるが、よく見ればほかの部隊は転進命令をうけて、長期行軍の準備をしているではないか。

不審におもって聞くと、転進命令に変更されたとのことで、いまさらどうにもならなかった。いちおう交渉はしたが、結局、靴下二本分の米だけを各人がもらい、転進部隊に合流したのであった。

かくして、史上有名な「ホーランジア撤退作戦」が開始され、飢餓と瘴癘《しょうれい》地獄の行軍となり、わが戦隊約一〇〇名のうち、祖国の地を踏んだものはわずかに三名という悲惨きわまる痛恨事となったのである。

飛行三十一戦隊「隼」フィリピン上空の激闘

当時飛行三十一戦隊長・陸軍大尉　西　進

北海の肌をつきさす寒さのなかで、飛行第三十一戦隊の一式戦「隼」の群れは銀翼をきらめかせつつ、連日、空中戦闘の猛訓練をつづけていた。この部隊はもともと急降下爆撃隊として、中国、満州、タイ、ビルマの各地を転戦し、輝かしい武勲をたてた部隊であるが、昭和十九年初頭、戦闘隊に改編されたばかりであった。

西進大尉

朔北の風もようやくゆるみ、北満の曠野《こうや》に新緑の芽が出はじめた五月中旬、部隊に比島転進の命が下った。当時、米軍の反攻速度はきわめて急であって、四月下旬ニューギニアのホーランジア上陸いらい、五月中旬スルミ、五月下旬ビアク島上陸、いまや比島は敵の反攻にたいする最後の防壁として、その矢おもてに立つ決戦場となることは必至の情勢であった。

このときにあたり、わが部隊はその責務の重大性を痛感し、日ごろの腕を十二分に発揮せんものと勇躍征途についた。地上部隊（整備隊主力および本部人員）は整備隊長の杉山龍丸大尉が指揮して釜山、門司、高雄をへてマニラに向かった。

空中部隊（飛行隊長石井勲大尉以下パイロット全員および整備員の一部）は私が指揮してまず佳木斯《チャムス》にとび、ここで第十三飛行団長・江山六夫中佐の指揮にはいり、六月いっぱい他の戦隊とともに飛行団としての部隊訓練をおこなった。

七月に入って各戦隊ごとに比島クラーク基地へ前進の命をうけ、七月某日午前八時、佳木斯飛行場を離陸、まず奉天に向かった。この日、天気晴朗一点の雲もなく、戦隊全機が堂々の編隊群をくんで一路南へ。一機の故障もなく奉天飛行場に着陸、この日は奉天に一泊した。

明くる早朝、奉天を離陸して北京へ。燃料補給をしてさらに上海へといっきに前進した。明日は海をわたって台湾へ前進なので、飛行機の整備を入念におこなう。

翌日、飛行場に出て天気図を見ると、台湾の天候はあまりよくない。だんだん悪化するとのことで、ただちに出発の決心をする。九時離陸、飛行場上空で隊形をととのえ、針路を東にとって上昇飛行にうつる。

中国大陸をはなれて海上へ高度三千メートル。海上に不時着したら助からぬと思うせいか、いままで何回も海上飛行をやったが、海上に出てしばらくはいつもいやな気持がする。急にエンジンの爆音が不調になったような錯覚をおぼえる。ちょうど上海と台湾の中間ぐらいまで来たころから、しだいに雲の量が増して視界もすこし悪くなってきた。

「隼」の3機編隊。4機編隊制も導入されたが、効果的に使いこなせなかった

雲上を行こうか、雲下を行こうかとちょっと迷ったが、雲上を行く決心をする。雲はますます多くなり青い海面はまったく見えなくなった。まるで真綿のうえを飛んでいるようだ。比較的前方が明るいので、いままでの経験からなんとか行けそうだ。どのくらい飛んだであろうか、雲上や海上の飛行はとくに長く感ずる。

ふと右前方に雲をつきやぶって新高山が見える。やれやれといったところ、もう台湾も近い。どこかに雲の切れ間はないかと目を皿にする。ポッカリ雲の切れ間がある。チラッと海岸線が見える〝しめた〟。各中隊ごとに単縦陣で雲下に出るよう命じて、雲の隙間から降下する。雲下で全機の集結を待ち、嘉義飛行場に向かう。雲下は視界が悪く前方はかすんでよく見えない。やっと全機ぶじ嘉義飛行場に着陸した。

暗雲に邪魔されて

これまでのコースは以前に仏印集結のさいに飛んだパイロットが多かったせいか、きわめて順調であった。整備を終わって宿に着くころからポツリポツリと雨になった。台湾のバナナは安くてうまい。若いパイロットは一人で一ふさペロリたいらげる者もいる。明日はいよいよ目的地フィリピンだ。天候の回復を祈りつつ寝についた。

翌朝、目がさめるとすぐ外を見る。どんよりしたいやな天気だ。とにかく飛行場に行き、天気図を見て気象係の説明をきく。コース全般はそうとう悪いが、クラーク到着の日限もせまっているので意を決して出発する。

雲が多く予想どおり悪い。各中隊単縦陣が高度をとりつつ雲上に出る。高度四千メートル、上空にさらに二層、三層と雲があるのか、暗い陸地をはなれる頃まではときどき地面が見えていたが、しだいに下層雲もあつくなり、下はぜんぜん見えない。台湾の南端を出てからちょうど一時間、相かわらずの雲上飛行だ。しかも前方は暗く雲でふさがった感じだ。万一、比島上空にも雲の切れ間がないときは、この大編隊での雲中突破は危険きわまりない。

〝よしひき返そう〟一八〇度転回して台湾に向かう。台湾の方向も来るときより天候が悪化しつつある。チラッと不安の念にかられる。ふと僚機の橋爪伍長を見ると、平素の童顔が必死の形相《ぎょうそう》でついている。僚機に不安な気持をあたえてはならぬと無理に笑ってみせた。

もうそろそろ新高山が見えてもよい頃なのに、さっぱり見えない。台湾も雲におおわれていたらどうするか。油汗が顔中にあふれる。針路をはずさぬように必死の眼で羅針盤を見つめる。燃料はだんだん心細くなってくる。見える、見える! ポーッとかすかに新高山が——錯覚ではないかと必死に見つめる。よし! もう大丈夫だ。

やがて、台湾南端の海岸線がかすかに雲間に見えるところまで来た。各中隊に燃料の少ないものは屏東飛行場に着陸するよう指示して、嘉義飛行場に向かう。ぶじ着陸する。ぐったりしてしまい、飛行機から降りるのも大儀だ。屏東に一機、燃料不足で着陸したほか、全機異状なし──。

翌日午前中もあいかわらずの天気だ。午後いくらかよくなったので嘉義飛行場を出発する。

聞きしにまさるクラーク

雲はあい変わらず多い。燃料消費を考えて雲上に出る。先頭に戦隊長編隊の四機、第一中隊がすぐ後方につき、第二、第三中隊としり上がりにガッチリ編隊をくんでいる。なんとか全機を目的地にも

地上員に誘導されて基地を発進せんとする一式戦「隼」

って行きたいものと念じつつ真南に飛ぶ。南下するにしたがって雲量をましてきたが、前方は明かるい。一時間ぐらいで雲の切れ間が見えてきた。昨日のこともあるので思い切って雲下に出る。各中隊単縦陣で海上を這《は》う。

ふと、左前方にバブヤン諸島が見えた。ここまで来ればあとは島づたいに比島だ。低空を飛んだせいか、燃料は予想より少なくなっている。このまま雲下を這ってクラーク基地まで行くのは無理かもしれない。ルソン島北端のラオアッグ飛行場におりる決心をする。ルソン島の陸影がしだいに大きくなってきた。待望の比島の一角にたどりついたのだ。

やがて赤茶けたラオアッグ飛行場が見えた。飛行場を一周して真っ先に着陸する。ちょっとせまい飛行場だ。つぎつぎと二機ずつ整然と着陸する。みごとなものだ。やはり戦場に第一歩をしるしたということで、緊張しているようだ。

さっそく飛行場大隊長のところへ飛行機の整備、宿泊などの連絡にいく。飛行場大隊長は召集の将校で、どこか大学教授といった風格の温厚な人であった。この飛行場に四十機もの飛行機が着陸したのは初めてで、しかもこのせまい飛行場に整然と編隊着陸をやったのにすっかり感心し、心よくもてなしてくれた。

さっそくクラークへラオアッグ到着の電報を打ってもらい、宿舎に行く。宿舎はそまつな二階建てで階下は物置になっている。まえにタイや、ビルマで民家を借り上げて宿舎にしていたころを思い出し、タイへの進駐作戦、ビルマのミンガラドンおよびマグウェ飛行場攻撃当時のことが、つぎからつぎと浮かんでくる。

こんどは比島だ。いままでずいぶん棺桶に片足を突っ込むような日にあってきたが、今度はおそらく生きては帰れまい。覚悟を新たにする。

翌朝、飛行場大隊長以下の見送りのうちにラオアッグ飛行場を離陸、クラークに向かった。ルソン島の西海岸にそって南下、まもなくリンガエン湾に出る。リンガエンからマニラにいたる大平原をすぎて、クラーク飛行場上空に到着する。聞きしにまさる大飛行場である。

着陸してみると滑走路の両側に高い萱《かや》のジャングルがあり、そのなかに分散して繋留地がある。これなら上空にたいする遮蔽《しゃへい》にはもってこいだ。

反日ゲリラの拠点

第十三飛行団はネグロス島に展開の予定であるが、飛行場整備が不十分だから別命あるまでクラーク基地で訓練せよとの命をうけ、翌日からさっそく訓練を開始した。

地上部隊はまだ到着していないので、輸送機で整備員をつれてきたことは非常にありがたかった。七月三十一日、ネグロス島ファブリカ飛行場へ前進の命をうけ、同日、全機移動を終えた。

一方、地上部隊は北満の嫩江《ノンジャン》出発いらい幾多の苦難をへて、一路比島へと向かっていた。その輸送船団は七月三十一日払暁、バシー海峡で敵潜水艦の攻撃をうけ、おりからの吹きすさぶ風浪に百十数名の戦死者を出す痛恨事があったが、主力は人員器材の補充をうけ、八月中旬ファブリカ基地に到着した。

ネグロス島東北端にあるこのファブリカの町は東洋一といわれる精糖会社があり、小ぢんまりした町の中央を水のきれいなヒモガン川が流れていた。ただし、反日分子がときどきもぐり込んでくるので、非常に物騒な町でもあった。飛行場周辺にも反日のゲリラが多く、うっかり不時着したら命はないと思わねばならない。

飛行場は長さ千メートル、幅二百メートルの赤土の滑走路が南北に走り、東側のジャングルを利用して点々と繋留地区があり、誘導路がタコの足のようにのび、西側は峡谷で断崖をなしていた。ここにいた飛行場大隊は、大隊ぐるみ歩兵から航空兵へ転科したばかりであったが、一生懸命、飛行場の整備をやっていた。いちばん困ったのは情報通信網の不備であって、つねに目視によって敵機を発見する原始的な方法によるほかはなかった。

当時、米軍のハルマヘラおよびモロタイ島にたいする進攻は必至と見られ、八月三十一日、セレベス島メナドおよびミンダナオ島デルモンテ基地へ整備員の一部を派遣《はけん》し、同方面進攻作戦の準備態勢をととのえた。また敵が一挙に比島に上陸する場合も考えられ、レイテ島サンパウロ基地にも一部の人員を配置するよう命ぜられた。

九月に入ると、米軍はセレベス島メナド地区にたいする爆撃を開始し、さらに機動部隊をもってミンダナオ島のダバオ基地やデルモンテ基地を相ついで空襲し、敵の反攻速度はますますはげしくなってきた。

ファブリカ上空、高度五百メートルの激闘

九月十一日、モロタイ島へ敵輸送船団が近接しているので、同船団攻撃のための出発準備命令を受領した。これよりさき敵機動部隊の近接にともない、常時四機ないし八機をもって空中哨戒をおこない、敵の奇襲にそなえていた。

九月十二日の早朝、第一中隊増永編隊（四機）が空中哨戒中、まさに八時三十分ごろ、セブ島方面から約一〇〇機の大編隊群が高度四千メートルで東進中との報告が入った。急きょ落下タンクあるいは爆弾をおろして全機の出動を命じるとともに、私はまっ先にとびのって離陸、そのまま低空で北方海上に飛ばした。

友軍機はつぎつぎと怒った熊蜂のように全速で飛びあがってくる。各編隊ごとに洋上で隊形をととのえつつ高度をとる。ファブリカ上空は幸運にも雲でおおわれていたので、敵編隊群は二群にわかれてマナプラ、バコロド両基地を攻撃したもののごとく、その方面には不吉な黒煙が十数条立ちのぼっている。

ふと高度五千メートルで左前下方に帰還中のA20型爆撃機九機を発見、直上攻撃をかけようと全速で接敵する。頭上をふりあおぐと、グラマンF6Fの編隊が虻のように群がっている。そしていきなり先頭の四機が突進にうつろうとしているではないか。

私は翼を振って僚機に合図するとともに機首を突っ込んだ。僚機をふりむきながら敵が射撃を開始しようとする直前、サッと左に急旋回する。一条の曳光弾が一瞬、機体をかすめる。敵が前につんのめる。右に切りかえて反撃にうつる。さっと数条の光の尾をひいて曳光弾が走る。敵の二番機の攻撃だ。また左に切りかえる。

突んのめって敵を追おうとすると、すでに味方の第二編隊が喰いついて一連射を浴びせている。そこへ上昇した私の直下に回遊した敵機がもぐり込んできた。「しめた」と左上昇反転で突進する。ぐんぐん射距離をつめて一連射を撃ち込む。つづいて僚機の橋爪伍長が撃ち込む。みるまに敵は頭を下げながら墜落していった。

一呼吸する間もなく、ガンガンとブリキをたたくようなすさまじい音。後ろにグラマンがついてきていたのだ。操縦桿をひいて急旋回し、切りかえしてこれに反撃をくわえると、また別の一機が喰いついてくる。急激に回避する。つぎからつぎと敵は執拗《しつよう》に喰い下がってくる。

一瞬のすきもなく回避また回避だ。高度は下がるばかりだ。敵の包囲攻撃をうけて海上におしつぶされそうな気がして、態勢挽回《ばんかい》に気があせる。上昇性能は敵におとるが旋回性能はすぐれているので、敵の弾丸は当たらない。そのうち敵は攻撃をあきらめたのか、燃料が心配になったのか、急に東方に退避した。ふと高度計を見ると五百メートルだ。やれやれ。全身しぼるような汗だ。

時間にしてわずか十分ていどの戦闘だろうが、ずいぶん長い時間を戦ったような疲労感をおぼえる。僚機の橋爪伍長がそばへ寄ってきて、戦闘隊形にぴたりとついた。一安心しながら前後左右に目をくばる。あちこちで混戦乱闘をやっている。まもなく敵は三々伍々と東方に退避していく。

やがて戦場は静まった。黒煙が二条立ちのぼっている。敵か味方か。ファブリカ飛行場上空に帰り一周する。さいわいに飛行場は無疵《むきず》だ。

二機編隊で着陸する。飛行機から降りると橋爪伍長が駆け寄ってきた。橋爪伍長の飛行機は隙間もなく被弾していたが、さいわいに急所をはずれていた。私の飛行機は二、三発しかくらっていない。彼が私の楯《たて》になってくれたようなもので、僚機の奮闘に感謝する。汗をふきふきピスト（飛行場の指揮所）に帰ると、私よりさきに帰っている編隊もあり、ひきつづいて二機、三機と帰ってくる。古川軍曹が落下傘で降りたほか、被弾機は多いが人員の損害はなく、パイロット全員、意気軒昂《けんこう》だ。つぎの空襲にそなえて出動準備を促進するとともに警戒姿勢につく。

この日は終日、敵の波状攻撃をうけたが、そのたびに要撃し、撃墜六機、わが方は自爆一機（パイロットは軽傷帰還）のみだった。飛行場はたまたま雲におおわれていたため、地上の損害はまったくなかった。

激化した敵の攻撃

夕方、飛行団長から、

「師団命令で明払暁、敵機動部隊に選抜機をもって、なぐり込みをかけることになった。君のところから二機準備してくれ。パイロットは生還を期しがたいから、人選は入念にやるように」

といわれた。

これは、特攻のさきがけともいうべきものだった。私はパイロット全員を集め志望をとった。ところが、我も我もと申し出てくるので非常に意を強くしたと同時に、選定には頭をいためた。

第一中隊長増永《ますなが》三七男大尉、第二中隊長中沢《なかざわ》比佐雄大尉、第三中隊長岡野《おかの》和民大尉はとくに熱心で、一名は各自の中隊のなかから選定するからぜひ行かせてくれといってきかない。明日以後の戦闘のことも考え、けっきょく小佐井《こざい》武士中尉（第一中隊の先任将校）と山下光義軍曹（第一中隊）の二人にきめて飛行団長に報告した。

九月十三日払暁――小佐井中尉、山下軍曹の二機は、暁闇をついて機動部隊攻撃に向かったが、ついに帰還しなかった。小佐井中尉はまじめな性格で古武士の風格があり、山下軍曹は温厚篤実、内に烈々たる闘志を秘めたタイプの男で、ともに優秀な技倆《ぎりょう》の持ち主だった。いまも南方の夜空に赤、青の翼灯を点滅しつつ出撃した当時の光景が目にうかぶ。

午前六時から岡野編隊八機を哨戒に上げ、全員緊急姿勢で待機していた。情報網は依然としてゼロだ。目視出動以外に方法がない。八時二十分ごろ哨戒任務が終わって、交代のため帰還中の岡野編隊から、

「セブ方向より敵の大編隊ファブリカに向かう。高度四千メートル。われ、ただちに敵に向かう」

との無電が入ったので、出動を下命し、愛機に向かって突っ走った。

しかしながら、時すでにおそく、敵の先頭編隊は飛行場上空に来た。急きょ全速でふっと

ばし超低空で海上に出る。もはや敵は飛行場にたいして突進を開始した。各編隊はつぎつぎと敵弾雨のなかを敢然と離陸したが、数十機の敵編隊群は突進して離陸直後あるいは滑走中の飛行機にたいして猛烈な銃砲火をあびせている。

海上で高度をとった私はただちに飛行場にひきかえし、突進中の敵に攻撃をくわえた。高度二千メートルから五百メートルにわたって、壮烈な低空戦闘が開始された。

しかし絶対多数と高性能をほこるグラマンF6Fに対し、わが方の多くは低位からの不利な各個戦闘を強要せられてもはやいかんともしがたく、あるいは敵と刺しちがえて自爆し、あるいは紅蓮《ぐれん》の火焔を吹きつつ敵を追い、力つきて地上に激突散華するなど、約三十分にわたる彼我入り乱れての戦闘にそうとうの損害をうけねばならなかった。

とはいえ、敵もまたわが必死の反撃に十数機を失い、執拗《しつよう》な対地攻撃の挙に出ることなく退去していった。

この日も敵は波状攻撃をおこない、わが方もまた必死の邀撃《ようげき》をおこなったが、本日の死闘で五十名近くを擁《よう》していたパイロットの約半数を失い、とりわけ将校は私と寺田慶造中尉（落下傘降下顔面火傷）の二人となってしまったことは、まことに痛恨のきわみであった。飛行機は被弾機もふくめて二十数機となり、飛行場は対空通信所が爆破され、滑走路に五発の爆弾を見舞われた。

明くる十四日、ふたたび敵の来襲があり、復仇を期して決然離陸せんとしたが、師団命令により無益の損害をさけるため邀撃を禁じられ、やむなく無念の涙をのんで再起を期した。

レイテ決戦で飛行機はたった五機に

九月十四日の午後、マニラ地区防空のため、空中部隊はアンヘレス飛行場（クラーク基地周辺）へ転進を命ぜられ、私は出動可能の十一機をひきいて薄暮アンヘレス飛行場へ移動し、残余の飛行機は修理の終わった者からつぎつぎと追及させた。

九月二十二日から二十三日にかけて、敵の機動部隊はマニラおよびクラーク地区を空襲してきた。アンヘレスにあったわが隼は他の戦隊とともにその邀撃に任じたが、人員器材とも不備で十分な戦果をあげられなかった。

すなわち新鋭機はファブリカで大部が消耗し、あらたに受領した飛行機も整備不十分のため、ここに徹底的な戦力回復の必要にせまられた。まず、ファブリカおよびデルモンテから整備員の一部をまねいて整備力を強化するとともに、十月初旬、パイロットの主力は新鋭機受領のため内地に帰還した。

十月五日、アンヘレスからマバラカット飛行場に移動し、私は邀撃哨戒任務につくとともに、若いパイロットの猛訓練を実施した。十月十五日には、台湾を空襲して南下してきた敵機動部隊攻撃に出動、グラマン二機撃墜の戦果をあげた。

十月二十日、敵はいよいよレイテに上陸を開始し、捷一号作戦（比島上陸作戦）にたいする攻撃命令が発せられた。かくして十月二十四日、「捷一号作戦」参加の命をうけた私は、三十一戦隊および三十二戦隊の残留空中部隊を指揮して、二十五日ファブリカ基地に前進、第三十戦闘集団の指揮下に入った。

連日、レイテ上陸点の制空、あるいは爆弾を吊ってレイテ湾内の艦船攻撃に出動、多大の戦果をおさめたが、十一月に入ると飛行機はわずかに五機となり、十一月五日ふたたび戦力回復のためマバラカット基地に帰還を命ぜられた。十一月五日以降、マバラカット基地において新鋭のパイロットおよび整備員が着任し、また内地帰還中のパイロットも新鋭機をもって到着し、部隊の士気は大いにあがった。

私の戦隊はマバラカット飛行場に位置して、空襲下ではあったが新鋭機の整備と新任パイロットの訓練に邁進《まいしん》した。この間の訓練はまことに酷烈《こくれつ》をきわめ、日中はマバラカットで邀撃哨戒任務に服し、夕刻からアンヘレス南飛行場で特別操縦将校の訓練と夜間飛行を連日実施した。幾度か事故も発生したが、さいわい人機の損耗は比較的すくなく、この訓練の成果はのちに第二次レイテ作戦参加のさい、およびリンガエン湾の敵艦船攻撃のさい、多大の戦果となってあらわれたのであった。

しかしながら、十二月からレイテ作戦も破綻《はたん》の様相を呈するにいたって、わが戦隊もたびかさなる悪戦苦闘のため、出動可能機は急激に減少し、パイロットも私以下わずか七名となり、また整備隊の疲労もその極限に達した感があった。

かくして、比島作戦当初より昭和二十年まで唯一の戦闘部隊として頑張ってきたわが飛行三十一戦隊も刀折れ矢尽き、ついに二月下旬、第三航空軍の隷下《れいか》に入り、仏印へ転進を命ぜられるにいたったのである。

二式単戦「鍾馗」対グラマン初陣記

帝都防空飛行二十三戦隊F6Fとの空中戦

当時飛行二十三戦隊操縦員・陸軍中尉　緒方龍朗

第二次世界大戦には、たくさんの名戦闘機がつくられ、その名を後世まで残している。「鍾馗《しょうき》」というニックネームで呼ばれた日本陸軍の戦闘機の名を、おぼえている人も多いと思う。

鍾馗の正式の名は二式単座戦闘機（キ44）で、通常われわれは二単《にたん》と呼んでいた。ほかの戦闘機はみんな一式戦、三式戦、四式戦、五式戦で通っているが、二式だけは「屠龍《とりゅう》」と呼ばれる複座の戦闘機もあったので、これと区別するために「二単」と呼ばれた。

二単は一式戦「隼」のようにたくさん造られなかったし、またあまり華々しい名声をあげなかったので、その本当の性能を知らない人も多かった。しかし、乗ってみると性能はすばらしく、とくにその上昇力、水平最大速度は、グラマンF6Fよりもすぐれていたと思う。

私自身はこの二単に乗ってグラマンF6Fと戦って、そのすぐれた性能のおかげで命が助か

翼下に増槽を抱いた二式単戦「鍾馗」。速度や上昇力は抜群で、要地防空戦に活躍

ったと思っている。ただ、このすぐれた戦闘機の長所、短所を十分に知り、その操縦を完全にものにするのは、かなりむずかしかった。

十四気筒星型エンジンをつけた、ずんぐりした虻《あぶ》のような胴体に乗ると、地上滑走中は前方は空だけしか見えないし、地上試運転では、エンジンを全開にしようものなら、エンジン馬力が強すぎるために尾部がうき上がってプロペラで地面をたたいてしまう。そこで、いつも整備兵を尾部にまたがらせるか、さもなければサンドバックを乗せてやったものであった。

また着陸もむずかしく、第四旋回は速度二百キロ、着陸降下は一八〇キロといわれても、とても怖くてだいたい二十キロくらいプラスしてやっていた。しかもエンジンは全閉降下でなく、少し回転を残しながら降下し、かえし操作をはじめてから全閉にしたものだ。

それでも、降下中はエンジンカウリングの上から接地点が見えたのだから、降下角もずいぶんと深かった。翼端失速がアッという間にきて失速墜落であった。払暁、哨戒から帰ってきたベテランの軍曹が第四旋回で失速墜落によって戦死したり、着陸操作で失速横転し重傷を負った少尉もあり、ゆだんのならない飛行機であった。

しかしその上昇力はすばらしいもので、たいていの人が初めて二単に乗って離陸上昇するとき、無我夢中で飛び上がってやっと余裕がでて、第二旋回をしようと思って高度計を見たら、二千メートル、三千メートルになっていたということはしばしばあった。方向舵、昇降舵は申し訳のように小さなものがついていたが、これがまたよくきいて、横転も操縦桿を左右にすこしつかうだけでクルリとまわった。しかし宙返りだけは大きな縦長の円をえがいていた。

この戦闘機は、隼や零戦のようにクルリクルリと軽快なこまかい格闘戦闘にはむかなくて、すぐれた速度、とくに出足のよい急降下攻撃による一撃離脱の戦法にむいていたと思う。急降下攻撃で五五〇キロの速度はすぐ出たし、六百キロくらい出してもとくに怖いと思ったことはなかった。

飛行時間五時間で初空中戦

昭和二十年ともなると、反撃にうつった米軍は日本本土にも連日の空襲をくわえてきた。帝都防空という重大任務をおびていた第十飛行師団麾下《きか》、千葉・印旛飛行場を基地とするわ

二式単戦「鍾馗」の列線の前に整列、出撃前の注意をうけて敬礼

が飛行第二十三戦隊も、毎日一万メートル、九千メートルという高々度におけるB29の迎撃に苦労していた。

二単を装備していたのはわれわれ二十三戦隊と千葉・柏飛行場にいた第七十戦隊の二個戦隊で、ほかは東京・成増の四式戦、調布の三式戦と二式複戦がいた。冬の強いジェット気流に乗ってくるB29を、一万メートルの高空で捕捉して一撃をくわえるのは、二単にとっては大変にむずかしかった。二単のエンジンは二段与圧方式で、七千メートルくらいがもっとも性能が出るが、高々度となると隼三型の方がすぐれていた。九千メートルで計器速度二三〇キロくらいで西をむいてやっと飛んでいたが、三六〇度旋回をすると東京の上から銚子の上まで流されていたということもあった。

損害を少なくし戦果をあげるためには編隊攻撃が必要なのだが、機数も足りず操縦の未熟もあって編隊が組めなかった。明野飛行学校乙種学生を昭和十九年十月に卒業し、部隊にきてまだ二ヵ月にしかならない私たちも、ときどきB29の邀撃に出動し、編隊から離脱してヨロヨロしているB29に攻撃をかけては一人前に仲間入りできたような気分になっていた。

私が二単に乗り出したのは、昭和二十年の二月初めからであった。しかし、まだ飛行時間五時間たらずだった二月十六日、初めて敵戦闘機との空中戦を体験した。

このとき、前日の敵機飛来の情報により待機していたわが戦隊は払暁とどうじに全機出動し、群馬・太田上空で高度八千メートルにむけ上昇中であった。約六千メートルに達したとき、地上からの無線が「全機帰還せよ。敵は小型艦載機の模様」とつたえてきた。全機はサーッと反転急降下で着陸態勢にはいり、ふと東の方を見ると千葉・八街《やちまた》、下志津《しもしづ》の飛行場に数条の煙があがっている。

〝敵はすぐそこまできている、油断はならぬ〟と思って一生懸命に索敵をするが、まだ敵影は見えない。そこで戦隊長は、私以下二機に上空掩護を命じ、主力は着陸して燃料の補給をおこなうことになった。上に残された私は、どこから敵が襲ってくるかわからないので首がいたくなるほど旋回しながら見張りをつづけた。

こんなに上下、前後、左右と見張りをしたのは初めてであった。そのような上空掩護を三三十分もしたころ、交代の隼が二機舞い上がってきた。それを機に私は反転急降下して着陸し、いそいでピストに報告に行くと、みながガヤガヤといつもより騒がしい。

そこで私は、「敵は何だ、何がきているのか」と同期の少尉にたずねた。

「敵は艦載機だ。グラマンF6Fヘルキャットらしいが、今日は初めて敵戦闘機との空中戦だ。はりきって何機撃墜するか競争だぞ」

と元気いっぱいで、日ごろの猛訓練できたえた腕前の見せどころとばかり張り切っていた。

だが、残念なことに第二隊長の私は、部下が先週一ヵ月にわたる硫黄島派遣から帰ったばかりで、曹長一名を残してみな慰労休暇中なので、しかたなく第一隊の吉岡少尉に合流した。

食いついた四機のグラマン

燃料、爆弾の補給が終わっても、なかなか出動命令が出ない。飛行帽をかぶってピストに待機していると、思わず膝がガクガクしてきた。〝これが武者ぶるいだな〟と、初めての空中戦に怖くはないがピーンと神経が緊張してくる。九時近くだったと思う。本部のスピーカーがあわただしく怒鳴りだした。

「第二十三戦隊、全力出動」

このアナウンス係の少尉は九州佐賀出身で、「戦隊」が「シェンタイ」となり、「高度八千」が「高度八シェン」になるので、いつもパイロットたちは口まねしながら乗機へ走ったものだった。しかし、今日はさすがにだれも口まねする者もいないほど緊張していた。

始動車が戦隊長機よりつぎつぎに始動してくる。藤田重郎戦隊長は今度は隼の三型に乗られた。南方戦線で十数機を撃墜された歴戦の強者で、敵戦闘機来襲の報に、永年なれている隼にかえられたなと思っていると、真っ先に離陸して見えなくなってしまった。われわれもいそいで始動して、これに続かんとしていたら、伝令がとんできて「出動待て、そのまま機上にて待機せよ」とつたえた。

しかたなくエンジンをとめて機上で待機していると、戦隊長機が松の木スレスレに飛んできて、大きく翼を振りながら急上昇し、東の方へまた見えなくなった。おかしなことをするなと思うまもなく、スピーカーが「二十三戦隊《シエンタイ》、全力《ジエン》出動」と怒鳴りだした。われわれもあわてて始動するやつぎつぎと離陸し、飛行場上空で空中集合した。

長機吉岡少尉、二番機竹内曹長、三番機が私、四番機渋谷伍長の四機編隊で、戦闘隊形にひらいてグングンと上昇した。あとから残りの二単および第三隊の隼が離陸してつづいているようだ。高度約二千メートルくらいまできたとき、私は機関砲を二、三発ダダーッと試射してふと前下方を見ると、敵はいるいる。

黒光りする小型機約四十機が群鴉《むらがらす》（カラスの群れ）が飛んでいるようにこちらを向いて動いている。私はレバーを全開にするとともに、はげしく翼を振って長機に敵機発見の合図をするが、吉岡少尉は機内に頭をつっこんで機関砲の装填中だ。私は速度を上げながら長機の真横ちかくまで出て、さかんに翼を振って知らせた。それでようやく彼も敵機に気づいたようだ。しかし、もうそのときはグラマンF6Fの群れはほとんど真下にきていた。

長機と二番機はすかさず反転急降下にはいった。と見るや、吉岡機の後方にグラマンが八機、竹内機の後方に四機ピタリとくいついて、いっしょに降下していった。

私の前方にはまだ四機が、私とおなじ高度くらいで二機と二機にわかれて、私を包囲するように上昇している。〝よし、この四機と戦ってやれ〟と決心した私は、エンジンレバーをカチンというまで押して上昇にはいった。こうなれば二単とグラマンの上昇くらべだとばかり、グングン直線上昇にはいった。

やはり、グラマンより二単の上昇力の方がまさっていた。ずいぶん長いようだが、実際は二分間くらいではないかと思う。グラマンのやつはときどき翼のロケットを噴射させて機首をグッと上げ、下からパッパッと射ってくる。〝なに当たるものか〟と思うけれども、こっちは機首を上げているので射ち返すことができない。

そのうちに、五百メートルくらいの高度差がついたし、こっちも射ちたくてしようがない。よしとばかりに機首を突っ込んで、上昇してくるグラマンの一機をめがけて突進を開始した。それでも敵は逃げる気もなくパッパッと射ってくる。このとき私は〝初めての空中戦だが、あんがい落ち着いているな〟と自分自身で思った。

不名誉な初陣での〝不時着〟

そこで私は、照準器にピタリと敵機をとらえ、修正量はよし、ボールはすべっていないかとチラッと確かめる余裕もあった。射距離約二百メートルになり、発射ボタンを力強く押すと、四銃はいっせいに火をふいた。敵機がグングン近づいてきて、翼の付け根あたりでパッと煙があがった。

二機のグラマンはサッと機首を下げたので、その真上スレスレに通過して急上昇にうつり、第二撃をくわえるため上昇していると、右横から横なぐりにべつのグラマンがダダーッと射ってきた。頭上約二、三メートルのところを左へぬけていった。

〝しまった〟と思い、急反転して急降下にうつったが、すでにもう一機がピタリと後ろについている。速度はこっちが速そうだと思い、このまま直線離脱しようとグングン高度を下げて離脱にはいった。後方から射ってくるグラマンの曳光弾が目の前で交叉した。

これが十字砲火というものかと、妙なところで感心しながら後方を見ると、いつのまにかグラマンは四機になって執拗に私の機を追ってくる。全速にしてもなかなか敵機との距離ははなれない。そのうちにカンカンと私の機体に敵の射った弾の当たる音がした。そのとき、〝ああ、俺も二十三歳で終わりかな〟と観念した。

するとこんどはエンジンの調子がなんだかおかしくなり、バッバッと息をつき出した。見ると敵機との距離もだんだんつまってくるような感じである。このまま敵に落とされるのはしゃくだし、エンジンも不調となったので、〝このまま不時着してやれ〟と決心した。

それからはいくら射たれようとも、気にかけずに必死に不時着操作にはいった。接地前約二、三メートルの高さまでおりたとき、左頭頂にピシッと何か当たったような衝撃があった。だが、気にもかけないで一気に接地して胴体着陸した。約百メートルくらい滑走して尾部がグーンともち上がって止まったので、背面になったら大変だと頭をすくめたら、パタンともとの着地姿勢にもどった。

ヤレヤレと思ったとたん、バリバリと一機のグラマンが頭上スレスレに射ちながら通過した。おもわず首をすくめると、その敵機は頭上約百メートルくらいのところから私の方を見おろしていた。そのままじっとしていると南の方へ去っていった。

〝ヤレヤレ、初めての空中戦にやられるとは情けない〟とくやしくなったが、さっきの頭に当たったのは何かなと思い手を飛行帽の下に突っ込むとヌルリとするので、出してみると指先に血がついていた。飛行帽をぬいでみると、後頭に下がっていた飛行眼鏡に直径二センチくらいの穴があいていた。それを見て、あと一センチも右に寄っていたらおしまいだったなと胸をなでおろしたしだいだった。汽車で帰る途中の駅で、どこかの親切な娘さんにメンタムを塗ってもらったまま放っておいたが、いまでも左の頭頂に小さなコブになって残っている。

夕闇せまるころ戦隊に帰ってみると、なんだか皆しょんぼりしている。どうしたのかと、わけをたずねると、

「戦隊長殿戦死、第三隊長比留間《ひるま》忠夫大尉負傷、岡本准尉、長尾軍曹、上田軍曹戦死、渋谷伍長重傷、江田少尉未帰還」

とのことで、たった一日の戦闘であまりにも損害が大きく、みな意気消沈していたのだった。

私が生きて還ったというので大変よろこんでもらったが、戦隊長はたった一機で数十機のグラマンに突っ込んでいって壮烈な戦死をされたのであった。ただ吉岡少尉だけは葉隠武士の流れを組む剛勇の士であって、ひとりで張りきって、

「明日は戦隊長殿のとむらい合戦だ。かならずグラマンのやつを落としてやる」

と意気まいていた。

私は名にしおう二単での不時着で、はじめのうちは張りつめた神経でさほどでなかった体のあちこちが痛みだし、とくに顔面、それに左腕と背骨がいたく、夕食も一口食っただけで早ばやと就寝した。

死神に見捨てられた男の痛恨

明くる十七日の何時ごろであったろうか、当番兵の呼ぶ声に目をさますと、「吉岡少尉から電話です」という。

さっそく当番室の電話に出ると、「はやく出てこい、グラマンが今日もきている。戦隊長殿の仇討ちだ」と怒鳴っている彼の声は、元気いっぱいに張り切っている。

私は、「わかった、いますぐいく」とこたえて、いそいで飛行服に着がえ、ピストに向かって走り出した。まだ体のあちこちが痛むが、いまはそんなことはかまっていられない。そのまま急いでピストまでくると、ちょうど二機の二単が離陸中であった。

〝しまった、おくれたか〟と思ったが、きのうの戦闘で私の愛機は大破したので、かわりの二単を出してもらい、試運転もそこそこに離陸した。そして念のためにと思って機関砲の試射をしたら、弾丸が出ない。おかしいなと思ったが、何回操作してもやはり出ない。こんど弾丸の出ない戦闘機ではダメだとすぐ着陸して武装兵にいそいで修理してもらい、

成増飛行場に集結の二式単戦「鍾馗」。足が短いが急降下の一撃離脱戦法にむいた

は念のため地上で試射してみるとよく出る。よしとばかり、エンジンをかけて離陸し、上昇中に発射してみるとまたもや弾丸は飛び出さない。ちきしょうと思いながらまた着陸し、修理してもらってふたたび離陸し、空中で試射するとまたも出ない。ほんとうにいやになって、また着陸して修理してもらうことがつづいた。これではなにか私が出撃するのをいやがって、わざと弾丸が出ないと嘘をいっているのではないかと思われているようで、本当にうんざりした。

ちょうどそのとき、右翼にかかれた日の丸のところから先半分がない二単が着陸してきた。おどろいていると、小田軍曹が真っ青な顔をして降りてきた。

駆け寄って「どうした」とたずねると、「吉岡少尉と二機で東京湾上空で十四、五機のグラマンと空中戦になった。少尉殿は白い煙をはきながら東京湾に突っ込んでいった。私は右翼半分が飛ばされ、少尉殿を最後まで見とどけることはできなかった」

と答えた。私はそれを聞いて、

「しまった。きのうは戦隊長を見殺しにし、今日はたった一人の同期を死なせてしまった。私がもう五分もはやく起きていっしょに離陸していたら、こんなこともなかったかもしれない」

そう思うと、申し訳なさと悔しさで胸がいっぱいになり、口もきけなかった。

この十七日いっぱい、グラマンは六十機、九十機とかたまって来襲したことで、わが戦隊には飛べる飛行機は完全になくなってしまった。

この二日間の戦闘で、戦隊長以下戦死者五名、飛行機の損害十機にたいし、私たちが撃破した戦果は、私の不確実一機をいれてもわずかに五機で完敗だった。

しかし二、三日のうち、飛行師団司令部から、

「当戦隊の交戦区域に報告以外に約十機のグラマンが撃墜されている。ほかに報告がないのは、貴隊の戦死者、あるいは、確認できなかったものと考え、貴隊の戦果として認める」

との通知があり、ヤレヤレこれで当隊もすこしは面目が立ったと思った。

しかし、二日間の嵐のような来襲が終わり、ようやく夕闇が濃くなるころ、私は将校宿舎の一室で電灯もつけず、もっとも敬愛した戦隊長とたった一人の同期生を同時に失った心の痛手に耐えていた。とめどもなく流れる涙は頰をぬらしているが、それをふくことも忘れ、

毛布に声を殺して泣いたまま朝まで眠ってしまった。

私はとにかく戦隊で戦えるパイロットの先任者、つまり空中指揮官になってしまった。空中戦の勝敗のあっけなさというか、損耗の早さをしみじみと感じたものである。同時に、二単は好んで格闘戦闘をやるのではなく、そのすぐれた速度をもっての一撃離脱の戦法が、とくに圧倒的数にまさる敵とたたかうためのよい方策だと感じた。

このあと、二月二十五日に二度目の敵機動部隊の来襲があった。第一隊長になった私は、私以下三機の二単で、昨夜来の大雪をかきわけたせまい滑走路を飛び立っていった。

前方が見えない二単のこととて、私は必死に方向を保持し、やっと離陸したと思ったとたん、右脚をおりからの雪でつくってあった雪ダルマにぶっつけ、約二、三百メートルにわたって走り、機体とエンジンを大破してしまった。それでもかすり傷一つ負わないというのは奇蹟であった。

僚機の小林准尉と八重梅曹長は、そんなことも知らずに離陸していったが、すぐグラマンの大群と遭遇して奮戦したものの、多勢に無勢であり、二機とも火をはきながらの不時着で二名とも重傷であった。当然、私も二人と飛び上がっていれば、おなじ運命であったろう。人の運命、自分の悪運の強さに自分ながらおどろいた。

さらに米軍の反攻は急をつげ、ついに沖縄にも上陸し、連日の特攻機の攻撃と九州への航空攻撃は熾烈の度をくわえた。そんな三月二十六日、私たちは新しくむかえたノモンハン生き残りの名戦闘機乗り谷口正義少佐にひきいられ、関東から九州の増援にむかった。

ここで私は、四機の二単をもって、太刀洗上空においてB29三十機に攻撃をうけ、二十ミリ砲弾七発を被弾して不時着し、九死に一生を得たのである。このあと約一ヵ月間は操縦桿がにぎれなかった。

また関東に帰った戦隊は、こんどはもっぱら夜間空襲するB29の迎撃が多くなった。昼間とちがって、夜間に少数機または単機で五千メートル以下の高度でくるB29は探照灯で捕捉されるので、われわれにはもっとも攻撃しやすく損害もすくなかった。

第一隊の山田友橘軍曹は、一出撃にB29を三機撃墜、二機撃破の偉勲を立てるなど、焼かれる都市の人びとには申し訳ないが、私たちは夜間戦闘の方がやりやすかった。私の愛機の二単も四十ミリ砲をつけた対B29専門機であった。

これ以後終戦まで、硫黄島からP51ムスタングが来襲するようになった。また本土決戦にそなえて、もっぱら艦船攻撃の訓練にはげんで、昼間は温存する方針にかわったので、終戦まで命ながらえることができた。

しかし、このわずか一年たらずの戦闘で、わが隊のパイロットで最初からいた人は私以下六名になっていた。

パレンバン上空 天翔ける鍾馗

F4U、F6F、TBFを迎えうつ飛行八十七戦隊の二式単戦

当時飛行八十七戦隊操縦員・陸軍大尉　加藤　武

シンガポールから南へ約五五〇キロ、ムシ河にのぞむ南部スマトラの石油宝庫パレンバン精油所は、〝空の神兵〟降下以後は日本軍に占領されて、戦争遂行の貴重な原動力として利用されていた。世界有数の湧出《ゆうしゅつ》量をほこるこの油田も、残念ながら敵潜の跳梁《ちょうりょう》と輸送力の不足で貯蔵に限界をきたし、みすみすムシ河に放流するしまつである。

精油所の周辺には高射砲三個連隊が展開し、半径六十キロの地域内には防空戦闘隊の各型戦闘機一〇〇機ほどが配置され、文字どおり鉄壁の陣をしいて来襲する敵を待った。このほかに、早期警戒のレーダー部隊がその外周に配置され、これらの各種部隊を指揮する防衛司令部がパレンバンにあった。周期的に照飛連合演習が実施される一方、各部隊でも応急出動にそなえて搭乗員の技量向上に余念がなかった。

私の部隊はパレンバン市街から南西へ約六十キロ、元オランダ軍が使用していた飛行場へ昭和十八年暮れに内地から転進した「鍾馗」戦闘隊であった。赤土の滑走路は雨が降ると水がたまるが、乾けばもうもうたる砂塵を舞いあげる。木造格納庫三棟、椰子の葉でふいた戦闘指揮所を中心に各中隊のピストが建てられ、列線には常時出動可能の二式単戦キ44Ⅱ型「鍾馗」が三十機ほど待機していた。

かくて一年の歳月は過ぎた。連合軍の反攻はしだいにその激しさをくわえ、ソロモンの喪失とともに南太平洋の日本軍は窮地におちいった。制空権を奪取した連合軍の戦爆機は夜を日につぐ猛攻をくわえ、これを邀《むか》え撃つ数少ない日本機との間に連日死闘がくりかえされて、戦況は日増しに我に不利となった。

やがて、ニューギニア、さらに島づたいに比島へとその鉾先がのびるにつれ、戦況は逼迫《ひっぱく》した。ついに無傷のパレンバン防空戦闘隊にも転進の命がくだり、隼、屠龍の部隊もあいついでパレンバンをはなれてこの方面の戦闘に転用された。

たえがたい焦燥のうちに昭和十九年も暮れた。兵力を抽出された防空部隊が急激に戦力を低下したことは事実だった。ときおり発令される応急出動の回数がひんぱんになって、無気味な風雲が南部スマトラをおおった。しかもこれよりさき、北部スマトラの島づたいにアンダマン・ニコバル諸島へ来襲する英国機動部隊の攻撃もたびかさなり、ついで昭和二十年一月四日、北スマトラの油田地帯を襲った英国艦載機は、メダン上空にこれを邀え撃った隼と激闘をまじえた。ついに油田地帯をねらう英国機動部隊がインド洋をこえてスマトラ周辺に迫ってきたのだ。

こしゃくなコルセア

一月二十四日、緊張した幾日かが過ぎてついに敵機来襲の日が来た。朝から特有の濃い輻射霧が飛行場をおおい、夜が明けてもあたりはまだ眠りにとざされていた。

ようやく太陽が霧の中に顔を出した。試運転をおわった部隊全機は、霧の中にじっと息をつめている。ときどき、整備中の機体がコリコリと沢庵《たくあん》をかむような音を立ててプロペラを回している。

私はピストの籐椅子にふかく腰をおろして、目の前の愛機に眼をうつした。太くずんぐりした胴体、申し訳程度についた短い主翼、青黒い塗装に日の丸の赤さが眼にしみる。一四五〇馬力のこのエンジンにひっぱられて、私ははるばる南海のこの島にやって来た。苦楽をともにしたこの鍾馗、人は悪口をいうが私にはこよなく好きな恋人である。シートにあさく腰をかけて、弾丸のように白雲を突き抜けて大空を急降下するとき、私はいつも男の幸運を味わった。ふとい脚をぐっと踏みしめて、闘志のかたまりのような精悍な風貌がたのもしく眼にうつる。

しだいに霧があがって、雲のわれ間から薄日が射しはじめた。夜気にしめった飛行服が肌に冷たい。時計が無心に時をきざむ。

九時三十分、突如として朝の静寂をやぶって空襲警報のサイレンが鳴りわたった。一号戦備下令だ――戦闘指揮所のポールに全機出動の赤旗がかかげられてハタハタと風に鳴った。

「回せ」

いっせいに席を立った操縦者が縛帯を身にまといながら、飛行帽をわしづかみにしていっさんに各搭乗機へ走る。整備員が狂気のように走り回る。

「プルン、プルン」

排気管から青白いガスを吐きながら、やがていっせいに各機が始動を開始した。いままで静かだった飛行場は、轟々たるエンジンの音、人のわめき声、「ダッ、ダッ、ダッ」と断続的にジャングルへぶっぱなす十三ミリの試射音で、戦場のような騒ぎになった。ツ、ツーと中空へ飛ぶ赤い曳光弾の光跡が不気味な殺気をただよわす。

「異常なし」

機付の報告を背中にきいて、私はすでに座席へ飛び込んでいた。グイとレバーを押してとりあえず回転数を上げる。計器板にいそがしく眼をくばりながら、酸素マスク、ラジオのプラグ、落下傘のフック、安全バンドへと手がのびる。

滑温よし。燃圧よし。滑圧よし。筩温よし。私は操縦桿を右手首で手前にささえると、レバーを全開にした。手ばやくスイッチを左右へ切りかえる。異常なし。レバーをつめて両手を上げる。機付が左右から車輪止めをはずした。

まず警急服務の第三中隊から離陸開始だ。フラップを十五度下ろした青マークの鍾馗が出発線に向かって、交叉点にとまる車のようにじりじりと集まってくる。二機三機とひろい滑

離陸滑走を開始するマダラ迷彩の「鍾馗」。12.7ミリ機銃４梃、最高速度605キロ時

走路をくびすを接するようにつぎつぎと離陸していく。レシーバーからは対空無線が、判明した敵情を口早につたえてくる。

「敵コルセア艦戦、機数不明、目下隣接飛行場を攻撃中」

「戦爆連合大編隊、空母発進、南部スマトラ北進中」

ついに機動部隊の来襲だ。私は操縦席の中からいそがしくまわりの上空を警戒する。南東十五キロの方向に真っ黒な黒煙が吹き上がっている。いらいらと気は焦る。右手を上げて僚機に合図すると、私はブレーキをはなして前方機のあとを追った。整備員がけんめいに予備機を掩体へ入れているのが見えた。早く、一機でも多く離陸しなければならない。敵はもうそこまで来ているのだ。

チラリと反射的に後方を一べつして、私はレバーを入れた。グーと身体がうしろに残されるような感じで、鍾馗は猛然と離陸を開始した。一秒、二秒、機首が下がって尾部が上がった。前面風房のなかに、前方機が椰子の上を超低空で左へヒネっていくのが見えた。ごまのように点々と黒影がななめに中空を精油所の方向へ上昇していく。

まさに突如、私の右翼スレスレにキラキラと光る白いものが飛んで、パッパッと砂煙りが一条の点線となって飛行機を追い抜いた。

「射たれている！」

異様な衝撃が腹から胸へ抜けた。予期はしていたが、さすがに離陸途中の私は息をつめて次の連射を待った。一秒の何分の一かの時間が過ぎた。瞬間、青黒いガル翼のコルセアがピッタリついた二機編隊で、こしゃくにも私の風防をのぞきこむようにして飛び過ぎた。ジャングルの上を超低空で接敵してきたコルセアの編隊が、精油所へむかう本隊と呼応して、周辺の防空戦闘隊の基地をたたきに来たのだ。

浅い一連射は幸いに一発の被弾もなく、かえって私の闘志に油をそそいだ。

「ふざけるな、戦闘機乗りが地上でやられてたまるかい！」

グイと操縦桿を引いて浮揚した私は、そのまま脚を入れると、ツ、ツーとフラップを上げながら機首をおさえて速度をつけた。のばせば手の届きそうな翼の下を、ジャングルの梢が矢のように飛び過ぎる。

速度がようやく三五〇キロになった。ふりかえったが僚機の姿はない。離陸を断念したか、あるいは弾丸を浴びたか。私は左に急旋回すると、高度三百メートルにただよう層雲をつきやぶって雲上に出た。二層になった雲の間を二機、三機と集結しつつ鍾馗が上昇していく。飛行場も気になるが、とにかく精油所上空に急がねばならぬ。レバー全開でぐんぐん速度をつけながら前方機を追った。高度はすでに三千メートルをこえた。はけで描いたような白雲が縦に中空をふさいで、しっとりしめったような冷気が、開けた風防の横から首に巻いたマフラーをはたはたとゆすった。この日、視度はいいが視界はせまかった。

前後、左右、上下と間断なく索敵をつづけながら、咽喉送話器のぼたんを押して防衛司令部の無線を呼び出し情報を聞く。おりかえし対空無線から敵情を報せてくる。

「敵戦爆連合約百機、精油所南方五十キロ北進中」

敵はすでに目睫の間にせまった。精油所の白いタンクが見えはじめた。ムシ河が赤黒くのびて、灰色の阻《そ》塞《さい》気球（防空気球）が点々と精油所をとり巻いている。四千メートルの高度に達した。私は手をのばして酸素発生剤のスイッチを押した。流量計の針がピーンと振れて、発生剤のにおいがマスクの中へ流れ出した。

艦爆燃えて落つ

精油所の上空へ達したとき、高度は五千メートルを指した。緊張感が手伝って、頬にあたる風はぞくぞくする冷たさを感じる。はるか精油所の外周を屠龍、鍾馗の十数機が一団となってゆるく旋回している。

まだ敵機の姿はないが、ほとんど奇襲されたにひとしいこの出動は、敵機の妨害をうけてさらに邀撃機数の減少をまねいた。私は高度五千メートルで緩慢《かんまん》な左旋回をはじめた。離陸前の汗が冷えて背中がぞくぞくする。チラリと計器類に一べつをくれるが異常はない。羅針盤が北から西へ回った。酸素流量計の針がこきざみに忙しくふれている。

ムシ河をこえて、ふと下方を見た私の眼に、異様に湧いた暗褐色の黒煙がうつった。一斉に射ち上げた三百門の高射砲の爆煙だ！

「来たな！」

白い断雲のなかに突然、真っ黒な壁のように出現した高射砲の爆煙の下を、北上する敵編隊の姿が眼に入った。レシーバーは早口で何か伝えているが、今日に限って雑音が多くてききとれない。私は大きく息をして下腹に力を入れた。三機、三機、三機の九機の編隊を単位に整然とした隊形を組んで、はるか下方高度二千メートルくらいを侵入してきたのだ。

完全に裏をかかれたかたちだ。敵機の高度は低い。艦爆が二千メートル、その上を千メートルくらいの高度差でコルセア、ヘルキャットの編隊が直掩している。最初の編隊はすでに高射砲の爆煙に突入した。接敵した友軍機がいっせいに反転して高度を下げる。

いよいよ攻撃開始だ。

私はとっさにポンとレバーをつめると急反転して、高度五千メートルから降下した。中層の直掩戦闘機の間を突き抜けて、下層の艦爆へせまる。高度はみるみる落ちる。逆に速度計の針がぐんぐんと上がって、風防が異様な音を立てはじめた。速度がつきすぎたのだ。操縦桿がものすごく重くなってきた。これでは攻撃はかけられない。

パパンパパンと急激に冷えたエンジンが筩外爆発（筒外爆発）をやって大きな音を立てる。やむを得ず、フラップをツ、ツーとわずかに開いて速度を落とす。さらにフラップを上げてまた反転する。今度はいいぞ。濃緑の大地をバックに暗緑色の敵機が近づいてきた。レバーを全開にする。敵機は依然としてかたい編隊をくずさない。間断なく高射砲の弾丸が炸裂する。先頭隊は間もなく爆撃開始だ。

敵機がみるみる近づいてきた。私は敵機編隊の最右端後の軸線に乗って、もみこむように追随していく。距離七百、六百、五百とつまる。

「落ち着いて射つんだ！」

自分自身にいいきかせながら、眼を照準器にうつす。丸い光の環のなかに敵機の異様な姿が浮かび上がった。中翼単葉、ずんぐりした金魚のような姿態、まさしくグラマン・アヴェンジャーだ！　爆弾倉を開いてすでに突進開始の態勢だ。たちまち距離がつまって射程距離に入った。

私は祈るような気持で機関砲のスイッチを握りしめた。両翼、胴体の十三ミリ四門が轟然と火を吹いた。あっという間もない近迫、アヴェンジャーの尾部につきあたるようにして下方へ抜ける。左側方、間近いところを高射砲の爆煙がパッと散り、スーと流れ去った。右へひねりながら急上昇してふりかえれば、もろくも敵は火焰につつまれて流れるように落ちていく。

アヴェンジャーの編隊はそれでも隊形をくずさず、ものすごい高射砲の弾幕をついて一斉に降下すると、高度五百メートルに上がった阻塞気球の間をぬって第一精油所へ突進を開始した。

間一髪、鍾馗が隼を救う

あとからあとからひきもきらずアヴェンジャーは侵入してくる。われわれの命とたのむ精油所は、敵機の集中攻撃をあびてすでに紅蓮の炎につつまれた。もうもうと湧きあがった黒煙の下をチラチラと紅い舌のような炎が横へのびて、整然とならんだ銀白色の貯蔵タンクが次々と爆発していく。

煙の底からスーとアヴェンジャーが上昇してくる。仰げば上空も点々と胡麻《ごま》をまいたように、敵の大編隊におおわれた。友軍機の姿は眼に入らない。邀撃機数が少ないのだ。私は眼の前にあらわれる敵機に突進する。いくらでも落とせそうなものだが、あせってるのか、なかなか落ちない。

急上昇しながらまた精油所を見る。間断なく爆発する石油タンクの火焰は黒煙と交錯して地上をはい、地底から吹きあがる黒煙は巨大な竜巻となって中空の白雲を黒くそめた。第一精油所の整然とした巨大な施設も、すでに敵機の蹂躙下にまかせ、地獄の様相と化した構内は断末魔のあえぎのなかにもがいている。防空戦闘機隊の命とたのむ目標を敵手にゆだねた口惜しさと憤りが、胸の中に渦巻いて眼頭に涙が溢れてくる。

突如、下に気をとられていた私の後方から黒いヘルキャットが右へ飛び抜けた。上空で待機していた敵直掩機が日本機の攻撃を妨害すべく下方へ舞い下りてきたのだ。ヘルキャットはグラマンの傑作艦戦だが、お目にかかったのは初めてだ。中翼単葉、丸いずんぐりした胴体のわりには旋回がきく。主翼中ほどに長くつき出た機関砲から赤い火を吐きながら急上昇していった。

対空無線は「敵戦闘機と交戦するな」と先ほどから何回も呼びつづけている。灰色の阻塞気球に敵の戦闘機がむらがって、銃撃をやっている。メラメラと燃えてゆっくりかたむくように一つ、二つと落ちていく。

雲上の「鍾馗」編隊。太い機首に小さい主翼がわかる

ジャングルの中に展開した高射砲陣地から赤い火の玉が間断なく射ち出されて、尾を引きながらかたわらを通り抜ける。ムシ河のほとりあたりからやや小さい火の玉が二つ並んでツ、ツーと上がってくると、私のすぐ横をサーッと通り抜けていった。間違えて私を射ったらしい。

「とんでもない」

くるりと反転して私はその空域を遠ざかった。戦闘開始後、すでに二十分を経過した。第一波の攻撃は終了したが、つづいて情報は第二波の来襲を告げている。高度計を見ると千メートルを指している。私はふたたびレバーを入れて上昇を開始した。胴体タンクの残量は少ない。つぎの戦闘開始前には翼内タンクに切りかえねばならない。

ふと真下を見た私は、立ちのぼる黒煙をぬって超低空で急旋回している二機の機影を発見した。

「あれは何だ？」

キラリと光った機影。なんと、わが隼がヘルキャットの追尾をうけて必死に旋回しているのだ。

「射った！」

ヘルキャットの翼前縁から飛んだ赤い曳光弾が、尾をひいて隼をかすめた。

「危ない！」

思わず私はクルリとひっくり返って急降下すると、ヘルキャットの背後に迫った。敵は隼に気をとられて私に気がつかない。照準点を急いで敵機の軸線に指向する。気があせるので、なかなか照準点の×印が左右にふれて軸線に乗らない。ヘルキャットは左旋回の連続で懸命に隼のあとを追っている。他の飛行機はすでに離脱したのに、最後まで単機で残ってなかなか勇敢なやつである。

射距離に入った。後上方からの浅い角度。わずかに修正量をとって追躡《ついじょう》しつつスイッチを押す。にぶい轟音が操縦席にみちて、機関砲の作動油が霧のように散って眼にしみる。惜しくも射弾は敵機の外側へはずれた。好機を失した私の鍾馗は、ヘルキャットの右翼へ追いかぶさるようにして飛び抜けた。白い皮の飛行帽をかぶったヘルキャットのパイロットが、チラリとこちらを見た。

つづいて第二撃をはじめるため、私は敵機の上方へ進路をおさえるように急上昇した。突然、敵機はクルリと右に反転すると、私の腹の下をくぐって全速でジャングルの上を超低空離脱をはじめた。

私は第二波の来襲近きを思って追撃をやめ、高度五百メートルから私はふたたび上昇をはじめた。危急をまぬかれたさっきの隼が、翼を振りつつ遠ざかっていく。

友軍機はまだいるぞ

黒煙の周囲を大きく旋回しながら高度三千メートルに達した私は、前回にこりて機首を水平におさえた。針路が西からしだいに南へまわる。前面風防にプロプラの作動油が散って、視界がとくに悪くなった。左前方二キロの断雲上を鍾馗が五機、帯のようにつらなって飛んでいるのを目撃した。

「健在な友軍機はまだいるぞ」

このとき、ふたたび高射砲の弾幕が高度二千メートルの中空に黒雲をつくった。〝第二波の来襲だ！〟進路は真南、第一波と同じくアヴェンジャー、直掩機の重層配備の敵編隊がゆうゆうと侵入してきた。やはり前回と同じに一〇〇機に達する機数と私は見た。

アヴェンジャーの高度約二千メートル、精油所周辺三〇〇門の高射砲が一斉に下層の敵機へ弾幕を集中した。空中で四散して飛び散る敵機、片翼をもがれて錐揉《きりも》みで墜落する機体。ふたたび悽愴な空の死闘が開始されたのだ。

私は絶えず上空の直掩機に気をくばる。旋回性能のよい敵機と格闘に入れば、鍾馗は不利である。〝一撃離脱あるのみ！〟私は好機を待った。第一波と同じく第一精油所へ攻撃をかけた敵の先頭編隊は、そのまま上昇しつつ南西方向へ離脱しはじめた。私はガソリンの残量をたしかめると、エンジン全開で敵機編隊の背後を追った。

下を見ると、高度五百メートルでアヴェンジャーの二機編隊が真南へむかって飛行していくのを発見した。先頭機は被弾をしたか、うすい黒煙を吐いている。おそらく後方機がつきそって、本隊と別個に母艦に帰投しようというのだろう。

私は今度はあわてずに静かに機首をめぐらした。浅い角度で六百、五百と後方機に接敵する。みるみる距離がつまる。アヴェンジャーはまだ爆弾倉を開いたままだ。このとき、敵機の後方銃座が射撃を開始した。右、左と目の前に赤い火が流れるが、不思議に私の心は冷静だ。

射距離二百になった。距離は刻々つまるが、私はなお満を持した。球型銃座に乗り出すようにして機銃にしがみついている射手が、手にとるように見える。敵機の軸線に入ったプロペラ後流にあおられて、思わずグラリと機体が左右へゆれる。

後方至近距離にせまった私は、照準点を銃座付近に指向してスイッチを押した。完全な手ごたえ、四門の十三ミリはくるったように咆吼《ほうこう》し、敵機の風防が木の葉のように飛び散ると、射手がのけぞるようにして崩れ落ちた。やがて左翼付け根から火をふいた敵機は、徐々に右に傾斜しはじめ、不気味にひらいた真っ赤な爆弾倉（潮風で錆びるのを防ぐため赤い塗装が施してあった）を上に向け、背面のまま密林の中に墜落して燃えあがった。

先頭機は僚機の墜落に蒼惶《そうこう》として遁走する。急上昇していた私はさらに先頭機へ迫った。滑油タンクでもやられたか、細い蒼白い煙がエンジン下部からのびている。右の主翼端が大きく口をあけている。高度はだんだん低下してすでに三百メートルだ。とても母艦への帰投は無理と思えたが、後方へ接近すると敵機は急に左右へ翼をふりはじめた。

私は敵機の腹の下へもぐると右側に浮き上がって、平行して飛びながら相手の操縦席を見た。もえぎ色の飛行服を着たパイロットがこちらを見た。顔ははっきりしないが、顔の長い男だった。必死の様子が青ざめた顔色から読みとれた。私は手をふって機首をもと来た方向へ返すように合図した。この地点から最も近い飛行場はパレンバン市外の飛行場だ。

しかし、敵機はその意味がわからぬのか、三百メートルの高度に点在する断雲に飛び込んで遁走をはかった。私は撃墜しようと決心したが、おりあしく雲はしだいに多くなって、雲から出てはすぐ雲へ飛び込んで逃げる敵機の黒い影を雲の下から見上げているうちに、ふと気が変わって機首をかえした。すでに時刻は経過している。燃料もとぼしくなった。精油所から南へ五十キロも来ていた。

赤い夕陽が沈むころ

私は直路、機首を基地へ向けた。基地の方向、烟霧《えんむ》にかすむ地平線へ三条の黒煙が立ちのぼっている。何か不吉な予感が胸中を過ぎる。飛行機のいなくなった静かな空は、さきほどの空中パノラマのくりひろげられた同じ空とは思えない。

基地上空、機上から見入る地上の様子は、格納庫一棟が炎上しており、準備線付近の飛行機は焼失している。私は低空で旋回しつつ滑走路の状況をたしかめた。僚機が出発線で焼けくずれている。

「やはりやられたか――」離陸時の敵弾を浴びてたおれたのだ。着陸して地上に降り立った私の前に、機付が万感せまる面持ちで立った。

「機体、発動機異常なし、弾丸はよく出たぞ」

むぞうさにつぶやいて私はピストへもどった。コルセアのロケット攻撃でピストは半分にこわされていた。私の離陸を最後に、飛行場はコルセア機の攻撃をうけて出動をはばまれた。僚機が出発線で機付の制止をふりきり離陸しようとしてコルセアの一撃を浴び、機上でたおれたときいて、私は足を出発線に向けた。

主翼と尾翼の一部をのぞいて、彼の乗機はくずれ落ちていた。垂直尾翼の先端に残った白と赤の中隊マークが、私の眼にはうつろにうつった。まだ薄煙りが立ちのぼる現場には、焼けただれた飛行眼鏡のわくだけが悲しくも私の眼を射た。

この日、燃料補給のおわった愛機を駆って第三波以後の来襲にそなえ、私は都合四回出動して精油所上空の警戒にあたった。夕刻、ようやく空襲警報が解除されて飛行場の大地を踏みしめた私は、さすがに疲労をおぼえた。のどがかわくばかりで食欲はなく、背筋をのばすと腹部の筋肉がひきつった。

滑走路のはしにはコルセアが一機、撃墜されていた。エンジン、胴体、主翼とバラバラになって四散しており、その間に半ズボン、ズック靴、まだ若い長身のパイロットがあおむけになり、両膝をまげて倒れていた。ズック製のカバンの註記に「ブラウン」と書いてあった。地上の高射機関砲の射撃をうけて飛行場内へ不時着しようとしたのに、戦闘指揮所の屋根へ脚をぶつけて高度十メートルぐらいから墜落したものらしい。敵とはいえ戦死者である。あとで部隊の手で手あつく埋葬した。

この戦闘で、部隊は七名のパイロットと十二機の戦闘機をうしなった。薄暮の台地に赤い夕陽がしずむころ、私は激しかったこの日の戦闘経過を考えながら、また明日からの来襲にそなえようと心に決めて、宿舎への途を歩いていた。

二式複戦「屠龍」北九州の夜空を炎に染めて

轟然と火をふく飛行四戦隊「屠龍」の三十七ミリ機関砲

当時飛行四戦隊中隊長・陸軍大尉 樫出 勇

樫出勇大尉

ドーリットル空襲から二年二ヵ月たった昭和十九年六月十五日の夜十時四十分、深い静寂につつまれた私の部屋の机上電話が、突如けたたましく鳴りひびいた。一つは小月《おづき》飛行師団の直通、一つは西部軍司令部の電話である。とりあえず師団作戦室からの受話器をとった。

「情報情報、西部軍管区警戒警報発令、飛行第四戦隊は待機姿勢に移行すべし」

軍司令部直通の電話も同じ情報だった。ただちに私は情報主任として情報係将校を呼び、戦隊命令を下達するとともに戦隊長に報告した。戦隊は邀撃態勢に入った。当時、戦隊の作戦規定として、つぎの三項目の姿勢が規定されていた。

一、予備姿勢――平時態勢にて、飛行機は整備作業を続行。空中勤務者は訓練実施。ただし夜間は戦隊の三分の一は警急服務。その他は休養。

二、待機姿勢――戦隊の三分の一の飛行機は飛行場に配列、警急服務者は機側付近に待機、警急出動態勢にあり。その他は予備姿勢。

三、警急姿勢――何時いかなる場合たりとも全機出動可能なる態勢を整え、すなわち飛行機は全機飛行場に配列、人員は機側において待機の姿勢。

戦隊長安部《あべ》勇雄中佐は、私の報告を受けると直ちに戦闘指揮所に出て来られた。「敵のやつ、いよいよ来たか」と落ちついて情報の掲示を見ている。私の第三攻撃隊（飛行中隊）はちょうど警急姿勢の勤務にあたっていたので、戦隊の指揮を戦隊長に引きつぎ、戦闘本来の任務につくため隊の方に走った。警急出動機はすでに整備員の敏速な行動によって試運転が開始され、静かだった飛行場も活気を呈してきた。

私たちは警戒警報が発令されていながら、じつは半信半疑であった。友軍機の無通報飛行（陸海軍を通じ、戦時中は必ず飛行の目的、航路、高度の飛行通報を出して飛ぶ規定になっていた）か、それとも敵の夜間偵察くらいに考えていた。ピストの椅子に腰を下ろし、朝鮮と中国大陸の地図をひろげ、眼を通していた。

隣りの椅子にいた河野軍曹が、「教官殿、敵機でしょうか」と質問してきた。

私は、「まあ、単機偵察かもしれない。偵察機ならぜひ捕捉して墜とさなければならん」

と答えた。そのときだった。「情報情報」と戦隊指揮所の拡声器が、いつもと異なり昂奮《こうふん》をおびた口調でがなりだした。

「二十二時四十五分、敵大型機編隊、朝鮮釜山上空を南東進中。命令、各隊は警急姿勢に移行すべし」

命令は復唱された。さらにマイクは引きつづき「西部軍管区空襲警報発令」と情報を伝達してきた。二十二時五十一分であった。街のサイレンが夜の静寂をやぶっていっせいに唸りだした。

「河野、偵察機じゃない、空襲だ。慎重にやれよ」

私はそういいながら、いま一度、地図に見入った。横田、中村両伍長が腰を浮かした。各隊はいっせいに試動を開始した。

私は部下に「報告はいいから慎重にやれ。離陸は編成順に出発。早く乗れ」と命じ、私も愛機の二式複座戦闘機（二式複戦、キ45）に搭乗して出動命令を待った。始動車がライトを赤布でおおい、空襲警報下の行動に注意をはらいながら、順々に出動機のエンジンを回している。

各機がいっせいに無線調整をやりはじめた。レシーバーで耳が痛く感ずる。私の中隊はほとんど実戦の経験がなく、いささか泡をくっているのが感じられた。私もいくらか不安であったが、ノモンハン、中支、北支などで小型機とではあったが十数回交戦し、四〜五機撃墜した経験があったせいか、操縦席に座ると落ち着いていくのがわかった。

同乗者の田辺軍曹に無線の調整を命じ、「送信は混雑するから、やるなよ」と指示した。私の機からの送信がないためか、指揮所から心配して私を呼びだし、「感どうか、明どうか」と連絡してきた。

「こちらは樫出、感良し明良し、感明良好」と応答した。

初見参の大型四発機

「命令、戦隊は全機出動、要地上空高度三千、朝鮮方面より進入せる敵機を捕捉邀撃すべし。命令終わり」

いよいよ出撃命令が下令された。私の隊は警急姿勢にて準備は完了、離陸態勢にあったので、すみやかに車輪止めをはずし、滑走路に向かってすべり出した。

離陸位置に到着して後方をふりかえって見ると、私の編隊は順調につづいている。前照灯を点滅して出発合図をするとともに、闘志満々レバーを全開、先頭を切って離陸した。編隊全機の無線は好調だ。上昇しながら編隊を組んで、一路、要地上空に向かう。下関上空、高度一五〇〇メートルに達したとき、戦隊の夜間出動機全機が離陸を完了した。空中相互の無線調整をかねて頻繁に連絡を実施している。

二十三時十八分、要地上空の高度三〇〇〇メートル、所定の空域に到達した。「第三攻撃隊、配置完了」を戦隊長に報告した。所定の空域にて哨戒待機中も、はたして敵機であるか否か、まだ信じられなかった。

そのとき、「情報情報、二十三時十五分、対馬北方に爆音」

つづいて「対馬西方に敵大型編隊東進中」

さらに、「敵大型編隊高度五千、対馬上空を東進中」

と、やつぎばやに伝えられてきた。もはや疑いの余地はない。まさしく敵機なのだ。

敵機の高度を傍受するや、ただちに上昇を開始。命令を待つことなく五〇〇〇メートルに高度を上げた。情報は刻々と敵機の接近を伝えてくる。戦闘準備のため、私は編隊各機に対し試射を指示し、愛機の三十七ミリ機関砲を北方海上に向けて発射した。

弾丸は機体に相当な衝撃をあたえつつ、砲口より青白い炎を残して飛び出した。砲の調子は良好である。敵機撃墜に万全の準備は完了した。一撃必墜を神に念じた。敵は針路を変更したのか、情報がやや途切れた。私たち操縦者は哨戒中、情報を聞くのが唯一の楽しみだった。だから情報が途切れると、指揮所に対して請求するのが癖のようになっていた。

さっそく第二攻撃隊長の佐々利夫大尉が要求した。同時に「二十三時三十三分、六連《むつれ》島北方に爆音」さらに「三十五分、六連島上空高度四千、敵大編隊要地に向かう」と知らせてきた。いよいよ敵機は間近に来ているのだ。在空機はおそらく、一斉に視線を六連島方向に向けたことと思う。

敵は近いが、照空灯はまだ照射を開始しない。夜間戦闘では照空灯が敵機を捕捉しないかぎり、攻撃は不可能であった。それなくしては視認できないからである。敵が迫っているのに何をしているのだろう、と苛立ってきた。

暗緑色の大まかなマダラ迷彩をほどこした飛行４戦隊の「屠龍」。小月飛行場にて

「命令、敵機は要地上空に侵入、各隊は攻撃すべし」と戦隊長の命令が無線に入るのと時を同じくして、サッと照空灯が一斉に照射しだした。数十条の光の帯が、敵機を捕捉しようと縦横に夜空を切っている。

ついに照空灯は敵第一番機を捕捉した。はじめて見る敵はたしかに大型四発機だった。想像に違《たが》わずさすがに大きい。「この野郎！」と思わず呟きが口から出る。敵は六連島より若松に向かって、悠々とその巨体を光芒にさらけ出しながら進入してきた。私たち邀撃隊は攻撃隊形になった。敵の爆撃目標は八幡らしい。

敵機は若松手前の海岸上空まで進入してきたとき、パッと照明弾を投下した。地上の八幡市街地域は厳重な灯火管制下にて一点の明かりも見えなかったが、一発の照明弾で真昼のような明るさに暴露されてしまった。

会心のB29初撃墜

敵の先頭機は刻々要地に侵入してきた。そのとき、

「敵機発見、敵機発見、敵大型機若松上空、高度四千、ただいまより攻撃」

もっとも近くに待機していた、第一攻撃隊長小林公二大尉からの無線が入った。

「敵機発見、戸畑上空高度四千、ただいまより第一撃」の無電は、西尾半之進准尉からの連絡だ。いよいよ戦闘の火蓋は切られた。訓練どおり前方から接敵し、第一撃を敵の二番機に指向、突進を開始したのだ。

照空灯は捕捉後は三本で照射し、一機たりとも逃がすまいとしている。敵の爆撃法は単縦陣なので、私たちの攻撃にはおあつらえ向きであった。敵三番機はいくらか遅れて若松上空より侵入してきた。こんどは私の待機空域に近い。

「樫出、敵機発見、大型四発機、若松上空、高度四千、ただいまより接敵」と無電を送り、八幡上空、高度四二〇〇メートルから若干機首をつっこみ、高度を下げかげんにして直前方から突進して、敵の直前下方に占位した。

愛機の標識灯を点滅させながら一〇〇〇メートルに迫った。照準眼鏡に眼を転じ、精密照準を開始する。さらに距離約五百メートルまで接近した。ついに射距離は約二〇〇メートル、後方の無線士田辺《たなべ》軍曹に、

「撃墜するぞ」と伝声管で連絡した。

「教官殿、頼みます」

田辺軍曹の声もさすがに緊張していた。距離約八〇メートル、私は歯を喰いしばり愛機のほこる唯一の火砲三十七ミリの引き鉄をひいた。鍛えに鍛えた一発必中の弾丸は、愛機「二式複戦」にわずかな衝撃を残し、「ドン」と発射砲口より殺気をおびた青白い炎を吐きつつ、みごと敵機の致命部たる左翼取付部の付近に吸いこまれていった。

命中確実の自信はあったが、敵の巨体は私に負いかぶさるように迫ってきた。あわや衝突というとき、私は無意識に離脱操作をしていた。一瞬、空中接触を観念しつつ反転離脱した。

敵機は照空灯の光芒の中で、片翼からめらめらと火を噴き出している。火炎は見るみる大きくなり、やがて機体は傾き、斜めになって降下しつつ墜落状態となった。

「樫出一機撃墜、遠賀川上空」と放送する。ただちに指揮所から「了解」、つづいて飛行師団作戦室からも「了解」の返電が来た。打てば響く応答につられて、尾部のマークは「F」と報告した。時に午前零時十三分であった。超空の要塞、不落をほこるB29の日本空襲の初の会敵に、一撃必中弾をもって北九州市民環視のなかに第一回目に撃墜の戦運にめぐまれたことは、私としてまさに会心の撃墜ともいうべきであった。

敵機は逐次侵入してきた。戦闘はいよいよ激烈をきわめ、小林准尉から「ただいまより攻撃」の放送あり、「門司上空において攻撃を敢行中」。つづいて木村定光准尉から「戸畑上空高度四千、第一撃」の入電があった。

高射砲隊は航空隊外側空域にて戦闘開始、照空隊は進入敵機を一機ものがさず捕捉照射し、捕捉後は三灯交叉をもって私たち邀撃隊の攻撃を容易にみちびき、戦闘の完璧を期していた。しかしながら、地上はついに爆弾を投下され、八幡の中心街には数ヵ所より火の手があがった。眼下に見下ろす爆弾の炸裂は、いやがうえにも私たち空中部隊をして戦闘意欲を旺盛ならしめたのであった。

空陸呼応の邀撃戦

さらに敵の後続部隊はほとんど等間隔で侵入してきた。

「藤本軍曹、八幡上空高度四千、ただいまより攻撃」の無電とともに第一撃に突進。つづいて、「佐光大尉、下関上空高度四千、ただいまより接敵」の連絡があった。依然として前方攻撃を指向している。遠方より見ていると、鷲にいどむ隼のごとく友軍機は極端に小さく見える。いや敵機の巨体が大きすぎるのだ。藤本軍曹からの、敵機の方向舵は二枚だという入電に、B24も来ているのかと直感した。

離陸後から相当時間を経過しているので、燃料が気になった。油量計を見ると三〇〇リットルを指示している。活躍にはまだまだ心配なかった。そのとき、洞海湾方面から侵入してくる敵機を発見した。さっそく「樫出、洞海湾上空高度四千、いまより接敵」を連絡し、ただちに接敵占位にうつった。右前方に河野軍曹が勇敢に突進中だ。若松上空では内田実曹長の捨て身の第一撃が行なわれている。高射砲は、私たちの戦闘空域外側で間断なく火花のような炸裂を展開している。

高度二〇〇〇メートル以下では、高射機関砲の赤い火線がスルスルッと伸び上がっては消えている。小しゃくにも敵機は焼夷弾を混入投下し、ついに八幡の火災が小倉地区にもおよび、数十個所から火の手があがった。一瞬、二〇キロ範囲の北九州工業地帯は空地ともに火の海と化し、凄惨その極に達した。

私は情報と教育の両主任を兼務していたため、戦闘終了後、戦闘要報および詳報を作成し、高級司令部に提出しなければならなかったので、全般の戦闘状況を観察しておく必要があった。各機の連絡状況、周囲の哨戒、上空から観察した地上の被害など、自分の戦闘以外にも気を配らねばならないことが多かった。

ふたたび、敵との距離八〇〇メートルに接近してきた。前回は夢中であったが、こんどは落ち着き、自信も倍加していた。照空灯の光芒は完全にB29の巨体を判然と三本で映し出し、まるで私の攻撃を待っているかのように思えるのだった。

ところがどういう間違いか、友軍高射砲弾が私の機側付近に猛烈に炸裂しだした。危なくてしようがない。私自身が戦闘空域外にいるのであろうか、そんなはずはないのだ。ともあれ、友軍の弾丸に当たるのはやり切れない。地上高射砲隊も私の部隊の無線を傍受しているはずなので、さっそく指揮所に対し「洞海湾上空の高射砲の射撃は止め、こちらは樫出」と無線放送をした。小倉の地上防空司令部も私が戦隊情報主任なることは承知しているので、高射砲の射撃はぴたっと止んだ。距離二〇〇メートルに迫った。いよいよ射撃距離だ。精密照準に全霊を打ちこみ、眼鏡に眼をうつす。

眼鏡内の敵機はぐんぐん大きくなり、胴体と両翼の付け根付近だけが眼鏡内に入った。距離は約一〇〇メートルになったと思った瞬間、愛機も光芒内に入っていた。敵の前方銃が赤くひらめいた。私を発見し乱射しだしたのだ。

〝しまった、敵に先制攻撃をかけられた〟

しかし、この期におよんでひるむわけにいかない。肉を斬らせて骨を斬るまでだ。相討ちになろうとも、攻撃を続行しなければならない。〝よーし、こいつも血祭りに〟となおも近迫、射距離約八〇メートル。「射つぞ！」と田辺軍曹に知らせ、必中の引き鉄をひいた。自信満々の一発は敵機の操縦席付近に炸裂した。私はまるで呑み込まれるように敵機の腹下に入ると、とっさに左斜めに反転していた。

三〇〇〇メートルにまで降下したとき、機首を水平に起こして敵機を見ると、私の左前上方にあって左旋回を開始している。田辺軍曹は、「教官殿、敵は前上方におります」と報告してきた。大きな図体を一八〇度旋回して、そのまま北方海上に遁走をはじめた。せっかく命中したのだ、逃してなるものか、とむらむらと攻撃心が湧いた。私はレバーを全開にして追撃にうつった。

敵はようやくスピードが落ちはじめ、高度が低下しだした。そのまま追尾しながら第二弾を射ち込んだ。もともと訓練では前方攻撃だけを実施していたので、後方から射ったのでは手応えすらわからない。とうとう第三弾を浴びせた。こんどは敵の高度は極度に下がってい

飛行第４戦隊・樫出勇大尉が操縦する二式複戦「屠龍」

く。約一〇〇〇までに下がり、速度も四〇〇キロに低下した。

〃墜ちる、もう墜ちる〃と思った。ここまで来たからには墜落を確認しようと追跡しているうちに、照空灯の圏外に出てしまった。突然、真っ暗になったため、敵機の姿を見失った。やむを得ず機首を反転し、私の空域に引き返した。

「敵機は速度を落とし、高度低下、若松北方海上、高度八〇〇にて見失う。撃墜不確実」と指揮所に報告した。「了解」の返電があった。しかし、私はいまの行動を反省し、指揮官として深追いを恥じずにはおられなかった。

私は上昇しながら、担当空域の八幡上空に急いだ。途中、木村准尉が小倉上空で一機撃墜、つづいて西尾准尉が撃破、また森本辰雄曹長が戸畑上空で一機撃墜不確実とつぎつぎに無線が入った。戦闘はなおたけなわなのだ。「敵機発見、小倉上空高度四千、ただいまより攻撃」内田曹長からだ。「ただいまより攻撃」と佐々大尉からの連絡もある。間もなく佐々大尉、内田曹長も撃破したと、それぞれ指揮所へ報告するのが傍受された。

敵の編隊が途切れてから約五分もたったころである。消えていた照空灯が一斉に八、九本照射を開始した。敵の第二梯団であろうかと思ったが、情報は梯団らしき機数を知らせてこない。

離陸後かなり時間が経過していたので燃料は残り少ないと思ったが、まだ一〇〇リットルあった。携行弾十五発も残り少ないものの、あと一、二機攻撃できる予定だ。やや心細さを感じてきた。しかし、敵は侵入中である。

照空灯の照射方向を哨戒中、はるか北方海上で視界に敵一機が入った。とたんに、「敵機発見、六連島南方高度五千、ただいまより接敵」野辺重夫軍曹からであった。私も無意識に機首を向けた。時に零時三十六分であった。

敵の針路は第一梯団の来襲方向とちがって、要地の真北からである。光芒は五、六本になった。しかも一機に集中している。敵は戸畑北方海上より右九十度旋回して、若松沖合をへて玄界灘に向かった。虎視眈々と待ち構えている私たち邀撃隊を察知したのか、それとも照射に恐れをなしたのであろうか。

野辺機につづいて私の編隊四機が追いかけた。追跡しながら見守っていると、野辺機の砲口から青白い炎がひらめいた。だが、後方射撃の射距離がやや遠い。野辺機も追跡では追いつかないと見て、一弾を見舞ったものらしい。敵機は増速して海上へ遁《のが》れていく。私たち五機で追ったが、ついに照空灯圏外で見失ってしまった。この単機侵入を企図したB29は戦果偵察が目的のようであった。しかし戦果偵察機ならば最後の単機ではあっても、戦訓としてもっとも貴重な資料を持ち去ったことになるのだ。

在空機は要地上空に帰還し、所定の待機空域の哨戒配置についた。

「命令、その後、敵の後続部隊の情報なし。戦隊は西尾編隊を上空警戒に残し、その他はすみやかに着陸すべし」

この無線により、戦隊主力は基地小月飛行場に向かった。その途中、「情報、零時四十五分、西部軍管区空襲警報解除」となった。

ようやく我に返り、いままでの戦闘行動は夢のように思われた。死生を超越し、ひたすら戦意に燃え、無我の境地より脱していま基地に帰還飛行の途中である。最善をつくした部隊の行動が、走馬灯のごとく脳裡をかすめる。わが邀撃隊全員も同様な心理であろうと思われた。

全機着陸後、出動機を点検したところ、内田曹長機一機が左翼に一発、敵の十三ミリ弾を受けていたほかは全機異状なく、奇跡的な邀撃戦であった。戦闘指揮所には三好飛行師団長、作戦参謀、情報参謀と安部戦隊長たちが笑顔で待っていた。

小林大尉の戦闘経過および戦闘状況の報告が終わると、師団長は「ご苦労、ご苦労」と一人ずつねぎらいながら、用意の祝酒を注いで回られた。安部戦隊長もまた全員に対し、「よくやってくれた、ご苦労」と、感涙を落とされたのであった。本夜戦の戦果は、来襲敵機十七機に対し撃墜六機、不確実三機、わが損害は一機受弾。それがB29の第一回本土邀撃戦の戦果だった。

一部の警急服務者を残し、私たちが寝台に横たわったのは午前二時三十分であったが、根本秀徳整備隊長指揮の整備員たちはそれからが大仕事だ。だいぶ疲労を感じていたので、整備員たちの苦労を肝に銘じながら深い眠りについた。

未曾有の戦果

夜間空襲以来、私たちの予想どおり敵は三角爆撃をもって本土に侵攻し、激烈の度を加えてくるにいたった。昭和十九年八月二十日、真夏の陽もようやく西に傾きはじめた十七時二十分、突如、西部軍管区に警戒警報が発令された。

中国大陸を東進する敵の大編隊は、私たちの防衛空域の北九州地区へ攻撃を指向か、あるいはその鋒先を朝鮮南岸の大陸門戸の港湾かまたは南満の鞍山地区に向けるかと思いまどううちに、警戒警報が発令されたのであった。「在支米空軍、成都基地より発進」「敵大編隊は北九州に向かう」とのやつぎばやの情報に、小月基地は色めきたった。

久方ぶりの昼間空襲に、戦隊は全力をあげ邀撃準備を急いだ。間もなく空襲警報が発令された。「命令、戦隊は全機出動し、要地上空高度七千、敵機を捕捉邀撃すべし」

それきた、と空中勤務者は一斉に愛機めがけて飛び出した。試運転の砂塵が見るみるうちに飛行場をつつむ。各隊は四機編隊にて、全機勇躍出動を完了し、一路、要地上空へと上昇してゆく。空中相互の無線連絡も元気にみちていて気持ちがいい。

警急隊の指揮官佐々大尉が、第二隊配置完了と報告している。私の編隊は最後尾であったので約五分遅れて所定の空域に到着した。ここに戦隊は全機配置を完了して邀撃態勢をととのえた。

哨戒すること約十二、三分、指揮所の戦隊長より「敵先頭梯団、壱岐島上空を通過」と連絡してきた。邀撃隊はサッと緊張し、視線を要地西方の壱岐島方面に集中する。索敵には目が痛くなるほど警戒を厳にする。

先行哨戒の内田曹長より「敵機発見、敵の第一梯団は福岡北方、小呂島海上高度七千、東進中」と報告してきた。いまだ私たち戦隊主力の視界には入ってこない。内田機より逐次、進行地点を報告してきた。さらに壱岐島対空監視哨より「来襲敵機はB29の十一梯団、約八十機、高度七千」という細部の情報が入った。相手にとっては不足なし、今日も思う存分やるぞ、と全員まなじりを決した。

これと同時に、戦隊主力は要地よりはるか西方海上に敵大編隊を発見した。ちょうど鳥の群舞が水平線上に飛んでいるかのようであった。佐々編隊が要地の最前方に待機中だったので、ただちに接敵行動にうつった。ついで木村編隊、これにやや遅れて野辺軍曹機がつづく。私の第三隊は若干遅れた。

第一隊の小林大尉指揮の三編隊は最後尾と攻撃態勢を完成した。まったく平時訓練の基本どおり整然と攻撃を開始した。いよいよ彼我の距離は接近してきた。

「佐々編隊、ただいまより第一撃」と連絡して、敵の第一梯団にたいしては軸線がはずれたのか、左側の第一梯団の第二編隊に目標を選定し、編隊をあげて第一撃を敢行した。つづいて木村編隊は、第二梯団に目標を選んで突進した。小林（准尉）編隊も、第二梯団めがけて突っこんだ。

これに遅れた野辺軍曹（少飛六期）は、敵の第一梯団に目標を選定し、「野辺、ただいまより第一撃」と放送、折尾町東方上空に敵を捕捉し、敢然として単機で第一梯団めがけて突進した。そして梯団長機を目指して必殺の第一弾を放ったが、射距離がやや遠く、打撃をあたえたものの撃墜にはいたらなかった。

敵は若干回避運動を行ないつつ執拗に要地侵入を策している。機を逸すれば要地にたいし巨弾を投下される、きわめて緊迫した状況にあった。野辺軍曹は、猶予はならずと同乗者の高木兵長と互いに相うなずいて体当たりを決意したのであろう。在空機にはもちろん基地に対しても言葉短く「野辺、ただいまより体当たり」と早口に悲壮な訣別無電を送るとともに、そのまま第一梯団編隊長機に猛然として激突を敢行したのである。

彼我両機は一瞬、空中に巨大なる火の渦を生じ、同時に敵の四発機は飛散、双発の野辺機も吹っ飛んだ。蜘蛛の子を散らすがごとき無数の残骸に敵の二番機が激突し、これまたたちまち錐揉《きりも》み状態となって墜落したのである。

私は目前に野辺機の壮烈きわまる戦闘を目撃し、一瞬目を閉じて冥福を祈るとともに、二勇士の仇討ちとばかり、編隊の四機に対し編隊長につづけとB29群に突っこみ、一発必中弾を巨人機の翼の付け根付近にぶちこんだ。その一機は左翼が分解し、断末魔にもだえつつ散華していった。

今日の邀撃戦において戦隊は撃墜十六、撃墜不確実四、撃破十三の大戦果をあげ得たのは、野辺重夫軍曹の崇高なる精神の賜物である。一方、かくのごとき空中戦士の犠牲のあったことは、かえすがえす残念でならない。

「屠龍」の呼称定着

昭和十九年も半ばをすぎた七月、マリアナ群島が敵手におちた。いままでB29は中国大陸を基地として来襲してきたのであったが、それからは基地を太平洋上の島嶼におき、日本本土を空襲するものと考えられるにいたった。

太平洋基地が敵手におちてからは、戦勢は完全に受け身となった。このころ、南太平洋戦線には友軍の特攻隊が組織されてその風潮が各戦域にひろがってゆき、戦勢挽回の策は特攻以外には見い出しがたいかのように思われた。

わが飛行第四戦隊でも、十二月五日にはB29を目標とする「特攻回天隊」が編成された。山本三男三郎少尉を隊長とする七機編隊である。第一回攻撃は、山本隊長みずからB29第一梯団長機に前方から体当たりすべく立ち向かい、衝突直前に被弾発火したがそのまま体当たりし、敵味方四つに組んで久留米市西北方の水田に墜落した。

つづいて村田勉曹長は、敵機に突入寸前に被弾発火しながら火だるまとなって目標に激突し、B29の巨体を空中分解せしめるとともに、村田機も粉微塵となって散華した。やや形を残していたのはわずかに二つの発動機だけであった。

私たちの双発戦闘機は、いつしか誰いうとなく「屠龍《とりゅう》」と呼ばれるようになり、それがまた敵側情報にまで現われていた。これは火を吐きながら小型機が大型機を屠《ほふ》るところから由

小月飛行場に並んだ飛行４戦隊の二式複戦「屠龍」。答礼しているのは小林公二戦隊長

来したようである。ともあれ、「屠龍」は気に入った名称であった。

これまで私と木村定光准尉は武運にめぐまれたのであろう、共にB29を各十八機墜とすことができた。西尾半之進准尉が十一機、藤本軍曹（少飛八期）が六機、佐々利夫大尉と河野軍曹（少飛十期）がともに三、四機を屠っていた。

ところが、武運にめぐまれないというのか、小川中尉、鈴木少尉、馬場、内田実曹長（少飛五期）、西村勘軍曹（少飛九期）、岩井、辻、横田、筒井伍長（以上少飛十二期）などは、いずれ劣らぬ荒武者ではあったが、それぞれ撃墜一、二機、撃破三、四機だったので、なんとなく焦り気味であった。「今度はやりますよ」という意気は尊ぶべきだったが、焦ることはわざわいを招きやすい。

私は先輩であり、指導者の立場でもあったので、

「早まるな。決して早まってはいかん。一対一の戦闘ならいつでもできるのだ。要は戦隊として恥ずかしくない任務の完遂にある」

といって、はやる隊員の気持を押さえた。

夜空の殲滅戦

昭和二十年三月二十七日十二時四十分——。

「敵大型大梯団、マリアナ群島サイパン基地を発進、日本本土に向かう」との情報を得た小月飛行師団では、「敵の空襲目標は未だ不明なるも、各戦隊は邀撃準備に遺憾なきを期すべ

し」と指令してきた。地図上から判断すると、本土到来は二十二時ごろと判断された。

情報は刻々とB29の進攻を伝えてくる。十七時、整備隊長の根本秀徳大尉は、出動機の準備完了を戦隊長に報告した。戦隊長は安部中佐のあとをついだ、わが戦隊生え抜きの小林公二少佐である。

「情報、二十一時四十一分、西部軍管区空襲警報発令。戦隊は全機出動、要地上空高度第三配置」

戦隊命令が下令された。夜間のことゆえ始動車、三輪車はライトを赤布でおおって走り回る。地上勤務員の覆いをつけた懐中電灯が、螢のように右往左往していた。

警急隊の第二攻撃中隊は早くも出発線に向かって滑走しはじめた。基地周辺の街のサイレンが高々と夜空に響いている。

「敵大型編隊、足摺岬に上陸、高度三千、西北進」と敵情を伝えてきた。戦隊は全機、征途についた。

「敵の先頭機は国東半島東方海上、高度三千、約六十機」という情報につづき、「敵は間もなく要地に侵入の予定」、と同時にサッと数条の光芒が夜空に走った。その瞬間、一機を捕捉した。また一機、照空灯は三機をとらえた。三機編隊の同時侵入だ。

最前方の第二隊は、敵の北方に位置しすぎ間に合いそうもないので、急いで移動しているらしい。光芒に浮かび上がったB29は、まるで鯨のようである。すかさず第一隊の木村定光少尉から「敵機発見、第一撃」が入った。つづいて岩井伍長が接敵した。ついに夜間邀撃の火蓋は切って落とされた。

敵は小倉を通過、私の待機空域に侵入しつつある。私は僚機に単縦陣を指示し、編隊長機を目標に接敵開始を放送して突進にうつった。距離は約八〇〇にちぢまった。精密照準に目を転じる。みるみるうちに距離はつまり、一〇〇メートルになった。「いまだ」と引き鉄をひく。砲口の青白い炎が消えたときB29の座席付近に炸裂したようだったが、離脱操作が忙しく成果を確認することができない。

敵機の大きな図体が愛機屠龍にのしかかってくる。その敵機に突進してゆく河野軍曹機が目にうつった。機首を起こした編隊長機は高度をいくらか下げつつ西進、これに対し中村伍長機が攻撃にかかったが、高度が下がっているので攻撃ができない。

そのまま敵機の上空を通過した。高度をとりもどした私が機首を東方に指向したとき、門司上空でB29二機が光芒の中から西進してくるのが見えた。これに対し第二隊の接敵の無電が入ってきた。

私は編隊をととのえ左旋回で八幡に帰る途中、小倉上空で敵一機がわが照空灯に照らされてポッカリ浮き上がったのを認めた。〝よし、これだ〞僚機に下令し、やや左前方から接敵した。

「樫出、小倉上空、第二撃」を連絡し、軸線をはずして距離約二〇〇メートルであったが、まず第一弾を放った。これは失敗だった。そのまま突っこみ、左前下方より横なぐりに迫って第二弾を敵の右内側エンジンから操縦席を目がけて、斜めに射ち込んだ。こんどは見事命中だった。夜間なので派手な発火がありありと見える。

そのとき西尾半之進准尉から「大黒上空で一機撃墜」の無電。〝やった な！〟とレシーバーに入る西尾准尉の声を聞きながら、自分の射った敵機を見つめていた。敵は私の斜め後上方の光芒内で火だるまになり出した。〝ざまを見ろ〟と思う間にめらめらとなめつくすような炎と煙につつまれ、大きな機体が右に傾き、そのまま墜落していった。

「樫出、撃墜」を打電した。打電を終えてほっとする間もなく、またも門司、小倉付近に六機捕捉された。内田曹長と横田伍長から攻撃の入電があった。敵はますます数が増えるばかりだ。

要地上空には数十条の光芒が錯綜していた。暗夜だが攻撃には絶好だ。敵はまたも高度二五〇〇に下げた。私は高度三〇〇〇より接敵し距離八〇〇に近づいたとき、まだ私の方が高かった。仕方なく相当無理をして前下方にもぐり込み、速度四五〇キロで突進した。いよいよ距離はつまってきた。

元来、私の経験では、一〇〇メートルぐらいに接近しなければ有効的確な命中弾は得ることができなかった。それがため、危険ではあるが私はもっぱら近迫射撃を主張してきた。だが、肉を切らせて骨を切る戦法は最もむずかしく、人間の心理としてなかなか近迫できないのが当然だった。未熟な操縦者には要求できるものではない。

そこで私は、この敵も距離約一〇〇メートルになってから引き鉄に指をそえた。そして、精魂を傾けつくして弾丸を射ち込んだ。たしかに手応えがあったが、過速になっているのでいつもより離脱操作は命がけだった。

B29の尾部が照準眼鏡からはみ出している。それほど近すぎたのだ。〝あっ、激突〟こんどこそは、と観念しながら力いっぱい操縦桿を左にひねって返転、接触寸前にかわすことができた。奇蹟的に離脱ができたのである。

降下する機体を水平になおしつつ、左前上方の敵を見た。敵機は大きく火を噴いていた。操縦者のみが味わう一瞬であった。敵は一面の火につつまれだした。燃料に引火したらしい。ようやく、すーっと溜飲が下がる思いであった。こんどこそは確実な墜落である。撃墜を報告すると、「了解」の返電がきた。私はぐっしょり汗にまみれていた。いや、冷や汗であった。

私の直下を走る光芒がある。見下ろすと高度一五〇〇メートル付近に、照射を浴びながら八幡に侵入しようとする敵機が目に入った。私はすぐ機首を下げ、夜間にはじめて体験する後上方攻撃をこころみた。

高度差は約六〇〇メートルあったので、緩慢な反転をもって第一撃をくわえた。前下方と異なり、時間の余裕があるので、やや遠目に第一弾を引いたところが、三十七ミリ砲はプスッともいわない。意外だった。さらに近迫して引き鉄をひき直したが、やはり弾丸は出ない。故障が残念でならない。この期におよんでなんたることか、と歯がみした。

そのとき、地上高射機関砲が猛然と射ち上げてきた。細く赤いネオンの線が敵機も私もともに包んでしまった。数百発の弾幕である。ああ、またまた失敗した。しかし、自分の弾丸が出ない以上、射撃中止を指令するわけにはいかない。いかに自分自身が危険であっても……。

味方の弾丸にあたるかもしれないと観念したものの、ともかくレバーを全開にして右旋回ぎみに海上に向かった。ようやく友軍の弾幕圏内を脱出することができた。海上でいま一回点検、試射をしたが出ない。じつは戦闘に熱中して、十五発の携行弾を射ちつくしていたのに気がつかなかったのだ。基地に向け全開で降下し、燃料、弾薬を補給するや、ふたたび出発した。

内田曹長の体当たり

下関上空、高度二〇〇〇に達したとき、対岸の門司上空を二機が悠々と小倉方面に侵入中だ。が、残念ながら間に合わない。八幡の手前に到達したとき、小倉付近より若干海上にそれて侵入してくる敵機を発見した。右旋回をもって占位しようと考えたが、旋回し終わるとすでに敵は直前に来ていたため、ついに見逃してしまった。

その後方に侵入中の敵があった。これなら大丈夫だ。まだ攻撃には余裕があるので、見逃した敵機の行方を見ていた。と、その敵機に直前方から突進する友軍機があった。友軍機が光芒外より攻撃するときは、排気管のかすかな炎でわかる。それが矢のように走った（二式複戦の排気は遠くからは視認できないが、至近距離の場合はわずかに仄青《ほのあお》く見えた）。

抜き去った太刀を諸手《もろて》にかまえ、体ごと突き進む凄まじさがあった。敵を殪《たお》して我が身もまた絶対死の諸手突きであった。剣の場合ならば身を捨ててこそ浮かぶ瀬もあろうが、私たちの空戦の場合は浮かぶ瀬のない構えであった。私はその凄まじい殺気に、息を殺して見つめていた。

射撃の閃光があったようだが、確認はできなかった。友軍機はそのまま驀進《ばくしん》している。私は先ほどから感じていた殺気の正体を見てとったように思った。もはや第二撃を発射するには距離が迫りすぎていた。直進する友軍機も敵と同一光芒内に浮かんできた。

〝やる気だ、あっ〟私は眩暈《めまい》を生ずる思いだった。

覚悟の体当たりだったのだ。敵味方両機から稲妻のような発火があった。それも一瞬にして二機は破れ、裂け、もつれ合って墜落していった。

私はすぐさま指揮所に連絡し、ただいま体当たりしたのは誰かと聞いてみたが、不明という答えだった。私には直前に迫る敵機への攻撃があったのでそれ以上調査している余裕はなかったが、内田曹長のことがしきりに気になった。彼からは攻撃の連絡はあっただけで終了の無電がない。

彼は少年飛行兵第五期生で、すでに二千時間近い飛行時間があり、技量からいっても性格からいっても、いわゆる油の乗り切っている絶頂なのだ。これから何機でも敵機を血祭りにあげることができる。まさか体当たりするとは信じたくなかった。

すでに敵機は八幡に侵入せんとしている。いよいよ接敵だ。時期を失しては目前に見た体当たりの雪辱にはならない、と接敵を開始した。

　藤本軍曹から「攻撃終わり、不確実」の入電があった。いよいよ射距離が近づいてきた。先刻の体当たりした機の、弾丸のように走った姿が思い浮かんでくる。あの凄まじい闘魂が私を鞭打つようであった。

　冷静にならなければならぬ。正しく軸線を合わせて八〇〇メートルに接近した。精密照準をしてさらに迫った。信念の一〇〇メートル。瞬間、手をそえて必殺の引き鉄をひいた。

　弾丸は折りよく曳光弾だった。青っぽい炎が焼けた鋼索のようにのびて敵機の胴体前方部に吸いついたようだと感じたとき、左足を力まかせに蹴って離脱操作をした。そのときB29の巨体がぐわっとかぶさってきた。

〝あっ、またも接触するのか〟それも止むを得ない。この危険をおかさねば落とせない敵だ。恐怖を超越した心境であった。悔いもなかった。愛機は間一髪といおうか、紙一重の差といおうか、敵機の腹下をすり抜けていた。

「二十三時五十三分、西部軍管区空襲警報解除、戦隊は全機着陸すべし」

　ようやく敵影は去り、私たち邀撃隊は着陸を命ぜられた。各隊ごとに編隊を構成し、小月基地に帰還飛行中、戦闘指揮所よりしきりに内田機を呼びだしているが、応答はない。

「内田、内田、感どうか明どうか」、さらに送信機故障を懸念し、「内田、感あらば前照灯を点滅せよ」と連絡するも、なんら応答がない。ああ、ついに内田曹長も還らぬ人となったのか。

後輩であった野辺重夫軍曹は八月二十日に、そして今日また内田実曹長が、悠久の大義に殉じたのだ。

私たち出動の全機が着陸するまで、戦闘指揮所は内田機を呼びつづけていた。

偉大なる愛機「屠龍」で戦った四年間

中隊長、戦隊長として戦った飛行五戦隊の航跡

当時飛行五戦隊中隊長・陸軍大尉　山下美明

昭和十七年三月下旬のある日、私は飛行第五戦隊の第二中隊長として、千葉県松戸町郊外にある松戸飛行場で帝都防空の任務についていた。早春とは名のみで、まだ吹く風の冷たい日であったが、この日に「屠龍《とりゅう》」(二式複戦、当時はまだキ45といっていた)が三機、初めてわが部隊に機種改編のため到着することになっていた。

私はもとより部下の者たちも朝から心待ちにして、そわそわと落ち着かない気持ちであったが、午前十一時すぎに西の彼方から爆音が聞こえたかと思うと、すぐに黒い点があらわれ、まもなく三機編隊のキ45が雄姿を見せ、飛行場上空を一周して着陸コースに入ってきた。

空輸してきた須賀中尉たちと挨拶する間ももどかしく、すぐに未修教育をうけるための説明をはじめてもらったが、説明のあいだにも私の目はキ45に吸い寄せられていたのである。

いかにも新鋭の重戦闘機らしくどっしりと重みを感じさせながらも、スマートな外見と、

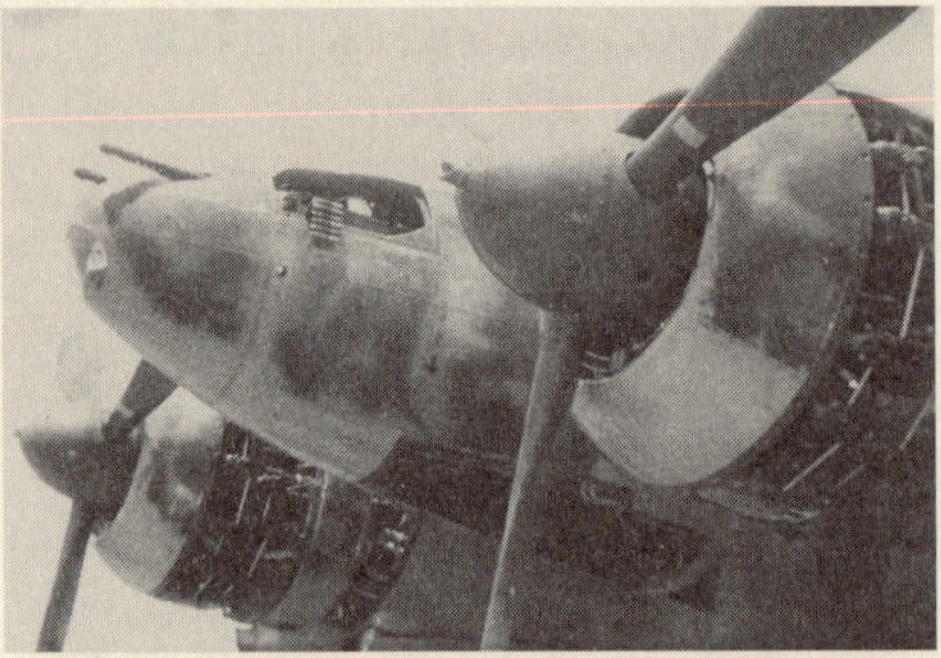

双発複座の「屠龍」機首先端に装備の12.7ミリ機関砲２梃

そして一〇五〇馬力のすさまじい爆音をたてるエンジンが二つも付いているのにはほれぼれとしたのだった。また、トップに十三ミリ砲二梃を付けたたのもしい武装には、説明を聞きながらも心はもう大空を飛ぶときの期待と不安でいっぱいであった。

須賀中尉が説明をつづけるあいだに諸点検を終えたキ45は、燃料の補給をおえるのを待ちかねるようにして、さっそく私が第一番に飛ぶことになった。

慎重に試運転を終えて地上滑走にうつったときは緊張そのもので、滑走をはじめると左右のエンジンの回転のバランスをとりながら直進するのがなかなか難しく、はやくも汗だくだくであった。それも五、六十メートルでどうにか馴れ、離陸地点につき大きく深呼吸をする頃にはだいぶ落ち着きをとりもどしていた。

風向きに正対していったん飛行機をとめ、あらためて諸計器の正常を確認した後に、思い切り両エンジンのガスレバーを全開にした。すると機は静かに滑り出し、ついでみるまに速度を増して速度約一七〇キロでふわりと浮き上がった。

やれやれと思いながら脚とフラップ上げの操作をおこない、気がついてみたときにはもう飛行場を遥かにはなれ、高度もすでに八〇〇メートルに達しているのにはびっくりした。いままで乗っていた九七戦には、そんな上昇力はなかったのである。

高度二千メートルまで上昇して、軽い諸操作をおこなって操作性能をたしかめると、つぎは思い切って特殊飛行（アクロバット）をやってみた。

上昇反転、宙返り、宙返り反転、緩横転など操舵にかなり力がいったが、思うままに動くのには二度びっくりした。こうして最初の飛行をおえて無事に着陸したときには、さすがにほっと一息ついたものであった。この試飛行によって屠龍にたいする認識と信頼は、非常に深いものとなったのである。

敵機と間違えられて冷や汗

やがて昭和十七年四月十八日を迎えた。当時、東京にいた人には、恐らく四月十八日と聞いただけで、「ああ、あの日か」と思い起こさせる事件があった日で、すなわち空母ホーネットから飛びたったB25爆撃機が、茨城、千葉方面をへて初めて東京を空襲したのである。

敵空母の情報はすでに四、五日前から入っており、われわれは万全を期していつでも飛び上がれるよう準備し待機していた。すると当日午前五時ごろ非常呼集でたたき起こされ、「いよいよ今日は来そうだ」と仲間と話しながら朝から張り切って待機していたが、午前中は何事もなくすぎ、昼食を終わって一服しようかと思った矢先の十二時半ごろ「空襲警報」が発令されたのである。

取るものもとりあえず愛機屠龍に飛び乗り、十数分後には東京上空の高度六〇〇〇メートルにさしかかった。だが、東京上空に達すると私の機のまわりには高射砲の砲弾があたりに炸裂するので、近くに敵機がいるものと目を皿のようにして見まわしたが、敵機らしい姿はぜんぜん見当たらない。そのうちに頭に浮かんだのは、高射砲弾は私の行く先ざきで破裂するので、これは自分が敵機と間違われているのだということで、われながら情けなくなった。よく考えてみればB25も屠龍も双発であるから、間違うのも無理のないことであった。

しかし、それにしても高射砲はなかなか命中しないものだと、変に感心したのである。もっとも命中したら生きてはいられなかったのであるが……。後でわかったことだが、敵機は超低空で帝都を襲って、中国大陸へ着陸しており、けっきょく東京上空では一機も撃墜することはできず、われわれの面目は丸つぶれで会わせる顔もなかった。こうして屠龍による初陣は、まったくあっけない幕切れとなった。

やったぞ！　B24に命中弾

前述したように松戸飛行場に初めて屠龍を迎えた後、引き続きつぎつぎと補充されて、六月には部隊全機が九七式戦闘機にかわって屠龍となった。

帝都防空のわれわれはその後、敵機と相見ゆることもなく約一年余がすぎ、屠龍の操縦もすっかりマスターした昭和十八年六月、わが飛行第五戦隊に動員令が下り、豪北方面へ移動することになった。豪北とは、ジャワ島から東へ、そしてスンダ列島からニューギニア西北部にまたがる広大な地域の間を呼んでいた。

七月十日、千葉県柏《かしわ》飛行場を離陸し、一路南方へ向けて出発した。その当時の戦隊長は小松原虎男中佐、中隊長は私（当時大尉）、馬場英保、清輔泰彦両中尉の三個中隊で、複戦は三十六機であった。出発後は太刀洗、上海、屏東（台湾）、マニラ、ダバオ、メナド、マカッサルの各飛行場をへて、七月十八日の正午ごろ目的地のジャワ島マラン飛行場に到着し、塚田少将の率いる第三飛行団の指揮下に入った。

だが、それから数日後にはジャワ島東方一二〇〇キロのチモール島へ、さらに九月にはニューギニア島西方のカイ諸島にあるラングール飛行場へと転進し、要地防空および対潜水艦哨戒にあたっていた。

たしか九月二十一日の昼すぎのことだった。昼食をすませてまず一服と思ったとき、いきなり空襲警報が発令されたのである。これには大

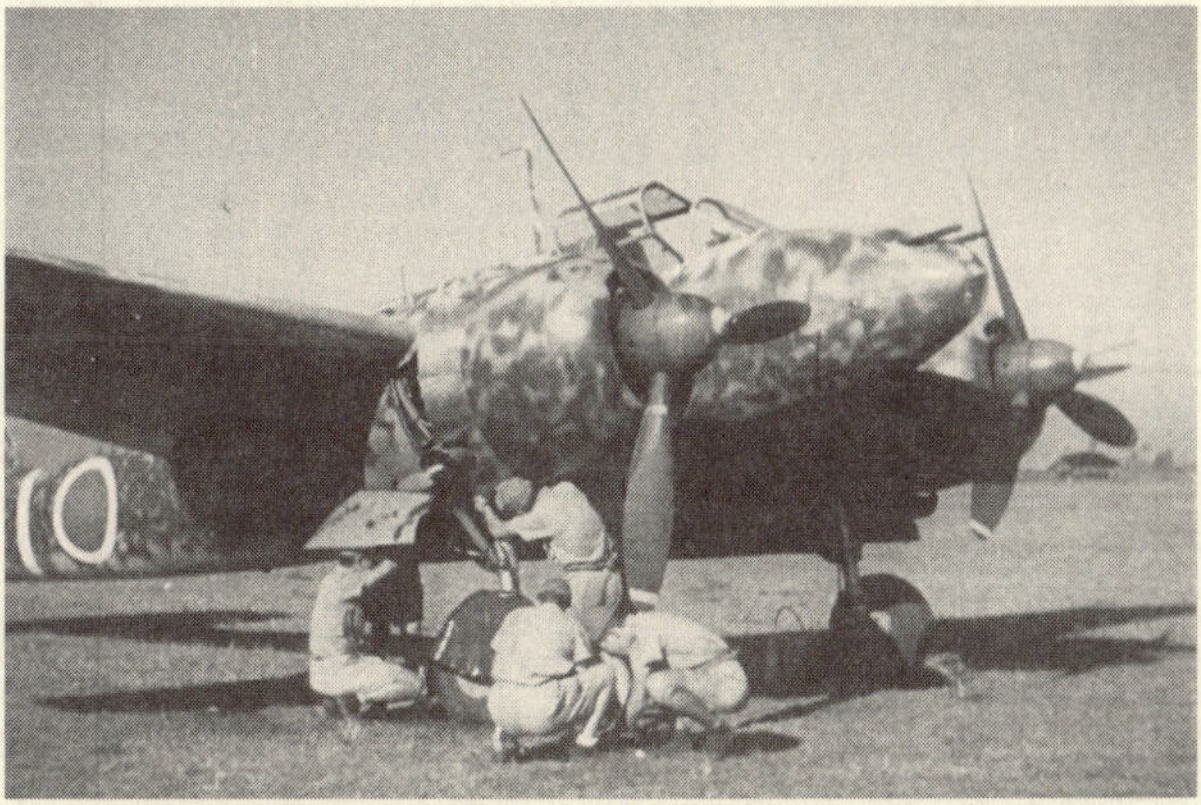

飛行５戦隊の「屠龍」。昭和18年夏、ジャワ島に進出した際の整備中の光景

慌てにあわてたが、それでも愛機に飛び乗り離陸滑走にうつったところ、突然、滑走路の前方に土煙りが上がったのでおどろいて上空を見ると、飛行場の真上二〇〇〇メートルぐらいに四発の十機ばかりの編隊が、南から北へ向かうのが目に入った。

「この野郎」とばかりにエンジン全開で高度をとりながら敵機の追撃戦を開始した。やがて敵機はＢ24の十三機編隊とわかり、一方、味方機は私のほかに屠龍数機と海軍の零戦が二機ほど舞い上がっていた。

離陸後五分ばかりで敵機と同高度に達したころ、幸運にも敵は旋回をはじめ、いままで北上していたのが一八〇度向きをかえて南下して私の方に来たので、ちょうど飛行場上空の高度差約五百メートルぐらいで、まず敵の先頭機に前上方から攻撃をかけるチャンスとなった。しかし、これは私の攻撃方法が悪くて射撃する機会がなく、いったん敵機の下方へ突き抜けたのち、ふたたび敵編隊の右上方へ出て、そこから最後尾の敵機の尾部後下方にもぐりこみ、距離約二〇〇メートルに近づいたとき第一弾を射ち込んだのである。

このときの武装は、十三ミリ砲二梃と二十ミリ砲のかわりに三十七ミリの対戦車砲をそのまま胴体へとりつけたものであった。この三十七ミリ砲弾が敵機の右の両エンジンの中間に命中し、直径一・五メートルほどの大穴がぽっかりとあくのが目に入り、と同時に敵機は大きく右に傾いて急降下にうつっていった。

この敵機を見届けるひまもなく、さらに次の機に襲いかかり、べつの一機にも相当の損害をあたえて海面すれすれまで追い込んだ。が、どうしたことか砲が故障を起こして動かなくなり、またガソリンも残り少なくなったので、あきらめて引き返したのである。後でわかったことだが、最初の一機は飛行場から約十キロはなれた無人島の海岸へ不時着しており、地上部隊が搭乗員十一名を捕虜にしたと報告してきた。

いまやこれまでと覚悟して

やがて昭和十八年十一月を迎え、その月末にふたたびチモール島へ転進し、ラウテン飛行場で任務につくことになった。だが、このころのニューギニア方面における航空戦はいよいよ熾烈なものとなり、わが方の形勢は日をおって不利となり、また、現地にたいする物資の補給の非常に困難なものとなっていた。

十二月に入って、これが最後の補給船であろうと思われる五千トン級の貨物船「若津丸」と「元明丸」の二隻がラウテン港に入港することとなり、われわれは全力をあげてこの船団を掩護することを命ぜられた。しかし、このころにはわが中隊の出動機は四機という貧弱なものになっていた。

そして十二月十五日の夜、二隻の貨物船は予定どおりラウテン港に入港した。私は十六日早朝の七時半より上空掩護を開始するため七時二十分にラウテン飛行場を離陸し、定刻ちょうどに船団上空一千メートルの高度に到着、このころには夜もうっすらと明けはじめていた。

哨戒を約十分ほどつづけていると、港にそそぐ小さな川の上流の谷間で、何かきらりと光るものが私の目にうつった。よく見ると敵双発数機が超低空で谷間をぬうようにして船団へ直進しているではないか……。このとき敵機との距離は約五キロぐらいだった。私はただちに接敵を開始し、ちょうど船団上空で敵機群に第一弾を発射したのである。この敵機は英国の双発複座で強力な武装をほこり、また爆撃もおこなえるブリストル・ボーファイター戦闘機で、それも十機ということが確認された（同機の武装は七・七ミリ六梃、二十ミリ四梃）。

私の第一撃をうけると同時に敵機はわが船団に全弾投下を終わり、猛烈な反撃に転じてきたのである。そこで私が右の敵機へ向かうとべつの左の敵機が攻撃をかけてきたり、前の敵機を追っているといつの間にか後ろからまたべつの敵機がくいついてくるので、私はたちまちのうちに優位を逆転されてしまった。それでも右へ左へと逃げまわりながらも機会をみて反撃に転じようとするうちに、この空戦を見た地上部隊からの通報で僚機の辛島《からしま》機が救援に舞い上がってくれ、たちまちそのうちの一機を撃墜してくれた。しかしそのころ、私はとうとう海面すれすれまで追いつめられていたのである。

いよいよこれで最後だと覚悟を決めたのだが、「どうせ死ぬなら、どれか一機を道づれにしてやろう」と思って上空を見ると、ちょうど四十度ぐらいの前上方から私の機の方へまっしぐらに突っ込んでくる一機が目に入った。「よし、これだ！」と、機首を敵機に向け、猛烈な射ち合いをしながら衝突寸前まで行ったとき、敵は衝突を恐れてさっさと左へさけたので、衝突することなく高度四十メートルぐらいですれ違った。すれ違った敵機をすぐに探したのだがその姿はなく、それと覚しい海面に水柱の立ったのがはっきりと見られた。おそらく全速降下の惰性が処理しきれず、海に突っ込んだのであろう（地上部隊ではこれを確認）。

こうしてようやく危機を脱出はしたものの、港を見れば若津丸は甲板に敵弾をうけて炎上し、船上では乗員が大騒ぎで消火しているのが望まれ、上空掩護の責任を感じて胸をしめつけられるような思いがした。

その後、敵機がくる様子もないので約一時間後に着陸したが、何となく体がだるく熱っぽいので軍医にみてもらったところ、熱が四十度ばかりあってマラリアとの診断であった。数日前から微熱気味であったが、この戦闘で熱が一度に出たのであろう。私としてはほんとうに九死に一生をえた幸運な戦闘であった。

壮烈！　戦隊長らの奮戦

昭和十九年になるとニューギニアの戦闘はますます激しくなり、五月中旬に敵機動部隊はニューギニア西北端にあるビアク島に上陸作戦を開始した。

屠龍による対艦船攻撃ははやくから計画されていて、われわれはニューギニアに到着すると間もなく、五〇キロ爆弾四個または一〇〇キロ二個を装備できるように改装するとともに、機をみては艦船攻撃の訓練をおこなっていたのである。

敵の上陸開始後まもない昭和十九年五月二十七日、戦隊長高田《たかだ》勝重少佐（出発時の小松原中佐は前年十八年十月十六日戦死）は僚友三機とともにこの敵機動部隊を攻撃した。全機撃墜されたので当時の模様はよくわからないが、アメリカ側の記録を見ると次のようになっている。

「五月二十七日の午後に来攻した四機の日本軍双発機は、連合軍戦闘機の虚をついて飛来した。高度を下げて太陽の下から出現した彼らが、ビアク島の断崖をはなれると陸上および艦上から激しい対空砲火の集中攻撃をうけた。

二機は火炎につつまれて墜落し、一機は大破して海岸に沿って煙をはきながら後退し、残りの一機はフェッテラー提督の坐乗する旗艦の駆逐艦サムソン上で火炎につつまれ、その日本機の操縦員は必死にサムソンに向かい体当たりを試みたが、対空砲火がその翼の一部をけずりとり、機体は艦橋をこえて海面に激突、さらに機体は跳飛して駆潜艇六九九号に乗りあげ、一瞬にして同艇を火炎につつんだ」

高田戦隊長らの最期が、いかにすさまじいものであったかがしのばれる。

だがこの結果、飛行第五戦隊の戦力はガタガタとなり、ついに七月になって戦力回復をはかるため内地帰還を命ぜられて大阪の大正飛行場へ到着し、さらに名古屋地区の防空任務につくために九月には小牧飛行場へ、引きつづき十一月には愛知県清洲《きよす》飛行場へと転進し、来たるべき本土決戦のとくにＢ29の迎撃作戦に従事することになったのである。

仇敵のＢ29をついに撃墜

昭和十九年も終わりに近づいた十二月下旬のある日、それまで一機か二機で偵察飛行をつづけていたＢ29が、初めて大編隊を組んで名古屋地区の爆撃に飛来した。もちろんわれわれは全力をもってこのＢ29を迎え撃つために飛び立ったのであるが、敵機の高度は一万メートルあるいはそれ以上で、高空性能の悪い屠龍では歯が立たず、ただ呆然とはるか上空をゆう

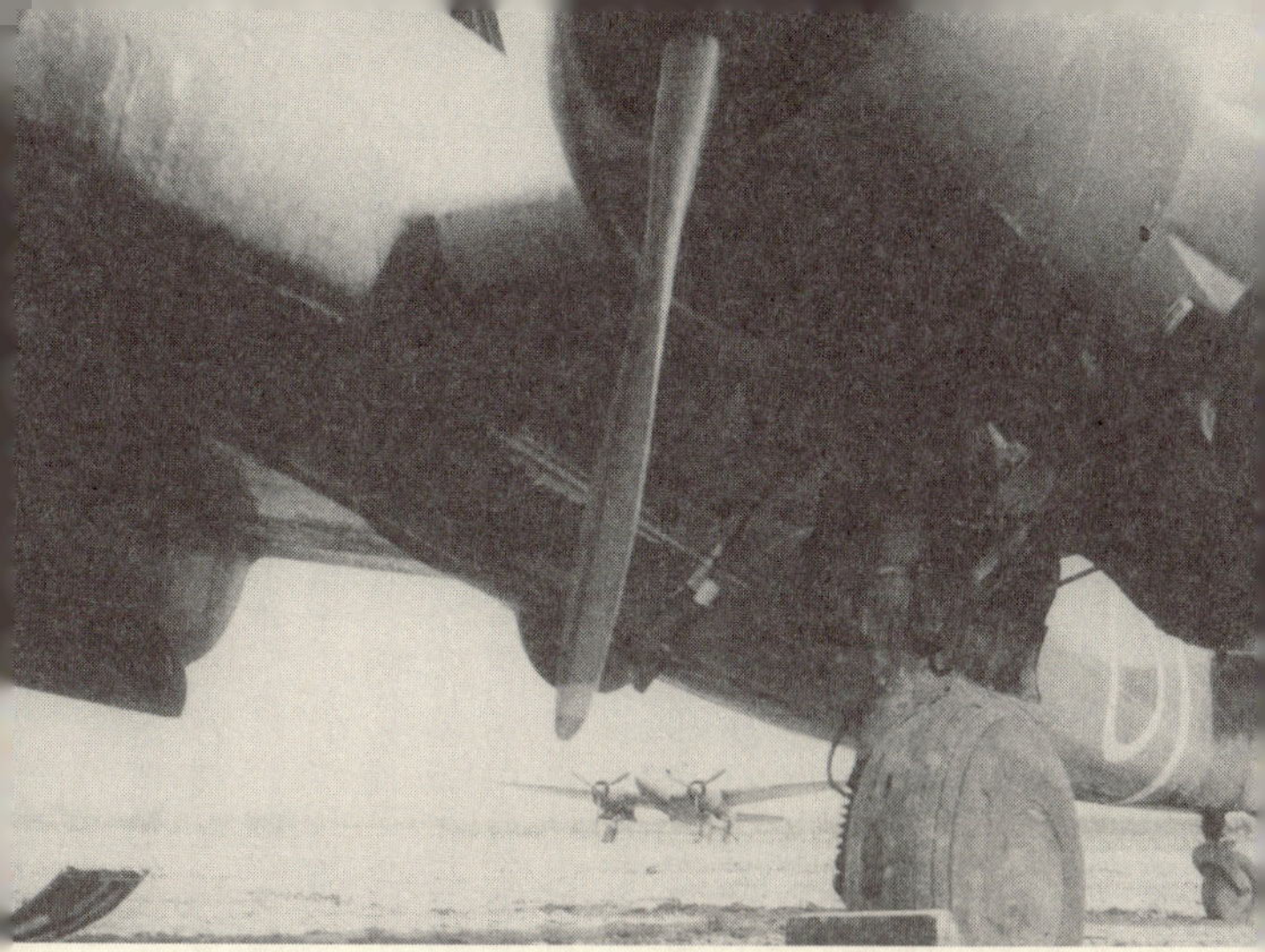

南方から帰還、愛知県清洲飛行場にて中京地区防空に任じた飛行５戦隊の「屠龍」

ゆうと飛びこえて爆撃をつづける敵機を見上げるばかりであった。

われわれはこの日の屈辱を何とかそそがねばならぬと歯をくいしばって着陸すると同時に、全員を集めて何とか一万メートルで戦闘できる方法はないものかといろいろ検討した結果、可能なかぎり装備を軽くする以外に方法はないという結論に達し、まず旋回銃と十三ミリ砲一梃または二梃ともはずし、防楯《ぼうじゅん》（パイロットを保護する鋼板）もはずしたりした。その結果、どうにか一万メートル以上まで上昇することが可能となり、今度こそはと腕を撫して待機したのである。

年が明けて昭和二十年一月八日、やっとわれわれの望みが達せられる時機が来た。この日、早朝から敵機がサイパン島を大挙して飛び立ったとの情報が入り、いまかいまかと待ち望んでいた。やがて十時半ごろ、敵の先頭機が紀伊半島南方に達したとの情報が入り、ついで戦隊全力出動が命ぜられ、全機が離陸して名古屋上空一万メートルで待機していると、十一時すぎ、西北方の岐阜方面に高度一万メートルから八千メートルぐらいに敵の大編隊を発見した。

ただちに全機に攻撃を下令して、尾張一宮の上空でこの編隊をとらえ、敵の真正面から衝突せんばかりに突進し、敵機数機を撃墜することができた。敵はこの一撃で浮き足だち、あわてて何もない水田のなかに全弾を投下し、ついに名古屋を爆撃することができずに飛び去った。だが、わが方でも戦力の中心であった栗原康敏大尉を失い、悲痛な思いを味わったのである。なお戦死した栗原大尉には、軍司令官から感状が授与されている。

この戦闘でわれわれはようやくB29に対する高々度戦闘に自信を持つようになり、その後は敵が来襲するたび必ず戦果を上げられるようになった。

このように敵機も多くの熟練パイロットを失った結果と思われるが、三月ごろからは昼間でも五～六千メートル、夜間は三～四千メートルの高度で来襲してきた。

屠龍は前方視界が非常によいので、夜間の操縦も比較的容易であった。夜間の戦闘は昼間とちがって、探照灯に照射された敵機の前上方から接敵して、ゆるやかに降下しながら敵機の後下方にもぐりこみ、射距離二百メートルぐらいで敵機と編隊を組むようにして射撃するのが普通であった。だが、あまり近づくと友軍の高射砲にやられる恐れがあった。

しかし、昼間とちがってなかなか弾丸が命中せず、戦果はあまりあがらなかった。それでも私の部下のH曹長は、一夜に四機を撃墜して武功章を授けられている。

なお二十ミリの双連斜上向銃（飛行機の進行軸に対し上向き約三十度の角度で固定してある）をとりつけた夜戦専用機もあったが、機数が少なく、実際に撃墜したことはなかった。しかし、海軍では月光がずいぶん戦果をあげたと報告を聞いたものであった。

ともあれ、このようにして約四年間乗りなれた屠龍で戦ったのだが、昭和二十年三月ごろから敵の単座戦闘機グラマン、P51などが来襲するようになると、双発複座の屠龍では歯が立たず、たちまち撃墜されてしまうので何とかしなければならぬと考えていたところ、ちょうどキ一〇〇（五式戦といわれ、三式戦の機体に空冷エンジンをつけたもので非常に操縦がしやすく、しかも十三ミリ、二十ミリ砲を各二梃あて装備していた）が出現し、飛行第五戦隊もこれに機種改編せられ、昭和二十年六月をもって屠龍は一部を夜戦専用に残すのみとなり、光輝ある歴史を閉じたのであった。

テスト飛行で得た屠龍と飛燕の実力

ベテラン・テストパイロット試乗記

当時陸軍航空審査部員・元陸軍中佐　荒蒔義次

多様な用法が考えられた複戦「屠龍」――

昭和十六年一月、もちろんそのころに「屠龍《とりゅう》」の名はまだない。そして、長いあいだ関係者の間でぐずついていた屠龍（キ45）も、ハ25のエンジンを換装するようになると、一応エンジンのトラブルも直り、複座戦闘機としてテストできるような段階になった。とはいえ、はたしてこの複戦が、どのような使い道がもっともよいのか、誰もが決定的な方向をしめすことはできなかった。

荒蒔義次中佐

そこで、いつまでもこのキ45を蛇の生殺しの状態にしておいては時間と人の浪費にすぎないので、「使いものになるものか、ならないものか判定せよ」との命令があり、私が主任となってもう一度テストをやり直すことになった。

だが正直のところ、私もまだどのような使い道がこの双発複座戦闘機に適するか、またそれに価する性能があるかどうか見当もつかなかったし、自信もなかった。戦闘機関係の明野飛行学校の人たちや航空用兵関係の参謀本部の人たちに、双発複戦にたいする意見を聞いてみたが、まちまちの返事しかかえってこない。この新しい双発機を誕生させるには、なんとももの足りぬありさまだった。

私としては「これを育てて、将来の戦闘にどう使ったらもっとも有利になるか、また、これを必要とするときが来るか」ということを、つねに念頭においてテストすることにした。そして、「たとえ一年でも二年でもこの問題を考えてやろう。そうしたらきっとよい考えに到達するかもしれない」と心に誓った。

複戦に反対だった明野側

その当時、考えられた双発戦闘機の用法としては、遠距離戦闘機と爆撃部隊に随伴する掩護戦闘機の二つが主であった。これはともに攻撃的な積極的使用法であり、戦争後期になって考えられだしたような消極的使用法は、もっぱら防御的である夜間戦闘機、高々度防空戦闘機、大型迎撃戦闘機（大火力砲搭載）などである。

格闘戦を主とする軽戦のようにはっきりした特長が打ち出せなかったかわりに、いろいろな用法が考えられた。もちろん、当時の日本としては積極的な攻撃用法を考えなければならないような状態であった。

遠距離戦闘機は進攻作戦用のものであって、単独ででも敵地の奥ふかく航空基地を強襲し、空、地に主として敵戦闘機をもとめて撃滅するのが、その主要任務である。そのためには長時間飛行が可能であり、燃料が多くつめるよう大型で、エンジンが二つあることは安全性が大きいことになる。また複座であるので航法器材をつみ、航法士をのせることができるので、航法の強みは格段である。

しかし、敵の単座戦闘機との空戦では、大型のため旋回性が悪く、単機では負けるおそれが多く、敵よりもつねに優勢な機数が必要である。これは一騎当千の勇士をそろえ、寡をもって衆を制する日本式の考えには適さないようであった。掩護戦闘機として爆撃機と同行しても、むらがってくる敵戦闘機を追いはらうには、やはり相当な機動性と速度が必要で、キ45程度の機動性ではもの足りない。この点、敵戦闘機の機動性がわが方より劣る場合はよいが、そうでなければ多数の複戦を随伴させなければならないことになる。

明野側はもちろん大部分の人が複戦に反対であった。ところが、山下ミッション（山下奉文中将を団長とする独空軍視察団）の連中のなかには、Ｍｅ110の対ポーランド戦や対仏戦の威力を見て、双発機の信奉者になったものがかなりいたようである。それで、そのぶ厚いＭｅ110の報告書を読むように、私に直接わたされたのである。その報告書によっていくらかでも私を双発戦側にかたむければ、と思ったのかもしれない。遠距離戦闘機や掩護戦闘機の思想はわからないことはないが、それはあくまでも、その飛行機の諸性能や数などの総合によるものである。

といって、明野側のようにいちがいに毛ぎらいすることもできず、私は中立的立場で性能を検討していきたいと思った。まず最初の報告書の提出のとき私は、

「キ45は性能も不足であるが、さらに性能（馬力）を向上し使用法を考えれば、実用に適するようになる」

と審査報告を提出した。もっとも参謀本部あたりには、航空本部と組んでこの機種を通過させようという気運があったことは否定できない。

このさい、私が全面的には反対でない報告を出したことにより、あとになって屠龍が対B24戦闘や夜戦としておおいに活躍することができる運命になったのである。「屠龍」部隊も初期には不評判であったが、戦争末期にはむしろ皆から大いにもてはやされたのである。

命中率のわるい機関砲

昭和十六年初めからキ45のテストをはじめた。まず飛行性能、操縦性、離着陸などについてデータをもとめた。飛行性能は、エンジンの調子も大部おちついてきたので概略とってみたが、水平全速飛行は五百キロ前後のもので、単戦と大差なかった。しかし、上昇力は単戦より劣り、操縦性はいかにも大味であった。舵《かじ》の利きもおそく、格闘戦用の戦闘機のような行動はできない。

離着陸の難易は、単座機と双発爆撃機との中間ぐらいで、むずかしいものではない。ただ

座席が単座機よりだいぶ高いので、はじめて操縦する場合はのまれるおそれがある。アクロバシーは強度があるのでたいていのものは可能であるが、宙返りなどは半径が大きく、引きおこしたさいの機首の上がり具合がおそく、沈みも大きい。

いままで七・七ミリ機銃しか使ったことのない陸軍では、この屠龍につける大口径機関砲がなく（十三ミリは研究中）、そこで地上の対戦車用三十七ミリ機関砲をとりあえず航空用になおして「ホ五」として、この機体の胴体下部をえぐって取りつけたのである。

やがて「ホ五」を装着した屠龍二機により明野飛行場で射撃試験をすることになった。機首に取りつけられた七・七ミリの機関銃二梃の命中率は、射撃照準時の微妙な操舵ができにくいので単戦には劣るが、ゼロというほど悪いものではなかった。

また、はじめて機上から「ホ五」を射ったときはその衝撃が大きく、ドカンというたびに機首が持ち上げられるようで、まずそれに驚かされた。そして一突進行にわずか一、二発しか射撃する時間がないのは、航空砲としてはなんとしてももの足りなかった。しかし、これは後にB17重爆以上の飛行機に対しては十三ミリや二十ミリではなかなか落とせないということになって、あらためて見なおされることになった。屠龍は主砲で、むしろ地上の戦車部隊を攻撃するのがもっとも有利である、という意見が出たりしたほどである。

こうして命中率も悪かったが、慣れないせいもあって、吹流しに二機で三、四回突進して四、五発ずつ射ったにもかかわらず、一発も命中弾がなかったのにはちょっとがっかりした。後方座席で弾倉を交換しなければならないので弾帯式にしたいのだが、弾丸の重量が大きいのでそれも無理のようである。

機関砲口から出るガス圧力と振動のため、その付近のリベットに亀裂が入るので、そこを補強したり、砲や機体側にもいろいろの欠陥があることが空中試験の結果わかったので、さらに改修することになった。

また遠距離戦闘機として果たして適するかどうかを決めるため、まず燃費試験をやったあとに運航試験をすることにした。屠龍一機が九州の太刀洗飛行場に行き、そこを基地として九州四周の海上や島を利用して運航試験を一週間にわたって実施した。

「屠龍」丙型の機首先端に装備された37ミリ機関砲

燃費試験ではタンクを一つ一つカラにしてはつぎに切り換えたので、できるだけ燃料をうすくしぼって長時間飛べるようにやってみたが、燃料がタンクに残ったりして消費量はすくない方ではなかった。
このキ45は、タンク切り換えコックに鋼索を使っていたので、のびが出て、切り換えコックの口と標示が正確に合わなくなった。標示が「通」になっているのに、タンクの口は「閉」となって止まってしまうようになってきたのだった。そこで、試験を中止して帰ることにし、太刀洗から潮ノ岬～横田のコースで飛行中、燃料計の指針が下がってきたので、ほかのタンクに切り換えたところ、エンジンが突然プスンと止まってしまった。

高度は四千メートル、四国山脈の上空であった。しかし、高度があったので機首を瀬戸内海方面に向けなおしてから、燃料ポンプの横桿をけんめいに前後に動かして燃圧を上げながらさらに別のタンクに切り換えたところ、しばらくしてから空中でブルブルと始動したので、やれやれ海に不時着せずに助かったと胸をなでおろしたものである。

やがて進路を岐阜に変更し、飛行場に着陸した。ちょうどその日は日曜日で、川崎の格納庫には工場の技術関係者は一人もいなかった。しかしコトがあまりに重大なので、技師長以下関係者にすぐに出勤してもらい切り換えコックのカバーを脱して点検したところ、指示板と下の穴がずれていることがわかった。そこでこれの改修がすむまで屠龍の試験を一時中止することにして、第一回目のテストを終えた。

その後、五月のはじめに台湾の屏東で熱地試験をおこなったが、燃料冷却器を取りつけただけで蒸気閉塞はどの飛行機よりよかった。それで昭和十七年の四月ごろから南方作戦地で使用することができたのである。

九七戦との空戦訓練

開戦前に仲間であった「鍾馗」(キ44)の〝新選組〟中隊を審査部から送りだすのとほぼ同時に、私はサイゴンに飛んだ。それはキ45改ができ上がり、遠距離戦闘機、掩護戦闘機として使われる公算が大きくなったので、これからの南方作戦にたいする現在の航空担当の参謀副長から屠龍使用の意見をききたいと思って司令部に行ったのだった。すると、「できればジャワ作戦に掩護戦闘機がほしい」との要請があったので、キ45改がそれに適するかどうかを重点にして空中審査をしてみることにした。

そういう矢先に大東亜戦争がはじまったのである。そこで数日滞在して、開戦時の航空作戦の模様などを聞いていたが、審査部から「次のテストのため至急帰還せよ」との電報をうけとった。

そこでサイゴン飛行場においてあったロッキード旅客機に乗るために行くと、ちょうど朝日新聞の飯沼飛行士がいた。おたがいに無事を祈ってわかれたが、このあと十二時間のちに飯沼君はカンボジアの都市付近で戦死したと聞いた。

サイゴンを飛びたった私と小田切中尉は、悪天候のためベトナムの十七度線付近の小さな飛行場に不時着してしまった。そのあと、ハノイから毎日新聞社の飛行機に同乗させてもらって横田まで帰るという始末であった。

昭和十六年の暮れもおしつまった日、私は明野飛行場に急行した。そこではキ45改の射撃試験がすでにはじまっており、すぐに申しおくりをうけて試験をつづけた。前の欠点はだいたい改修され、いちおう射撃に関しては実用に適すると判定し、年末に帰京したのである。

昭和十七年の元旦は戦勝第一年の明けた年であり、マニラも陥落しようとしていたころで、街にも活気がみちていた。私は二日から、そして日曜も休まず連続テストに明け暮れた。三週間目の二十二日になるとさすがに皆つかれたとみえて、整備の方から休ませてくれとの話があって休むことにした。

当時、好天気つづきの毎日、そしてマレー半島の猛進撃と、これらのニュースは新聞、ラジオでさかんに報道され、どうしても張り切らざるをえない。そのうえ、機体も発動機もすこぶる好調で、二月下旬までにはあと運航試験、空戦試験などの大きな項目を残すぐらいにはかどっていたのである。

遠距離戦闘機としての航続試験は、どうしても編隊としてのデータが必要であったので、横田〜太刀洗間の往復運航試験を実施することにした。私の希望としては六機ぐらいは最小限ほしかったが、そろえることができず四機編隊でおこなった。

往航は四千メートルの進航高度をとることができたが、帰航のときは二月のこととて悪天候となってしまった。だが、これもよい実用実験になると思って太刀洗を出発した。はじめは中層雲と下層雲とのあいだを飛んだが、だんだん上下の雲がくっつきだしてその間を飛ぶことができなくなったので、早めに下層雲の切れ目の穴から下へ突っ込んだ。僚機もつづいて後から追うように穴から出てきた。雲下五、六百メートルの高度で瀬戸内海の高い島を避けながら大阪湾の上空にきたときには視度もすっかり悪くなり、雲高もさらに下がって、いまにも降りだしそうな天候になってきた。

生駒山系を北に迂回して奈良平野から鈴鹿に向かったが、越すことができず、南東に向かってしばらく飛行した。やっと南部伊勢平野の上空に出られたので、明野に着陸し燃料の補給をたのんだ。そのとき、駿河湾から東は天候がとくに悪いので飛行を中止しては、といわれた。しかし、このコースの航法には自信があったし、またこれに従うパイロットは超一流の連中ばかりである。出発の命令をすると、連中は勇んで私についてきた。

さて、駿河湾まではどうやらきたものの、それからの箱根山系は南方まで雨雲がぴったりとへばりついていた。こうなるともはや単機行動をとらざるをえなくなる。伊東付近の山の低いところをねらって突っ込み、雲中の水平盲目計器飛行を十分ぐらいおこなってからしだいに高度を下げた。高度計が二百メートルになっても百メートルになっても、まだ海面が見えてこない。やっと七、八十メートルになって相模湾が見えてきたが、もちろん海面だけで、あとはかすんで何も見えない。

ここで進路を東北東に向け数分のあいだ海面すれすれに飛ぶと、貨物船が眼前にあらわれた。これの真上を飛びぬけて平塚からまっすぐ陸地をはうように北上し、八王子の南方山頂の木をこするようにして飛行場にすべりこんだ。あたりはいちめんの雪で三、四十センチもつもっていた。それからしばらくしてほかの三機もボツボツと着陸してきた。そのころには、暮れるにはやい冬の日の夕やみが飛行場をうす黒くそめていた。

その後、明野飛行学校に屠龍六機をひきつれて移動し、甲種学生たちの協力をえて戦闘法の研究を実施することになった。学生たちは腕に自信のある連中ばかりである。

九七戦が十二機の編隊群で飛んでくるのに対し、屠龍編隊はロッテの編隊で、上位からあるいは低位からの戦闘を実施した。高位の場合は九七戦の四周に二機ずつにわかれ、高速を利用して突進し、反対側へ上昇、各編隊が連繋してたえず交互に突進をくりかえして優位を保つようにする。

低位の場合は九七戦部隊が攻撃位置につくまえに、高速を利用して引きはなしてしまってから、高度をとって攻撃をおこなうようにする。もし同高度で不意に出会ったならば、円周飛行をして敵の乗ずる機会のないようにする空戦訓練を実施した。

これらの戦闘法が、対戦闘機戦闘としてもっともよいのではないかと判定したので、戦闘法に関しての報告書もそのように作成した。

飛行第五戦隊からのクレーム

昭和十七年の夏ごろになって、千葉の柏飛行場にいた飛行第五戦隊も屠龍に機種改変され、パイロット連中は暑い日が毎日つづくなかを、さかんに双発戦の操縦訓練にはげんでいた。

ある日、柏の飛行第五戦隊から審査部にクレームが入ってきた。よく聞いてみると、「宙返りの頂度付近で失速して錐揉《きりも》みに入ることが多く、危険である。すでに二機もそのために墜落して殉職した。何か対策はないか」とのことである。

これに対し、機体関係の木村昇技術少佐なども、「どうもおかしいですね。審査のときには問題にならなかったのに」と、首をかしげながら相談にきた。私は木村昇少佐と二人で「そんなバカなことがあるものか」と、とにかく柏飛行場に向かった。

戦隊長以下の全員が将校集会場にあつまって、いろいろな質疑応答をやってから、飛行場に出て飛行ぶりを見たり、またこちらでも飛んで宙返りをして見せた。

答えは簡単であった。宙返りの上げ舵が重いのでゆっくりすぎる傾向があるうえに、頂点で方向舵の傾きか、左右エンジンの回転差があるのかで、失速して錐揉みになってしまうのであった。背面で失速するため背面錐揉みになるので、回復舵は普通とは反対にしなければ直らないのを、普通の錐揉みの直し舵をするために、錐揉みは直るどころかますます続くことになる。

そのうえ、単戦とちがって一旋転の降下量も多いので、そのような経験のないものはあわてでますます冷静な判断ができなくなる。そうした恐怖から手足が動かなくなったり、また、やたらと手足を動かしたりするので、背面錐揉みが直ることなく地面に激突してしまうのである。

〝上向き銃〟を取りつけて

昭和十八年四月から七月まで私はラバウルの飛行場にいた。そのころ敵は昼間攻撃の不利をさとって、もっぱら毎日夜間に定期便のＢ17をよこして、爆弾を飛行場や港の艦船に投下していった。わが方は照空灯や高射砲でこのＢ17に向かうが、なかなか命中しない。

そのうち五月に入ると、照空灯がとらえたＢ17の下へ黒い小さなものがしのび込んで、さかんにＢ17の胴体下面に線香花火のように射ち上げる弾丸が吸い込まれていくのが見られた。するとと、大きなＢ17が急に頭を下に急角度で降下して墜落していくではないか……。

それまでは毎夜、爆音がするたびに防空壕に飛び込んでいたものも、このことがあってからは空をあおいで見物としゃれこむようになった。そんな夜が数日つづいてからは、百日以上毎晩つづいた定期便もピタリと止まり、ときたまP38の高々度偵察機が一、二回くるだけになった。おかげで、のんきで平和なラバウルがそれから約四ヵ月ほどつづくことになった。

昭和十八年の九月ごろから、陸軍も上向き銃(海軍では斜銃)の試作研究をはじめ、十月に水戸飛行場でさっそく空中射撃試験を開始した。私自身もラバウルでその活躍ぶりを見ていたので大いにその必要性を強調し、ここにさらに屠龍の新生面を見出した。

考えてみると、屠龍ほど悪口をさんざんいわれながらも、いつまでも使い道のあった戦闘機も、まためずらしかったのではなかろうか。

音速を意識した頑丈な機体「飛燕」――

太平洋戦争もガダルカナルでは苦闘していたが、まだ一般には日本が優勢をたもっていた昭和十七年の秋、当時、福生《ふっさ》にあった陸軍航空審査部の飛行場で、陸海軍試作機の互乗《ごじょう》研究会がおこなわれた。福生というのは、いまアメリカ空軍がさかんにつかっている横田飛行場の前身で、その頃としてはテストをするためにつくったいちばん広い飛行場であった。

この研究会には、陸軍は審査部から鍾馗、屠龍、飛燕《ひえん》の三機種を、海軍は空技廠の飛行実験部から真っ黄色に塗った雷電《らいでん》、月光《げっこう》の二機種を出して、たがいに相手方の飛行機を操縦して、その結果を素直《すなお》に話し合い、その後の研究審査の参考にしようというねらいであった。

搭乗前に、ピストで互乗用機のだいたいの構造機能および飛行諸元の説明があり、搭乗パイロットは、膝当板に必要なことがらを思い思いにしるした。私もいつものように、自分なりに必要と思われるところを説明を聞きながら余念なくメモした。

小憩の後、まず月光の操縦席に入った。落下傘を身にしばりつけて、ざっと内部を見まわした。そばに立った海軍側の人が、計器や内部の取り扱い方をだいたい説明してくれる。二、三不明のところを質問する。そして燃料コックの切り換え、脚の出し入れ、フラップの出し入れの位置と操作だけは、さらに自分の頭にたたきこむ。後方席にはすでに兵曹長が乗り、準備完了の声が伝声管からつたわってきている。方向舵を左右一杯にふみかえてみる、操縦桿を前後左右に一杯倒してみる。

これでよし、コックを「通」にしてエンジンの始動にかかる。油温、筒温が順調に上がる。暖気運転の回転をしだいに上げて、制限一杯のブーストまで回転を出したのち、いくらかしぼり気味にしてスイッチを左右に切り換える。回転や爆発音に異状はない。静かに回転を落としスローにすると、左手を上げて左右にふる。その合図に左右の翼端にいる整備係が急いで車輪止めをはずす。ゆっくり機をすべらせて出発位置につく。

はじめての飛行機なので、地上滑走だけは慎重におこなう。正しく滑走路に停止させると、ガスレバーを同調計を見ながら押す。飛行機はしだいに離陸速度に達してフワリと浮く。あとは所要の性能を出してみることとアクロバットをやってみるだけで、三十分くらいでおわってしまう。着陸も上空で一応おなじ状態にして、浮きと舵の利きを見てしまったので、たいした心配はない。われながら見事な着陸で、準備位置まで帰る。

舌をまいた海軍側

ついで同じ要領で雷電にのる。海軍側も鍾馗、屠龍、飛燕の操縦をしている。やがてテストが完了して、午後二時から将校集会所で陸海軍の搭乗パイロット、技術者が出席して、それぞれの機種の長所、欠点についておのおの意見をのべ合った。技術者がしきりにメモをとっている。

いよいよ飛燕の番が来た。そのとき海軍側のパイロットが立ち上がった。ベテランらしい兵曹長だった。

「私がいままで乗った飛行機のなかで、飛燕ほど舵のよくできたのに乗ったのは初めてです。荒蒔少佐、どうして作ったかお教えねがいます」

突然の質問に、ほめてくれたのはよいが、さて何と答えてよいのやら実際には困った。なるほど舵のつり合い、重さ、利き、座りはよくできている。翼の形、縦横比、方向舵、昇降舵の大きさなどもよくつり合いがとれている。

陸軍側の末席に川崎航空機から土井武夫部長、大和田信技師、田中部長らが傍聴のかたちですわっている。

「土井さん、ただいまの質問にお答えくださいませんか」

と顔を向けると、土井技術部長はやおら立ちあがって説明をはじめた。

「川崎では昔から水冷の関係もありますが、角形胴体を使用しております。それがいちばん大きな原因ではないでしょうか」

そうなると戦闘機としては、角形胴体の持つ強味は大変重大なポイントになる。さらに私の考えをつけくわえると、試作機のすこぶる優秀であったことは、翼面荷重も比較的小さく、重心位置ももっとも理想的な二六パーセント付近にあったことにあると思う。制式機となって重量の増加、重心位置の後退などのため、格闘戦などには十分に力が発揮できなかったものの、五式戦（キ100）は発動機こそ空冷となったが、重量、重心位置は確かに飛燕試作機にちかかったので、あれだけの評判をとったのではなかろうかと思う。

五式戦ていどの格闘性があり、急降下性があのとおりすばらしかったら、それこそ無敵の戦闘機として後世にその名を残したこととまことに残念である。あの零戦を乗りこなした海軍のテストパイロットたちが感心したほどの操縦性が、試作機にあったことをあらためて書きしるしておきたい。

〝音速〟の壁に衝突

いまでは、音速の壁に突きあたったり、または突破したからといって、大騒ぎする人はいない。ジェット戦闘機であれば誰でもできることで、飛行機もそれに対して操縦不能になるような動揺がおこらないように設計されている。

だが当時は、スピードの向上こそ設計者一同が心血をそそいだものであって、その機種が

液冷エンジンを始動、出撃準備中の飛行244戦隊「飛燕」。
手前は震天制空隊・板垣政雄伍長の搭乗機

ひとたび急降下して音速に衝突したとき、どうなるかなどはすこしも検討されていなかった。この問題は、増速するにしたがって舵が重くなるとか、急降下中に増速するとしだいに機首《あたま》があがってきて押さえきれなくなるとか、もっと前の飛行機では機体の抵抗が大きく、ある程度以上はなかなか速度が上がらないとかで、その当時は急降下速度は制限され、その先を突っ込まなかったのである。

ところが、飛燕のすぐれた急降下性はすばらしくスピードが出て、ついに壁に衝突してしまったことがあるのだ。もちろん当時は私もそれが音の壁とはわからなかったし、やっとの思いで危機をのがれえたことで満足していた。戦後、外国の本を読んで、やはりあれが音速の壁であったということがわかったとき、よくも助かったものだとあらためて首すじに冷や汗を流した。

昭和二十年初め、フィリピンから三たび審査部に帰った私は、当時、研究試作中のロケット機「秋水《しゅうすい》」、ジェット機「橘花《きっか》」「火龍《かりゅう》」の担当者となった。「秋水」「橘花」は試作にかかっているし、「火龍」は計算中なので、これらの飛行試験がないかわり、何かと会議などにいつもひっぱりだされていた。

そのころはB29の空襲、偵察がしきりで、審査部にも戦闘機関係のパイロットたちで防空戦闘隊が編成され、警報が発令されるたびに試作機、制式機混成の編隊が舞い上がり、なかなかの戦功を立てていた。私もときおり、単機で一万メートル以上にあがって待機したことがあったけれども、ふしぎとB29とはお目にかかれず降りてしまった。

航空審査部も戦列へ

昭和二十年二月十七日の早朝、ラジオがけたたましくがなりたてた。米機動部隊が関東地方沖に近接、関東各地に初空襲をかけるべく、その先頭は五十機、一〇〇機の群れとなって房総半島南方や銚子付近からぞくぞくと進入中であるという。

急いで軍服を着ていると、自動車が迎えにやってきた。フルスピードで飛行場まで三十分たらずで到着、ピストに横づけされた車から飛び出すと、みな飛行服を着てかたまっている。その間、スピーカーからは刻々と敵艦載機の位置が知らされる。先任の石川パイロットがいろいろ処置をとっている。飛燕二型四機、疾風《はやて》四機の編隊が黒板に書き出される。搭乗の先任者は私だ。搭乗報告をして飛行機の列線へかけてゆく。

すでにプロペラはまわっている。飛び乗るとともに車輪止めをはずさせ、急滑走で滑走路に入りただちに離陸する。すぐうしろには追いかけるように三機がつぎつぎと地面を離れ、編隊を組んでくる。そこで組みやすいように、ゆるい上昇旋回をおこなう。みな顔が引きしまっているが、自信に満ちているようだ。急いで機首を川崎市上空に向ける。川崎ふきんは日本の無線の七、八割を製作している。ここへ来るかもしれない。左翼の下は東京の中心部である。

敵は数が圧倒的に多いから、上から攻撃をかけないと危ない。高度を四千メートルにとって、戦闘隊形で市街地上空に進入する。眼を皿《さら》のようにしたが、敵はすでに去ったのか見あたらない。ぐるぐると二十分くらい索敵したが駄目だ。そのうち、「着陸せよ」とのラジオがレシーバーに入る。もうすでに他の編隊は着陸姿勢に入っている。

燃料を補給し、一服してふたたび機上の人となる。こんどは待機位置をひろげようと水戸、木更津間の上空を行きつ戻りつしたが、さっぱり敵にお目にかからない。一時間ほど警戒飛行をして着陸する。敵の機動部隊は遠く去ったらしい。

夕方までピストに待機して雑談していると、戦闘員ものんきで勝手なことをしゃべっている。そのくるま座のまわりに若いパイロットたちが取りまき、話に聞きいっている。話し上手の坂井庵君一人が花を咲かせていた。冬の日は五時すぎるとうす暗くなる。大部分の人はピストの上の部屋にもぐりこんで、飛行服のまま寝込んでしまった。敵の機動部隊は夜間の攻撃をさけるために待避したらしいが、いつものやり方から考えると、きっと明日もやってくるはずである。

翌日、夜の明ける前から勢ぞろいして待機していると、はたして警戒警報、ついで空襲警報が発令された。搭乗区分はすでにきまっている。また飛燕二型四機の編隊長だ。

「審査部飛行隊は立川、福生（横田）、入間《いるま》飛行場の上空三千メートルで待機、飛行場を掩護せよ」

との指示があたえられた。

そこで私は、自分の考えを述べた。

「昨日の戦闘はだいたい三千メートルあたりでおこなわれたから、敵は今朝はきっとその上を来ますよ。四千か、五千を、だからその上を飛ばないとかぶりますから」

「だが、飛行場の警戒もあるから、四千にしよう」

私は不承不承《ふしょうぶしょう》、その言に従うことにした。

敵大編隊の真っただ中へ

なんだか今日は変な予感がしてならない。西の方に向かって上昇する。引き鉄をひいて試射、気持よい音を立てて曳光弾が四つの機関砲から飛び出す。僚機も皆やっているらしく、白線がさかんに出ている。

今日の作戦を考え直してみる。もちろん、眼はたえずあたりを見たり、僚機の状態を見ながらではあるが……。今日は日本機が四千で警戒する。しかし敵は五千、いや六千にいるかもしれない。そうすると七千の高度をとらなければならない。

敵も低位になると考えるにちがいない。そうすれば四機でも七千、これなら絶対に勝てる。そうは読んだものの、さきの任務のこともあるし、五千以上を飛ばないとやられる。では待機位置はどこがよいか、敵は今日は立川周辺まで関東地方に入ってくるにちがいない。絶対有利な状態をたもつためには関東の西方、山地のできるだけ西にいることだ。そして東方の地形上に敵を発見すればよい。

決心はしたので、ぐんぐん上昇して五千に達したが、高度を少しずつあげていると六千になってしまった。はるか下方を友軍機が三、四機の編隊で飛んでいる。少し幅をひろげて、三国山脈寄りに行きつ戻りつして警戒した。西方の甲府盆地はスミ絵のような落ち着きをみせ、東方の関東平野は一面のもやのなかに輝いている。これから死闘が展開される世界とは、まったくかけはなれた静かな次元である。

僚機はややひろ目に機幅をひろげた。しだいに速度をまし、戦速にうつる。四五〇キロはらくに出ているであろう。それにしても、もう敵艦載機があらわれなければならない時刻だ。冷たい感じの冬の月もすでに高く、飛行場がはっきり見える。編隊がちょうど八王子の西方を南進中、左側にうつっていた三機の僚機に眼をやったところ、同じ高度を左側にすれちがってゆく八機がある。敵ではないか、僚機も気がつかなかったらしい。急激に翼をふる。敵も気がつかなかったのだ。先頭のパイロットがこっちをふり返っている。僚機は武者ぶるいしたのか、動揺が感じられる。

敵も呆然としたらしく、まわりこんでもこない。急いで前方を見ると、いるわいるわ七、

頑丈な機体だったという「飛燕」。写真は川崎航空機の三式戦生産ライン

八十機の集団で眼の前が真っ黒だ。敵も同じ考えで六千メートルをえらび、西寄りに進入してきたのだ。

高度を取るにも何も余裕がない。敵のかたまりの中に自然にすいこまれるように突っ込んでゆく。上も下も、左も右も、前進してくる敵機だらけだ。直進以外に方法がない。敵もそうだ。右にも左にも動けない。

引き鉄をひく。敵の方からも白い煙のすじが、何条も平行に飛んでくる。ときどき、ピカピカと光りながらそのすじがだんだん翼端に近づく。そして翼をつつむ。前面の風防に向かってさかんに光っている。当たるかもしれない。つぎつぎと頭の上を、胴体の下を、敵はすりぬけてゆく。

おそらく敵味方ともに、どうにもならない状態である。かたまりも終わりらしいが、旋回は禁物だ。この数に包囲されたらおしまいだ。機首を下げながら全速を出す。最後尾の敵が眼前にせまったとき、機を背面にする。背面から機首をおこす。背面七十度くらい。思いきって操縦桿を逆に押してささえる。完全な全速背面急降下の姿勢になる。

〝音速〟の壁を破って生還

飛燕がこの姿勢になったら、どの飛行機でも追いつくことはできない。引き離されるのがオチだ。しばらくその姿勢でいる。飛燕はものすごい勢いで地面に向かって急降下しているにちがいない。敵の追尾射撃音は聞こえない。外は逆さになっているので何もわからない。高度計はクルクル下がっている。

だいたい四千メートルくらいは下がったろう。レバーをしぼって引き起こしにかかる。なかなか力がいる。やっと垂直になって地面が見え出した。機首が七十度くらいになったかと思うと、突然はげしく左側へ頭をふって、右側へ強く身体を押しつけられ、それを直そうとすると今度は右側へ頭をふり、身体はあべこべに左へ押しつけられる。おかしい、まるで「木の葉おとし飛行」のような、ヨーイングを起こしている。舵を引くわけにはいかない。左の補助翼がフラッターをおこして、布が破れだした。どうしても大きなヨーイングが止まらない。地面は刻々に近づいてくる。落下傘で降下するより仕方ない。

座席に中腰になろうとするのだけれども、押しつけられた腰はのびない。二、三度つかまったが、立つことができない。地面はますます近づく。あきらめが肝心、手足を舵からはなして地面を見つめる。機は激突を急ぐかのように大地に向かって急降下している。降下角度はあいかわらず七十度くらいはある。あと数秒ですべてはおわる。助かる望みなどまるで考えられない。手を放してジーッとしていた。七百、六百、五百……、高度は下がる一方だ。とつぜん機首が四十五度くらいに上がってきた。ヨーイングが止まった。助かった、助かったのだ。手足を舵にそえる。静かに引いてみると、機はさらに機首を上げる。高度百メートルくらいでやっと水平飛行になる。飛行機との格闘にやっと生気を取りもどすことができた。

いま考えると、あのとき音速の壁にぶつかってヨーイングを起こしたのだ。手足を放してしまったので、自動安定のため脱出できたのだ。あれを引きおこそうと最後までがんばったら、おそらく地面に激突してしまっただろう。

だが飛燕とは、なんと音速まで突っ込むことができ、エンジン以外はビクともしない丈夫な機体であることに、いまさらながら驚いている。飛燕の設計者が、この記事を読まれたらさぞ喜ばれることだろう。私は三菱、中島関係の機体に専念していて、川崎の人たちとはこの事故について検討することができなかったからである。しかもこんな低空で音の壁に衝突したことは、研究訓練ではとてもできないことだ。実戦なればこその貴重な体験をしたわけである。

三式戦「飛燕」ウエワク上空の死闘

飛燕八機と敵八十機の空中戦

当時飛行六十八戦隊操縦員・陸軍曹長　小山　進

わが飛行第六十八戦隊が、各務ヶ原飛行場でキ61三式戦闘機（三式戦）「飛燕《ひえん》」を受領し、ニューギニアのウエワクに転進したのは昭和十八年九月下旬のことである。当時ニューギニア戦線は風雲とみに急をつげていた。

転進四日後、私は初めて自分の機体を受領する。機体番号は四三六号。なかなかの歴戦機で、二日前のベナベナ進攻のさいも、十数発の十三ミリ弾を受け、その日やっと修理ができたというしろものだった。なるほど、両翼や胴体にはベタベタとジュラルミンの絆創膏《ばんそうこう》がはってある。歴戦機だけに修理の箇所も多く、それだけ性能の方も落ちるようだった。試験飛行の結果では、水平巡航三〇〇キロぐらいしか出ないのである。しかしまあ、機のない人だっている

小山進曹長

のだ、辛抱することにしよう。武装の方も、他の機は十三ミリ四門のものが多いのに、この四三六号機は胴体に十三ミリ二門、両翼に七・七ミリ二門になっている。これも、七・七ミリだって鉄砲だし、おまけに携行弾数が多いんだからな、と自分を慰めたものである。

こうして、いささか旧式ながら歴戦の愛機をあてがわれて勇気百倍、腕を撫して待機していた私に、ほどなく初撃墜の栄誉をになう日がやってきたのだった。その日、私は基地残留組となり、松井曹長の列機として基地上空の警戒にあたっていた。そこへ突如、飛行場から「敵機来襲」の報告を受けたのである。

その時どんなおののきが私の身体をかけめぐったことだったろう。私は二十一歳だった。そして初陣の日がとうとうやってきたのだ。松井曹長がニッコリ笑い、右の握りこぶしを振って激励してくれる。じつは離陸前、松井曹長に私は、

「敵機が多い場合は、どんなことがあっても弾丸を射つなよ。焦ると、他の敵機から知らない間にくわれちまうからな。それから、俺から絶対離れるな。俺がやられたら、他の編隊機を探し出してそこにくっついてゆけ。いいか、絶対に単機はいかんぞ。

それから敵が少ないときは、何とかしてお前にも戦闘機乗りとして少しでも早く輝く撃墜の味を味わわせてやりたい。だからそのときは、お前は俺に普段の密集隊形でついてこい。そして俺が敵機にくいついたら、離れず一緒に敵を追うのだ。そうしたら時機をみて俺は上に機をはずす。お前はその敵機をすぐ私と入れかわって追っかけろ。こいつは絶対に落とすんだぞ。もし失敗したら破門だぞ。後ろはわしが守ってやる」

といわれていたのだ。私も思わず右手をあげて応える。

敵機は情報が入ってから約三十分で来襲するのが普通である。刻々と時はすぎ、そろそろ敵機のお目みえの時間となった。地上からの方向指示によると東南東となっているが、果たして山からくるか海からくるか。編隊長の井上中尉は地上からの無線を多少は感受しているのだろう、山の上空を高度四千メートル、速度三六〇キロでゆるやかな旋回をつづけている。私も松井曹長にしっかりとくっついて、目を皿のようにして索敵をつづけた。

敵機の到着時刻。と突然、松井曹長機が急激なバンクをくり返して私に敵機来襲をつげるや、急速にスピードを増して井上編隊に近づき、射撃をもって敵機発見を伝えた。私にはまだどこに敵機がいるのかサッパリわからない。完全にアガッてしまっている。落ちつけ！

そして戦闘隊形のまま、ふと松井曹長機を見つめた瞬間、ポツンポツンと豆粒のようなものをその前方に発見した。これが敵として私の見つけた最初のものである。私の編隊は、ズッと右に迂廻しながら高度をとる。高度五千メートル。敵機はまだこちらにぜんぜん気がついていないようだ。だんだんと近づいて、だいぶはっきりと機影をつかめる位置まできた。

敵機との高度差約一五〇〇メートル。空には断雲ひとつない。おそらく奇襲攻撃は不可能であろう。敵だって警戒はしている。いよいよ敵機がはっきりと見えてきた。四機。私の初空中戦は四対四の互角戦闘だ。敵機はカーチスP40。よしこいつならと、若干ながら自信が湧く。敵機はほとんど単縦陣に近い隊形で基地上空に近づいてきた。こちらはほとんど後上方に位置する。いよいよ攻撃だ。私の身体は何ともいえぬ興奮でビッショリ汗をかき、手足

ニューギニア方面へ進出した三式戦「飛燕」。主翼下面に増槽架がついている

が自然とかたくなってくる。

敵機はまだ落下タンクを投下していない。まだわれわれに気がついていないのだ。こちらの四機は若干高度を下げながら、ほかに敵機のいないのをたしかめていよいよ攻撃開始。井上中尉がまず左にねじこみ、われわれもそれにつづいて斜め後上方をかけようとしたとき、ついに敵機も気がついた。全機、落下タンクを瞬間投下し、反転を開始。われわれは直ちに追尾攻撃に転ずる。

状況はわが方に有利である。そのとき反転を開始した敵機は、何を思ったのか、山手と海上の二手にわかれた。われわれも間髪を入れず、第一分隊は山手へ、第二分隊は海上の敵を追尾する。ほかに出現する敵機もありそうにない。私にとってたいへん楽な、またもってこいの初陣である。いずれにせよ、早くやっつけなければ味方の帰還機がくわれるかもわからない。

私は松井曹長に必死でくっついていった。敵がいくら反転してにげようと、こちらは最初から高度差を利用しての有利な追い込み、おまけに速度は三式戦の方が優秀なのだ。計器速度五五〇キロ、五八〇キロ……しだいに二機のP40がクローズアップされてきた。あと数秒で二対二の空戦がはじまるのである。

私はレバーをシャニムニ押して松井機に追いついていく。敵機との距離約六百メートル、ゆるやかな降下姿勢にうつった。P40はまっすぐに海面めがけて降下していく。高度一二〇〇メートル。敵は海上スレスレにまで降下して遁走するつもりらしい。三式戦はますます好調。ついに敵機との距離三百メートル。とたんに敵は左に急旋回をする。すかさずわが編隊は左小回りをしてたちまち二百メートルまで近づいた。少し茶色がかったグリーンの機体がはっきりと照準器の中にうつっている。

嬉しい松井曹長の友情

松井曹長はまだ射たない。トコトンまで近づくらしい。一五〇、一〇〇……一直線の追尾攻撃である。ここで敵はこんどは旋回降下をした。敵も必死である。しかしついに敵機が左旋回したとたん、松井曹長から白煙の尾をひいて弾丸が射ちこまれた。一連射、二連射。二連射が終わるか終わらないうちに、後尾のP40からパッパッと白煙がふいたと思うと、それがたちまちモウモウたる黒煙とかわり、ついに真っ赤な火の魂りとなって、すぐ下の海上に白い波紋を残して消えさってしまった。瞬間の出来事だった。

あとは一機を残すだけ。こいつも必死だ。いつの間にか海面スレスレまで下がっている。もう立体戦はできない。水平面の戦いだ。まかりまちがえばこちらも海へ突っ込むはめにおちいる。慎重、慎重！　私は上方、後方をずっと一瞥して、もう一度、敵機が迫っていないか確かめてから前進して、松井曹長機に近づいた。速度計は六〇〇キロをさしている。松井曹長機の後方三〇〇メートルである。

P40は右に左に蛇行しながら逃げる。そろそろハンサ沖あたりだ。早く始末しなければならぬ。松井曹長はほとんど五十メートルぐらいのところを、編隊飛行のような気持で楽に追っかけている。ついに三十メートル。と、前方の松井機が私の目の前を急上昇したので、私もついつられて行きかけたが、今日出発するときの約束を思い出した。距離は五十メートル。ほとんど直接照準で、操縦桿のボタンもレバーのボタンも一緒に押した。十三ミリと七・七ミリがダダダダ……パリパリ……と、もうボタンは押し放しだ。

P40は左に急旋回、私も負けじと追撃する。もちろんボタンは押したまま。弾丸はたしかに命中しているらしいのに、なかなか反応がない。何百発射ったであろうか、急にP40は真っ赤な火をふき、大爆発を起こした。

私はその中に突っ込みそうになった。そうなったらそれこそ木葉微塵である。危うく右上昇旋回でそれを避け、そして上昇しながら海面を眺めた。ところどころ油が流れ、ゆらゆらと炎がはっている。これが私の撃墜第一号であった。私の実力ではない。松井曹長のお膳立てのお蔭である。実にうれしい。

ふと松井曹長機の存在を忘れていたことに気づき、あわてて旋回しながら後方をふりかえった。二十メートルくらいのところに密集隊形で編隊を組んで、ゲラゲラと笑っていた。そうして私と顔が合うと、ずっと前進、私のやや前方に出て、「良くやった」と手まねで誉《ほ》めてくれた。

頼むぞ愛機、頑張ってくれ

私が数多くの空中戦の体験によって何とかひよこぐらいになれたころ、敵戦闘機四八〇機の大編隊との大空中戦に出くわしたことがある。

その日も好天で、山脈上に積雲がポツンポツンと浮いていた。朝食をたらふく食い、昨日セレベスから戦友が持ち帰ったパイナップルをかじりながら飛行場に出た。その日は全機警戒態勢で、出撃機は六十八、七十八、三十三戦隊で約四十八機である。私ももちろん六十八戦隊の出撃機十六機の中に加わっていた。

われわれがピストで中隊長の指示を受け、雑談をしていると、情報が入ってきた。しかも情報を知らせた場所が非常に近い。アテンブルからだ。

「急げ。近いぞ。すぐ離陸。予定どおり当隊は山脈上に位置、第一中隊八機は高度三千メートル。第二中隊はその上空六千メートルに位置する。敵機は約四百機、爆撃機はいない。海上には七十八戦隊、基地上空は三十三戦隊が守る。よいか位置につけ」

飛行場ではすでに防弾板で臨時につくった半鐘が鳴らされ、飛行機は爆音をとどろかせている。パイロットはトラックで運ばれ、各人愛機の前でトラックからとび下り、早駆けで機上の人となる。

私の愛機もごうごうたる爆音をとどろかせ、私を待っている。キャノピーの中に飛んで入り、整備員が「異状なし」をつげるが早いか、機はスルスルとすべり出していった。

翼下に増槽を抱いた愛機・三式戦「飛燕」の前に立つ小山進曹長

一分一秒がおしいのだ。少しでも早く上空へ。

「頼むぞ愛機」

飛行場はもうもうたる砂塵につつまれている。その中をつぎつぎに離陸していく。私も急いで滑走路へ入り、遅れじと浮いた。

離陸そして試射。そして、上昇しながら山脈の上空六千メートルの集合点に急いだ。

あちらこちらから、ポッポッと機影が浮かび上がってくる。離陸六分後、われわれはウエワク山脈上空六千メートルに八機が完全に勢ぞろいした。

八機対八十機の空中戦

隊形は密集編隊。私は相も変わらず井上小隊である。今日は井上機の無線機が完全なので、戦闘上ちょっと有利であろう。離陸してから十五分たった。そろそろ敵機の発見時刻である。六千メートルの上空は雲ひとつない。今日こそ私がまだ経験したことのない大空中戦となろう。敵四百機に対し、味方はたったの四十八機、約十分の一である。

井上中尉機の翼がついに上下に振られた。中隊長も振っている。基地から指示があったのだ。われわれはただちに反転、戦闘隊形にうつり、二百メートルの間隔をとる。敵はおそらく何層にもなって進入してくるにちがいないのだ。いちばん上層にいる私たちが今日の戦闘ではとくに有利だが、相手はとにもかくにも四百機、油断はできぬ。

目を皿のようにして東の空をにらむ。と、とつぜん午前十時の朝の太陽をうけ、東の空にチカチカと輝くものが認められる。そして見る間に、まるで夕暮れの空にむらがるトンボのように、無数の黒点となり、それがだんだんと大きくなってくる。一つ、二つ、三つ……十、十一、十五、三十。……めんどうくさい。われわれと同高度、機数は約七、八十機はいる。ちょうど十対一だ。編隊は右に迂回上昇をはじめる。しだいに距離は近づく。

敵もわが方を認め、いっせいに無数の落下タンクを投下している。キラキラと金属の板を落としたようだ。敵も上昇をはじめる。あと数秒で乱戦の幕が切って落とされるのだ。やった！　ついに同高度で、われわれ八機は、敵の約八十機の渦の中に飛び込んだ。というより、巻き込まれてしまった。私は無我夢中で松井曹長について行く。敵も味方も発見が同時であったため、お互いに高度の優位を得ようとして上昇しながら接近したので、同高度での戦闘開始である。

最初の空戦は水平面からはいった。八十機対八機の比較にならない空戦の渦は、しだいに拡がってゆく。われわれ第二分隊は戦闘隊形をいくぶん縮小し、小隊長機に必死でついて行った。また第二小隊は左旋回で敵の左側へ出ようとつとめる。しかし敵もさるもの、数をたのみになかなか思うようにはさせてくれない。

いぜんとして渦はつづく。敵味方がクルクル旋回しているだけで、どちらもなかなか攻撃に移らない。グルグル回りながらお互いに敵の隙を見つけようと必死になっている。私もしだいに落ち着き、

「えいままよ、人間は一生に一度は死ぬものだ。生命を捨ててかかれば、何事かならざらんだ。よし俺の腕だめしをやってやる」

と思うと、こわばった身体も柔らかくなってくる。

巧妙な敵編隊の戦法

高度を少しでもとろうとは思うのだが、敵もなかなかそうはさせない。ものの二、三分もたったと思われるころ、とつぜん左後上方からわれわれ第二分隊の鼻づらに雨のように火の矢が降ってきた。あまりの急なことだったのですっかりたまげたが、瞬間に操縦桿を腹につ

けるほど引っぱり、踏棒を力まかせにけとばした。そしてくらむ眼の奥から前方を見ると、松井曹長も翼端から白煙をスッとひきながら左急旋回をやって、敵の射撃を回避している。われわれはそのとき第一分隊を見失ってしまった。

敵はマンマとこちらを欺いたのだ。旋回でさそっておいて、その間に他の一編隊が高度をとり、われより優勢な位置から最後尾の編隊に攻撃をかけてきたのだ。たとえ敵が上昇するのを見つけても、十倍に近い敵と渡り合っているのだから、どうしようもない。

しかしこの不意の敵の攻撃で、たちまち今までの敵味方の沈黙もやぶれ、がぜん世紀の大空中戦の火蓋が切って落とされた。態勢はもちろんわが方が徹底的に不利である。敵機はほとんどカーチスP40、ほかにP38が少しである。それと、さきほどから攻撃をかけた一編隊の機影をチラッと見たが、どうもうわさに聞くリパブリック・サンダーボルトP47Bらしい。

敵も各小隊ごとに分隊した。さあやるぞ。私はもう一度しっかりと愛機「飛燕」の操縦桿とレバーを握った。とつぜん、後方からふたたび敵四機の攻撃を受ける。私は悲壮な気持で敵が射程内に入ってくるのを辛抱づよく待った。そして松井曹長機を再確認しておこうと前方へ目をやったとき、斜め前方から数機の敵機が降ってくるのを認めた。するとそのとたんに、こんどは後方から私の愛機の左翼をかすめて火の束がすぎた。私はこれを左急旋回で回避することができたが、そのときついに松井曹長機を見失ってしまった。

射弾を回避した私は充分に速度をつけて、無謀であるが少しでも高度をとろうと、右旋回しながら上昇する。そして周囲を見渡した。いる、いる！　見えるのは敵ばかり。アチラコチラで白煙を引きながら垂直面に水平面に大格闘の真っ最中だが、ふしぎに友軍機が目に入らない。

上昇旋回をしている私の鼻先に、二機の敵機がその頭をおさえるように急降下してくるのが目にとまった。「背中を見せるな」と警戒しながら後方を見たが、敵機はいない。敵機と正対したい、と思うより早く、そのまま敵機にシャニムニ突っ込んでいった。

私は上昇姿勢、敵は降下姿勢、速度はプラスとマイナスで、ものすごい差である。あきらかに敵は有利なハンデキャップをもって猛然と突っ込んできた。しかし、ここで背中を見せるのは自殺行為だ。私はしっかりと機関砲のボタンに指をかけた。正対したままものすごい勢いで近づく。

白煙と黒煙の混戦

私は辛抱づよく敵の射ってくるのを待った。敵機はP47B。一機は土色に近い色をし、他の一機はジュラルミンの素肌を見せている。鉄砲の数ではかなわない。P47Bは二機あわせると、じつに十六門の十二・七ミリ銃をもっている。

距離二二〇くらいでほとんど同時に射撃をはじめる。そのとたん、私は思わず首をすっこめる。なんとP47Bの砲火のものすごいこと、十六門の敵の砲から射ち出される火力は、またたくまに私の愛機を焼きつくしてしまいかねない。私も発射ボタンを押したまま、猛然と真正面から敵機にぶっかかっていった。こうなればもう度胸の問題だ。相手をさけた方が負けである。

あわや衝突と思った瞬間、私はつい目をつむってしまった。気のついたときはもう敵機は目の前になく、広い青空がスーッと拡がっていた。第一の危機は脱したのだ。高度はさっきより千メートル上がって、六五〇〇メートルをさしていた。まわりをくまなく見まわす。敵機は見当たらない。下方を見ると、いるわ、いるわ。一五〇〇メートルくらい下では、敵味方が入り乱れていまや乱戦の真っ最中である。

あちらこちらの空に、白煙そして黒煙が、空から地上までつづいている。周囲に目をくばりながら降下していった。早く松井曹長機も見つけねばならない。ふと左斜め下方に一機のキ61飛燕が、四機のP40に追いかけられているのが見えた。

「よし」とばかり接近、よく見ると井上中尉機だ。これは一大事、と注意ぶかく後上方から単縦陣最後尾のP40に急降下攻撃をかける。後上方からまわり込み、飛燕の加速を利してぐんぐん距離をつめる。距離百メートルくらいまで待って、一度に十三ミリ二門を発射する。

井上機は敵機に追われるのに夢中でまだ私の接近に気づかない。

私の第一連射で、最後尾のP40は火の玉となって落ちていった。私はいったん下方に抜け、少し距離をはなして上昇したが、敵はまだ最後尾の一機を落とされたのを知らない。早くせねば井上機が危ない。

二度目の攻撃をこころみる。私に迫る敵機はいない。ほとんど基本的な後上方攻撃の第二撃をくわえると、この二機目も七、八十発目くらいで大爆発を起こし、空中に飛び散ってしまった。この爆発で前方の二機もやっと気がつき、急に井上機の追尾をやめて急反転急降下で遁走していった。

井上機と編隊を組んだ。私は井上機のすぐそばにより、手まねで「何ともないか」ときくと、井上中尉は敬礼をして私に応えてくれた。私も上官を助けた栄誉に心暖まる思いである。おまけに二機も一度に撃墜することができたのだ。

追尾されて敵を叩き落とす

時を移さず、つぎの攻撃にうつるべく準備する。高度は四千メートル。後方から攻撃を受ける。右垂直旋回で回避したが高度差はない。われわれ飛燕の優秀なる旋回性能を利用して、飛燕にくらべれば問題にならないP40を完全にふり離す。ついでにいい気になって水平面に敵をほんろうしていたが、このとき思わぬ敵の伏兵が後上方から二機現われた。

思わずぐっと腹一杯、操縦桿をひき、井上機の上に――ちょうど井上機を腹の下にかかえるようにかぶさって、井上機をかばう。すでに敵の射弾は雨のごとくに降ってきている。井上機が左急反転で降下するのがチラッと見えた。私もこれを追うべく急反転を開始した。と、そのとき愛機にカンカンと、ものすごい振動を感じた。ついに敵の射弾を受けたのである。井上機さえうまく逃げてくれれば私はどうなってもよい。私はそのまま左から右急反転に切りかえ、敵弾を不利な態勢になった私に集中させようとした。

案の定、敵はこの捨て身の戦法につられて右反転の私に全機が追尾してきた。さっきの敵機もこれに合同し、四機で追尾してくる。だが、さっきの被弾は大したことはないらしい。私は反転から水平にもどし、オーバーブーストで全速力をかけて逃げた。後ろを見るとついてくる、ついてくる。逃がすまいとして、無茶苦茶に射ってくる。私は右に左に方向舵をふみ、機体をすべらせて右に左に必死で逃げる。速度は五八〇キロ。こちらはすでに半ば観念しているので、さほど恐ろしいとも思わぬ。瞬間、前方にただ一機、海上に遁走するP47Bを発見した。敵四機に追尾されながら他の敵機を発見できるようになったのだから、落ちついたものだとわれながら感心する。

とっさに「よし、こいつと共死にしてやろう」と、そのP47Bに、後ろの敵もかまわずくいついていった。そして後方の敵機は気にせず、もっぱら前方のP47Bに留意する。距離五〇メートルくらいまで射撃せず、じっと辛抱した。

後方の敵機は私がP47Bにあまり接近しているので、前方の軸線に乗った味方のP47Bが気になるらしく、しばらくすると射弾がうんと減ってくる。しかし、この後方のP40の射弾で、もし前方のP47Bが気づいたら面倒だと思った瞬間、敵弾が数発、背中の防弾板に当たった。カンカンとひびく。案の定P47Bは気がついて、急反転で回避しようとしている。私はあわてずにこいつについてゆく。高度三千メートル、くいついて離れない。

こちらを見てP47Bは驚いてまた反転した。高度はどんどん下がる。あまりこいつに降下遁走されると追つけない。P47Bは六トンばかりあるので、ものすごい降下速度を出して猪のごとく逃げてしまう。

その頭をおさえるように射撃を開始する。これにつられてP47Bは右旋回した。この時とばかり、その頭めがけて猛然と射つ。後方からは相変わらず赤い弾丸が私の機を通りすぎてゆく。とつぜんP47Bの胴体から白煙がすっと出た。私は逃げるP47Bになおも必死で射ちつづける。こいつと刺し違えだ。このままでは俺もやられる。

P47Bはついに黒煙をふき、海面めがけて急降下していった。また一機やっつけたと思った瞬間、さっきより一層ひどいショックを感じた。しかし、そのままあとは射ってこない。急旋回しながらとっさに振り返って見ると、そこには追尾していたP47Bはなく、そのかわりP40四機と味方の隼三機が巴戦をやっているのが見受けられた。私はその戦いに加わろうかと思ったが、被弾が気になるのでこの隼に心から感謝をささげて、いちおう戦場を離脱しようとはかった。

えぐられていた左脚

空にはますます黒煙がふえ、海上にはあちらこちらにどす黒く、またギラギラと紫色に数多くの波紋が残されていた。ふたたび充分あたりに気をつけ、高度三千メートルまでとり、わが愛機飛燕をつくづくと眺めた。これほどの乱戦にも、思うとおり働いてくれたわが愛機だ。

おもむろに被弾をしらべる。前方には異状がない。右翼に七発、左翼に三発ばかりの被弾が認められた。後部胴体はわからないが、相当の被弾のようである。ここまでよく生き存《ながら》えられたことを心より機に感謝する。

そうこうするうちに、上空にはもうすっかり機影がなくなった。飛行場から上がる白煙が見えてきた。空襲警報解除である。場周経路に入る。脚を出す。無事に出る。青ランプ点火、フラップ下げ、私はやっとふだんの私にかえる。緊張がとけてくる。さあ着陸だ、もう少し頑張れ。

ガランガランと衝動があり、車輪が地面についた。異状はない。すでに大半の機が着陸している。バンドをはずして、飛び上がって地上滑走をする。そして準備線につづいた。

井上中尉も松井曹長も無事で出迎えてくれた。エンジンストップとともに、一ぺんに気が抜けてしまう。整備兵に助けられて翼の上に出たとたん、ペタンところんで地上まで滑って落ちた。ふしぎなことだと立とうとするのだが、左脚の自由がきかない。見ると航空長靴の左外側がとんでしまって、赤い血がベットリ流れている。人間の意識なんて勝手なものだ。さっきまでは夢中だったので気がつかなかったのである。私は松井曹長と整備兵に助けられて、重い足をひきずってピストまで報告にいった。

あとで調べたところによると、私の愛機は全部で二十九発弾丸をくらっていた。とにかく飛燕は、とかくの批判はあったにしろ、私の感じでは陸軍唯一の水冷戦闘機として申し分のない優秀機であった。あのガッチリした機体の、とくに突っ込み戦での優秀さが私を救ってくれたのである。

飛行二四四戦隊「飛燕」東京の空敗れたり

当時飛行二四四戦隊長・元陸軍少佐　小林照彦

私は太平洋戦争緒戦の香港作戦から、その大半を作戦で過ごしたが、なかでも思い出深いのは第二四四戦隊長（飛燕《ひえん》戦闘隊）当時のことにつきる。

帝都防空がはじまって沖縄作戦、八日市付近の制号作戦、つづいて敗戦へと、あまりにも目まぐるしい現実の激発によくも耐えて、今日まで生きながらえてきたと、しみじみ考えることがある。「震天《しんてん》制空隊、調布上空高々度」の命に、愛機三式戦を駆って文字どおり飛燕のごとく反転、体当たりした隊員の面影は、生涯私の脳裡から消えないであろう。また何の表情もなく、淡々と南の空に飛びたった振武特別攻撃隊員の心事を察して、いまもひそか

撃墜印を描いた愛機「飛燕」と小林照彦大尉

に涙が頬を濡らすのを禁じ得ない。

私はこのあまりにも悲惨な「蟷螂《とうろう》の斧」にも似た「東京・空の護り」、いや「東京の空敗れたり」を、おぼろげながら記憶をたどりつつ記して、世の人々の参考に資したいと思う。

思い出はまず高松の空にはじまる。この飛行場で将校学生およびビルマ留学生の教育実施中に、夢ではないかと思う飛行第二四四戦隊付を命ぜられた。昭和十九年十一月二十八日のことである。このころ、比島方面の戦況は刻々不利をつげ、神風をはじめ銀河、聖武などの特攻隊がぞくぞくと発進し、またサイパンの基地を飛びたったB29一機がはじめて東京上空に姿をあらわしてから、約一ヵ月になろうとしていたころである。

翌二十九日、心せくままに空路、任地の東京調布に到着した。そのときはすでに震天制空隊は編成されていた。東京の防空師団司令部は竹橋にあり、このほかに成増、柏、松戸、東金と計五個部隊あった。各戦隊から四機ずつ、いわゆる体当たり戦法の震天制空隊を出したのである。

ところが、人員は出したが、肝心の「飛燕」戦闘機の性能は高度が七五〇〇からせいぜい八千メートルしか上がれない。B29は一万メートル以上の高度をとってくる。やむを得ず武装を大部分はずし、重量をできるだけ軽くして目的を達しようということになり、ついに体を護る防弾鋼板もはずして、相手にぶつかることになった。

私の方は第一総軍の第十飛行師団、大阪に第二総軍の第十一飛行師団があって、震天隊はそこの命令で十一月半ばごろに編成されたのである。

ところで、この震天隊の使命にふれてみると、普通装備の戦闘機では高度がとれないから、B29との戦闘はやらなくていいということになる。おかしなことだが結果はそうなる。地上からは敵機とすれ違っているように見えるが、実際は高度の差がどうしてもつめられない。そこで私は着任してすぐ、四人であろうが八人であろうが、対B29戦闘をやる者とやらない者ができるということはおかしい、防空部隊という名がついているからには、全部が帝都防衛のために戦うのが目的である。一部にそうした任務を与えるより、空中戦果をより以上にあげる方法を考えるように主張した。ところが、上層部では「高度がとれなかったら、機銃をはずして上がれ」などと勝手なことをいっている。また、これに対して「そんなことでやれるか」といった意見もしだいに強くなった。

とにかく、私は十二月三日、初めて敵を邀撃するために飛び上がった。ところが、どうしても高度がとれない。せいぜい八千メートルだった。しかし、幸い敵も八千。だが、こちらは能力の限界だった。そこで最先頭のやつに正面攻撃を加えたところ、私はみごとに墜とされてしまった。十六機、二十機とつぎからつぎに編隊で来るのだからたまらない。そのときは四機編隊の四機編成だから十六機ずつやってくる。これに真正面から攻撃をかけたのだ。無謀ははじめからわかっているが、愛機の上昇能力は一杯だ。敵機は全砲火をひらいて撃ってくる。弾丸の網の中に飛びこんでゆくようなものである。

そのうえ、敵の編隊で後方にいるやつも前に出てくる、横のやつも出てくるといった具合で、こちらもこれに対抗できる機数なら、横からつっこんで相手の編隊を分散させることもできるが、劣勢ではそれができない。能力がギリギリのところへもってきて、敵は圧倒的に優勢である。まったくこちらの注文するようなところへ来るはずがないから、攻撃はかけられない。機上でいくら焦ってもゴマメの歯ぎしりに終わるのである。

そうした理由で私は最初に墜とされた。癪にさわるから予備機ですぐに上がっていった。ところが、もう追っつかない。やはり問題は性能である。堂々と刃向かえる飛行機がほしかった。

肉弾でおぎなう性能不足

そのうえ、情報の入手がおそかった。つまり、伊豆大島のあたりではじめて来襲を知ったとすると、わが機の性能では一万メートル上昇するまでに一時間かかる。その間、敵は四、五十分で東京の上空に達するのである。だから、それ以前に敵情をキャッチしないと戦闘に間にあわない。最初一秒間に十五メートルぐらいの上昇速度があっても、五千、六千となれば、一秒間に五メートル、七千メートルになると一秒間に一メートルと能力は低下の一途をたどる。

われわれの使っていた三式戦闘機飛燕は、当時としては高々度機としての最優秀さを誇ったものだけに、全体的に非常な無理をしていたわけである。このほかには高々度に適する戦闘機はなく、当時、ごく一部にはジェット機、ロケット機の試作をしていたということだったが、そういう優秀機の出現を神に祈るような気持ちでいっぱいだった。

彼我戦力の相違はかくも甚《はなは》だしかった。あらかじめそれを予測したとしても、生産力、時期という点で非常なズレが生じたことも見逃せない。サイパン失陥が意外に早かったことも大いなる原因となった。Ｂ29の侵入は、はじめ高度八千から九千で行なわれたが、わが方の本格的対空戦闘の開始で一万メートル以上をとるようになった。

ここで私は、昭和二十年一月二十七日の体当たり戦闘を手短かに記して、彼我戦力の差を具体的に示すことにしよう。

当日、私は師団司令部において、敵機の本土侵入を知った。焦燥の思いで基地にとびかえった私は、昼食をとる暇もなく愛機を駆って飛びたった。午後一時近かった。〝今日こそ一万メートル以上に行って、存分に敵に立ち向かってやろう〟と思っていたが、五千から六千、さらに八千、九千となってくると、上昇速度のおそいこと、気持ちはいらいらするばかりである。

富士付近にある一中隊に対して、私は八王子上空で待機した。時に午後二時、敵は十四機の編隊群である。最初十六機だったが、二機撃墜されたのだった。富士山の西側を北に進路をとり、甲府あたりから右旋回し東京を指向していた。敵ながら実に堂々たる偉容だった。わが高度一万五百、まさにおあつらえむきの攻撃態勢である。願ってもない前上方攻撃のチャンスだ。

敵機は文字どおりの荒鷲、わが方は飛燕。この好機を逃せば追いすがることは不可能に近い。それっ、と心に叫びながら反転突入、編隊長機めがけて攻撃を開始した。無念、狙いに狙った射撃には何の手応えもない。隊長機は逸したので、ただちに二番目に攻撃目標を変更し、射撃とともにその巨胴に体当たりを敢行した。

B29の巨体はとっさにバッと視界をおおい、同時にガッという衝撃を感じた。ここで当然ながら意識を失い、錐揉《きりも》み状態の機上で意識を取りもどしたのは、地上三、四千メートルのところだった。墜落、落下傘と、私の神経はみごとに瞬間の操作をあやまらず、九死に一生を救ってくれたのである。体当たり時の敵機の高度は九二〇〇メートルだった。敵はそれ以上の高度をとる必要をみとめなかったのかもしれない。

やはりこの高度になると、五〇〇、千の違いでも性能には相当の影響があるのである。

鉄桶の陣といえどもわずか三十機

それでは、東京を護る戦闘機はどのくらいかというと、各隊あわせて約百機、うち高々度戦闘可能なものは三十機内外だった。あとは地上から見てまことに勇姿そのものといった機も、敵機には何の脅威にもならなかったのである。

当時よく「鉄桶《てっとう》の陣」といわれたが、これはまったく自分を知らない、宣伝以上の何ものでもない。われわれとしてはできうるかぎり敵機を墜としたいという願望であった。敵の爆撃を妨害する、目標物に爆弾をうまく落とさせないという狙いから、とにかく一機でも二機でも敵を痛めつければ、敵にあたえる精神上の打撃は大きい。だから絶対に爆撃はさせない、などとは考えていなかった。たとえば、私の部隊にいわれていた「宮城を護れ、宮城には絶

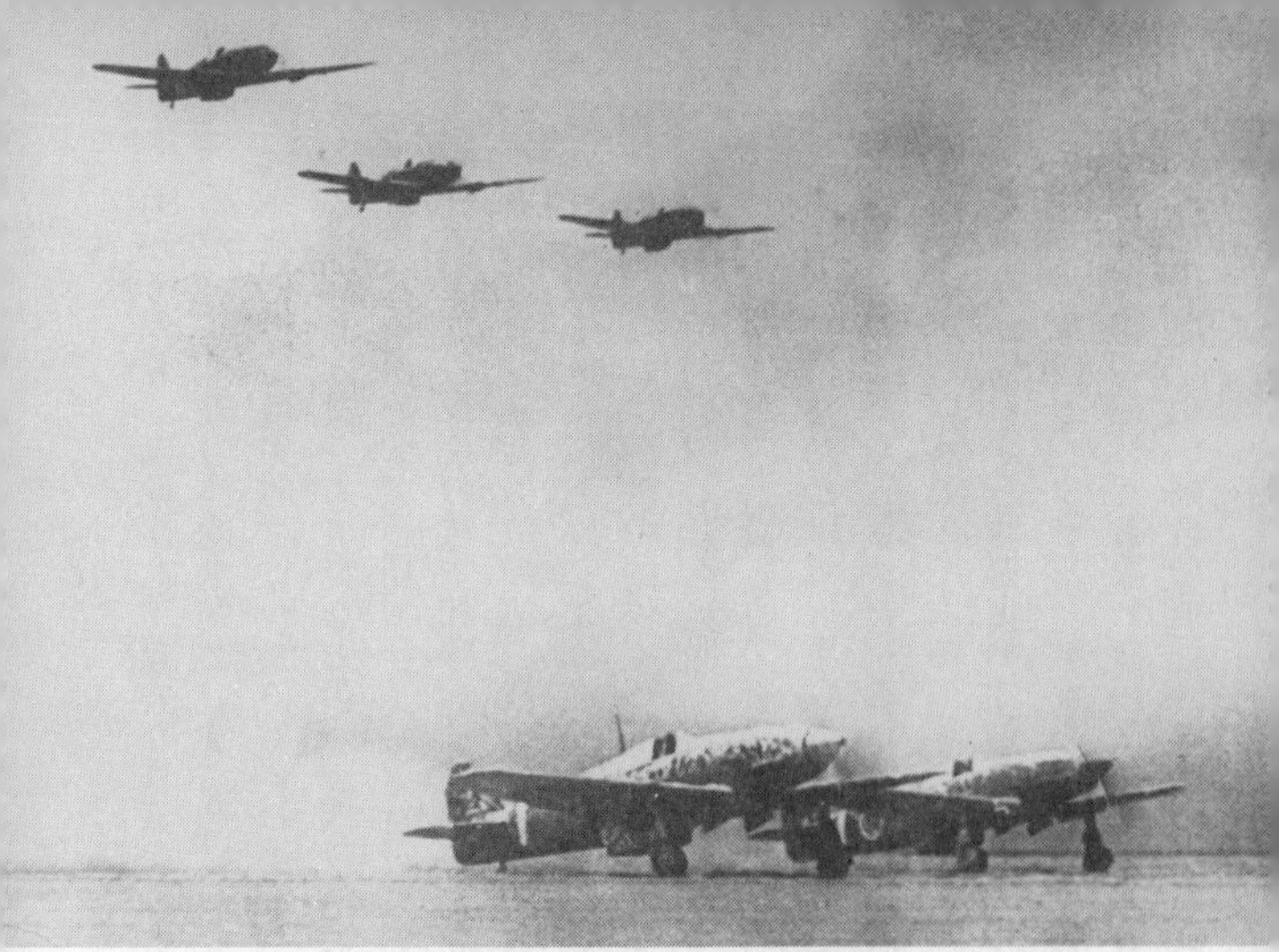

首都防空の迎撃戦に調布基地を発進する飛行244戦隊の三式戦「飛燕」の編隊

対に爆弾を落とされてはいかん」といっても、味方が圧倒的に優勢でなければ不可能にひとしいことである。

飛燕戦闘機がもっとも戦力の充実した時期は、昭和十九年十二月から二十年の一、二月ごろまでである。わが隊だけで五十機内外、総機数五十五機を配置され、五機ほどは予備機だった。というのは、この飛燕は液冷エンジンだったので、非常に故障が多かった。しかし幸いなことは、いわば国内が戦場であり川崎航空機の製造だったので、連絡、補修も容易だった。調子が悪いとなると故障の箇所だけでなくエンジンも交換して、かろうじて戦力の低下をまぬがれていた。

結局、性能の問題で上昇力をつけるために、機関砲一門につき三百発の弾丸を五十発に減らし、砲の数も減らした。そしてわずかに射止めた、または手負いの敵機がエンジンの出力が下がり、高度が七千ないし六五〇〇となって一機だけ編隊から脱落した機に襲いかかるのが、友軍機の性能水準ということにもなる。

機の性能の劣弱さにつづいて、わが航空情報網も情けないものだった。レーダーがあったのは調布と銚子、大島などの三、四ヵ所にすぎなかった。これがまた機能が悪く、来襲機を確実につかめず、結局、サイパン付近にいた潜水艦からの情報がもっとも確実だった。

そのため東京の防空部隊へは敵機が大島の上を通過している時分に師団からの出動命令が出るので、最初の敵の第一波、第二波の攻撃には間にあわず、諦めたかたちになってしまった。敵を確実に邀撃しようと思ったら、大島―東京間の海上か、富士山付近で待機すればよいが、これは燃料の関係、つまり航続時間の制限から不可能であった。

この不利を少しでも克服するために、十二月早々から、調布と浜松の飛行場を二股かけることになった。浜松にいて東京を護る、名古屋もやるということになった。これは高空の偏西風を利用したわけで、東京へ来るにも名古屋の方へも比較的よく、性能を多少ともカバーできたのである。しかし、これは体力的困難をいよいよ加重させることになった。いわゆるカケモチということである。

飛燕が浜松から鹿児島の知覧飛行場へ、成増の鍾馗戦闘隊が都城にうつってからは、柏、松戸、東金と、フィリピンから戦力増強のためにもどってきた二個部隊が下館に配置されたが、戦力が全然ともなわない、いわばヒヨコみたいな操縦者ばかりで、どうにもならなかった。松戸、柏、東金の飛行隊は当時の二式複戦の双発機だったが、肝心のこれがまたあまり士気のふるわなかった戦隊だった。

夜間空襲の場合、われわれの行動が生ぬるいという声も聞いた。これも当然の結果というより仕方がない。探照灯なども下から見ると立派に敵機をキャッチしているが、光力の届いているのは六、七千までで、それ以上の高度になると光線は敵機を浮きださせることができない。われわれとしては上空にいて光が集中している方向を目あてにするが、閃光は地上に近いところを照らして、敵機はいっこうに映らない。また、こちらが敵より高い高度だと、敵が全然見えない。こうした不利から夜間などはアレヨアレヨという間に敵機に逃げられることが多かった。

よく疑問にされるレーダーにいたっては、残念ながら日本の戦闘機には全然装備されず、自分の眼とカンにたよる以外になかった。空地の無線連絡はあっても、それ品川の上空だ、横浜の上空だといっても、高度が一万近くなれば実際には品川、横浜の区別はない。夜の上空から見えるのは、海岸線だけだともいえる。ところが、敵はレーダー暗視器も備えていたのだから、この空中戦はむしろこっけいだ。だから白い建物を黒く塗ったくらいでは、防空として何の効果もなかったわけである。あのような防空観念は、どうも第一次大戦の遺物であったと思うし、それと知りながら国民にやらせていたことは、まったくナンセンスというほかはなかった。

東京空襲は、私が着任して間もない十二月二日に非常に大規模なものがあった。そのとき四宮徹中尉は体当たりを敢行して、片翼で帰ってきた。中野松美伍長が体当たりをしたのは同じ月の二十二日だったし、つづいて二十七日には吉田竹雄曹長が東京湾上空で体当たり殉職した。

さらに三十日、それから明けて昭和二十年の元旦、明け方の三時ごろだった。部隊の連中は昼間の疲れでグッスリ寝込んでいる。これを叩き起こして飛行機に乗せるのも、またなかなか苦心のいるところだった。一月三日には名古屋に相当数がやってきた。九日にまた東京空襲のときに、高山正一少尉と丹下充之少尉が体当たりで戦果をあげ、十四日の名古屋に引きつづき十九日、二十三日、二十七日と相次いでいる。こんなわけでわれわれは、浜松と調布の間を絶えず往ったり来たりしていた。

とくに大部隊の空襲というのでは二月二十六日に、機動部隊による艦載機の来襲があった。沖縄へ敵が上陸した陽動作戦と見られ、この日わが戦隊は一日五回の出動をよぎなくされた。朝の四時半、浜松を離陸して東京へ来たが、第一波攻撃には間に合わず、調布へ降りて燃料補給、それから第三回、第四回と舞い上がったが、損害は意外に多かった。飛燕戦隊はいちおう四十機全部が出動したものの故障が多く、第二回目には二十五、六機、第五回には私を入れてたった三機というさびしさだった。当日、わが方の損害は八機、ほかはいずれも故障によるものだった。まったく情けない次第であった。

指揮系統の混乱

航空用兵のことになるが、第十飛行師団と第十一飛行師団では命令が違う。本拠を東京に

飛行244戦隊を指揮、体当たり攻撃を含めB29を10機撃墜した小林戦隊長と愛機

移そうとすると十一飛行師団からは名古屋へ来いという。まことに恥ずかしい話であって、結局、東京の上空で敵に向かったこともある。命令の一致しないことほど実際に戦闘に従事するものにとって迷惑な話はない。

そのころ、航空総軍ができ、第一から第六までの航空軍があって、総監には河辺正三大将が就任した。ここでわが戦隊は航空総軍の直轄部隊になった。第十飛行師団の指揮はうけながら、隷属関係はない。そうなると調布へ飛んできても、こんどは部隊が違うから地上部隊は協力してくれない。私はそのとき大尉で特別上級職をやっていたが、飛行場の地上勤務部隊は隊長が少佐だ。こうなると階級が物をいう気持ちからか、私の希望も容れられないような事態もあって、これが敵を前にした日本空軍か、と悲しくなるようなこともあった。

とにかく、性能が劣り、さらに指揮系統がうまくいかなかったことは争われぬ事実であった。したがって帝都防空を裏から見た場合、こんなおかしいことをしている、こんなバカなことをしてもしようがない、といったこともあった。

五つの帝都防空戦闘隊があるわけだが、たいていの情報は敵機が富士山の方から来るか、銚子方面から来るかもわからず、つねに伊豆半島とか富士山の上とかを警戒していた。私はだいたい富士山から八王子の上空にいた。ところが、軍の首脳部はよく東京の上空にいてくれなくては困るといったが、東京の上にいたのでは実際役に立たない。そこでわれわれは、敵機が爆弾を落とす前に、これを捕捉殲滅しなければ意味がない。東京の中心部を狙う場合、中央線でいうと吉祥寺あたりで爆弾は機体をはなれる。これを阻止するためには、その手前で敵を墜とすか妨害しなければならない。そうはいっても、反対側から敵が来たら、またちょっと困る。しかし、結局のところ防空の根本原則がフラフラしていたのは、あらゆる点からの劣勢がその原因だったといえよう。

空中指揮はどうしたかというと、私の方は静岡県の富士宮の上空に一個中隊、富士山の上に一個中隊、八王子および立川方面に一個中隊を配備し、機上では相互に無電で連絡をとっていた。

そこでは簡単な陰語が使われていた。たとえばB29を「鯨《くじら》」、P51などの小型機は「鰯《いわし》」、私は部隊長だから富士山の高嶺をとって「高嶺」といっていた。高度のことを「梯子」といい、高度一万のときは「梯子一〇」といって千単位を一にして数えた。また燃料補給は「ビールを飲む」、出動のときには「いざ鎌倉」の言葉からとって「鎌倉」といった。どうしてそんな簡単なものを使ったかといえば、あまりむずかしいのでは分秒を争うときの役に立たないということからである。

防空戦闘機に要求される性能といえば、所要の高度をとれることはもちろん、速度があって旋回半径の小さいことなど、相反する性能が必要である。邀撃戦闘においては、これらが常に敵より優れていなければ効果は期しがたい。敢闘精神だけでこれらの欠点を補うことは、明らかに限界があることはいうまでもない。たとえば、後下方や後上方攻撃というのがあるが、これは速度の早い機が遅い機を相手にする戦法で、B29に対するわれわれの戦法としては、待機前上方か正面攻撃以外にはまったく手がなかった。

また、B29は高々度を飛んでいても、気密室があるので普通の高度飛行とかわりなく、空中勤務の難易さはお話にならない。われわれが防寒の電熱被服を使うと、たちまち電圧が下がって射撃ができなくなるし無線も聞こえなくなる。武装も少なくし、上昇力を増やそうというときは無論のこと、蓄電池なども積むわけにはゆかない。高々度で生きているのに必要な酸素も、最初はボンベを持っていったが故障が起きがちで、五千から六千あたりで呼吸が苦しくなった。そこで酸素発生剤を使うようになった。

沖縄方面の戦局は決定的に不利となり本土決戦が叫ばれるようになると、特攻機の掩護訓練もやらせられ、防空ばかりに専念できなくなった。特攻機の掩護をやるなら相手は艦載機であるので機関砲ははずせない。しかし、B29を攻撃するときは、装備が軽くなければ太刀打ちできない。このように、そのたびに機体装備がかわる。

さらに高々度に上昇するときは、機体の迷彩まではがしてピカピカにしなければならない。だが、特攻攻撃の掩護には迷彩がいるといった具合で、作戦目標が目茶苦茶になってきた。このように指揮系統が戦局の変転につれて変わったことも空軍弱体化の一つの原因ではないかと思う。

震天制空隊の戦果

航空部隊ぐらい陣頭指揮の必要なものはない。まず隊長が先頭に立たなければ、あとの者はついて来ない。命令で一応飛び上がっても、真に勝負しようとしないかもしれないからだ。敵が来たら身をかわして、適当なところで弾丸を射ってもわからない。無線でいろいろ命令が出ても、「ただいま攻撃中」といっておけば、事は足りる。地上戦闘とちがって、後ろから「オイコラッ、何をしているか」とやられる心配はない。そんなことで戦力は生まれない。私はこれは危険だと思ったので、できるかぎり真っ先に飛び出していった。

結局、震天制空隊は十二月三日に四宮徹中尉の片翼、二十七日の吉田竹雄曹長の体当たり、中野松美、板垣政雄両伍長の体当たりとつづき、翌年の一月九日には高山正一少尉が体当たりし生還している。丹下充之少尉は一般隊員だが体当たりして戦死、一月二十七日に私の体当たり生還、高山少尉が二度目の体当たりで戦死。中野、板垣が二度目の体当たりをし、また奇跡的に生還した。

ところが、ここにまた問題があった。体当たり戦死は二階級特進ということになっているが、これは震天隊員だけで、一般隊員には同じ行動でも適用されないという矛盾があった。そこで、同じ戦死は一律に二階級進級にしてくれ、と陸軍省の係官に電話で交渉したことがあったが、その答えがお話にならない。

「死ぬのは当たり前だ。規則ができているから、駄目だ」

というので、私も思わずカッとなり、「馬鹿野郎」とどなりつけて電話を切ったことがあった。

そうしたことのあったあと、ある隊員は、

「どうしても私は体当たりなどできないから、隊員をやめさせていただきたい。射撃で墜とす自信がありますから……」

といってきた。確かにその男は射撃は実に巧妙で、あえて体当たりしなくても墜とせる自信のほどを認めたので、隊員からはずしてやった。性能が悪いために体当たりまでしなければならないということは、人間的につらいことである。

震天隊のあげた戦果は、B29の撃墜が七十三機、撃破が九十二機、グラマンF6Fの撃墜が十機、SB2型が一機、コルセアの撃破が九機、グラマンF6Fの撃破が十六機、そのほか不確認は相当数にのぼったはずである。

その後、「本土決戦」の方策がとられてからは、戦力をできるだけ温存しておくため邀撃戦は禁止され、まったく飛ばせなかった。「飛行機があるのに、どうして飛ばないのか」と一般の人から叱られるし、部下は敵機をみすみす逃がすのはがまんができない、飛ばしてくれという。

ちょうど、その当時は八日市に移っていた。

終戦一ヵ月前の七月十五日と記憶しているが、敵機の来襲である。部下にせがまれるままに、演習の名目ならよかろう、と舞い上がった。これはさすがの敵も知らなかったのだろう、相当低空で艦載機がやってきた。このときは思う存分戦った。少なくとも八日市方向に来たほとんど全部と思われる十数機撃墜の戦果をあげることができた。わが方も二機を失った。

案の定、軍の首脳部から、「全軍的な企図を暴露するものである」と怒られ、軍法会議にまわされるか降等処分はまぬかれないという空気だった。もちろん、そうしたことは私も覚悟の上だったので、その夜は痛飲祝杯をあげた。

その夜中、電報班の者がどこかの電文を傍受したといって連絡にきた。聞いてみると、何と天皇陛下から御嘉賞のおことばがあったというのである。しかしその事件以来、軍の参謀が来て私のそばを離れない。以来、終戦まで私の翼は折られたまま、ついに飛ぶ機会はなかった。

航空審査部員の見た四式戦闘機「疾風」

日本戦闘機のベストワンといわれた決戦機の実体

元陸軍航空審査部員・陸軍中佐　木村　昇

有人戦闘機の最後といわれるようなF104Jが、日本の空を飛んでいる時代に、「大東亜戦争決戦機」として有名な、往年のキ84（四式戦「疾風《はやて》」）の歴史上に占める位置はどうであろうか。

マッハ2以上の速力をもつ飛行機が存在する時代の「年次」「速度」曲線を、昭和十八年（一九四三）までひきもどすとしたら、われわれのキ84は、まぎれもなく、世界の第一線機であることを知ることができよう。逆にいえば、宇宙時代に乗りおくれることなく世界の仲間入りをすることの可能性をもった、航空技術を保有していたことになるのかもしれない。

木村昇中佐

多くの解説書に見られるとおり、海軍の「零戦」、陸軍の「隼」の形状の流れをくんで、

しかも豪快な線をもったのが、キ84（疾風）であった。ここにもキ44（鍾馗）の試練をへて、キ84にいたった設計者の血のにじむような苦心のあとがうかがえる。

キ44は、はじめは育たなくともいいようにカゲ口をいわれた、いわゆる鬼っ子であったが、弟のキ84は陸軍戦闘機のいわば嫡子である。キ44は頭でっかち、小さな手（翼）であり、そのため脚を収容するのに肩を怒らせていたが、キ84は頭にふさわしく、いうならば八頭身、胴体も比較的やせて長く、肩もすっきりとしていた。もしキ43（隼）のイメージを深くもつ人がいるならば、そのイメージを男性的な像におきかえれば、キ84の像を得ることができよう。

ある意味では、空冷の大馬力発動機の単座戦闘機としては、最後の飛行機であったかもしれない。このあとに完成を予期されたキ87にしてもキ94にしても、高々度戦闘機の性格を強調され、万能機として運用されることは非常に難しかったのではあるまいか。

おそらくこの点で、キ84は寿命の長い戦闘機ではなかったかと思われる。そして、この時代を最後として、ジェット機時代に突入する宿命であったともいえるのだ。戦争末期の航空工業界は、まさに世界をあげてその進歩の方向が決定されていたのである。

キ84疾風は、人も知る旧中島飛行機の作品である。キ84としての名前をあたえられたのは、奇しくも大東亜戦争勃発の十二月末であった。私のメモによれば、昭和十六年十二月二十九日、キ84の試作内示書が会社へ通知された。

要求条件は、

航空審査部の実用試験をうけるキ84。発動機やプロペラ故障など前途多難だった

一、最大速度六五〇キロ／時以上
二、上昇五千メートルまで五分以下
三、行動半径四〇〇キロ、余裕一・五時間
四、武装十三ミリ×二、二十ミリ×二
五、照準OPL

というものであった。

エンジンはハ45。直径一・一八メートル、長さ一・七八メートル、重量八〇〇キロ。離昇馬力一八二〇、高度二千メートルで一六七〇馬力、高度五七〇〇メートルで一四四〇馬力と称された。

二列十八気筒であったため画期的に直径が小さく軽量で、おそらく世界で第一級の発動機であったことは疑いない。キ44鍾馗の無骨さからのがれえたのもこの発動機があったからこそで、われわれ飛行機屋がこの発動機に運命をかけたのも無理はない。もしこの発動機がアメリカに生まれていたら（決して生まれなかったにちがいないが）、さぞ有終の美を世界に誇ったことであろう。

あまりにも日本的エンジン

これがアメリカに決して生まれなかっただろうというのは、あまりにも日本的な発動機だからである。アメリカの物量を誇った、あのおおらかな設計にくらべ、なんと肉をそぎ、骨をけずり、寸法をちぢめ、軽量をはかり、しかも二千馬力をかけるとは——。おまけにアルコールを食わせ、酸素吸入ならぬ酸素噴射までしてシリを叩いた。読者は、技術者たちのこの才能と努力と、そしてその眼にかこまれて力づよくプロペラをまわす発動機の姿を思い浮かべてくれるであろうか。

筆者は、不時着したP51の発動機をしみじみと撫でまわしていた、ある発動機屋の姿を忘れることができない。大きく余裕をもって設計され、代用材ならぬニッケルをふんだんに使い、一〇〇オクタンの燃料を燃やしている敵機の発動機を見て、彼の心中に去来するものは何であったか。

何はともあれ、キ84はハ45発動機があってこそ生まれ、ハ45はキ84のために生まれたともいえよう。なぜなら、陸軍はキ44三型に次代をかけるよう決心しかけたこともあるし、時局と生産増強の要請からも妥当性がうかがえるからである。

ただし、ここにキ44三型が存在したわけではない。キ44の翼面積をまして着速を下げ、発動機としてハ45クラスをつけた架空機のことである。戦局の余裕がキ84の新試作にふみ切らせたのであろう。あるいは、キ43とキ44の間の深い不連続を、またキ44の経験のフィードバックを思う、技術者の切望を実現したものといった方が適当かもしれない。

上昇性能に難あり

ここに旧中島飛行機の主戦闘機の系譜を見よう。

キ27（全備一五三〇キロ、翼面荷重八二・五キロ／平方メートル）→キ43（全備一九六五キロ、翼面荷重八九・五キロ）→キ44Ⅰ型（全備二五三一キロ、翼面荷重一六九キロ）→キ84（全備三七五〇キロ、翼面荷重一七八キロ）→キ87（全備五八三〇キロ、翼面荷重二二四キロ）。キ27（九七戦）からキ43（隼）の翼面荷重の差、およびキ44（鍾馗）とキ84（疾風）の翼面荷重の差はともかく、キ43とキ44の間の翼面荷重の差はじつに八九・五から一躍、二倍近い一六九へと飛んでいる。

ここに陸軍単座戦闘機の機種大転換の苦悶がひそんでいる。日本陸軍の航空戦力の運命を決するかもしれないこの転向は、世紀の転向ともいえるかもしれない。翼面荷重の大小は、ドッグ・ファイティングに重大な関係があるからである。いうなれば、翼面荷重の少ない戦闘機が地上の宮本武蔵で、大きい戦闘機は駻馬《かんば》にまたがった佐々木小次郎であろうか。駻馬をやりすごして、後ろから一刀のもとに切り下げるというシーンを頭にえがいたら、翼面荷重の大きな、速度はあるが旋回性能の悪い飛行機はとうてい使いものにはならないと思われるであろう。

ともあれ、世界の趨勢《すうせい》は速度を要求した。受け身の太刀をはずす早業《はやわざ》はあっても、逃げる敵をとらえ得ない鈍足は、無敗であっても勝利はない。しかし、その「キ」番号のしめすとおり、キ43とキ44はおなじ日の下に生まれて、小翼面荷重か、それとも大翼面荷重、高速度の波にもまれながら、キ44は多数の小翼面荷重派の白眼のなかに育たなければならなかった。発育不全は当然のこと、戦局のテンポは早かった。昭和十七年四月二十二日、野田大佐の報告によれば、あれほどきらわれたキ43はキ27の二倍の戦力があるといわれ、キ44はハリケーン二十機に突入し、二機を落としたと報告された。速度の勝利は決定的であった。

キ44の欠点を是正した新戦闘機の要請は、必然的な道をたどったのである。かくして、キ84は生まれた。性能は上昇が五千メートルまで六分以上で、要求条件の五分以下は満足されなかったが、速度は六五〇〇メートル、約六二〇キロで要求を上まわった。上昇の悪いのは、航続距離の延長、武装の強化の要求等、すなわち初期の設計条件の変更の結果、全備重量の増加をきたしたためと思われる。心配された離着陸性能も問題とされず、操縦もまたキ44ていどであるといわれていた。

〝脚が悪い〟という不評

キ84疾風一号機は、記録によれば昭和十八年三月に完成した。戦局はすでに下り坂で、第一線はB29の活躍のため手をやいていたが、将来の空襲を予期してこの対策を強調した。物量はいよいよ窮屈となり、金属材料の節減は代用材使用の域をこえ、木製機の研究が促進された。あれほど翼面荷重が問題となり、重量軽減が叫ばれた戦闘機についても木製化はその例にもれず、キ106はじつにキ84の木製化であった。もちろんこれは、重量増加と強度の研究の余地があることから、実用者の非難が多く出た。また会社ではジュラルミンのストックが相当あったため、積極的な利用がおこなわれなかったのはやむをえなかったことかもしれない。

また、当時の第一線機の状況はどうであったろうか。飛行第七十八戦隊は明野で出動準備をおこなったが、機材の状況はまことに心細いかぎりで、

一、滑油冷却器の修理一ヵ月間約六十一回

二、プロペラ軸、冷却器、油圧系統よりの油もれのため、飛行不可能

三、降着装置の油もれ

という状態であった。

滑油冷却器の油もれは、制式機全般に見られた故障であったが、構造不良、ハンダの不良も原因の一つであり、始動時に起こる、瞬間圧力の急上昇の対策もとられるべきであったろう。

首都防空に任じた飛行47戦隊の疾風。合理的整備で不具合を克服、定数稼動した

内地の防空戦闘隊においても、同じような故障になやまされ、実動機数はいちじるしい低率をしめした。もちろん部隊によって、実動率の異なったことも事実で、これは整備関係者の技術的能力の差でもあった。

南方戦線では、さらに高温、高湿のため、発動機の点火系統および電気器械の故障が多く、飛べない飛行機が累積した。また急造の滑走路は不良で、操縦者の技能低下、降着装置の不良と相まって一大問題であった。

このような物量の不足、技術者数の不足、設備の不足といった何もかも足りない逼迫《ひっぱく》した条件の真っただ中に、第一線機として生産に移行し戦争に参加しなければならなかったキ84は、落城前の大坂城にこもった勇士にも似ている。

キ84は性能はいいが脚が弱いという評判はいまでも生きているようだ。飛行場が悪かったか、操縦者の技量が落ちていたか、あるいはそうでなかったか、いずれかの場合であったのかもしれない。台湾の部隊からもそんな報告をきいたこともあったが、それは脚の緩衝装置に油を入れすぎて棒にしてしまったのが原因であることがわかった。当時、南方の参謀だった人が、飛行場がいかに悪かったかの例として、目前でキ84がつづけて二機、離陸のとき破壊したのを見たことを話してくれた。

多数の改修の要請

昭和十九年三月ごろにはキ84は一〇〇機ぐらい製作され、まさに大量生産にはいろうとしたが、治具《じぐ》の製作がおくれるうちに、原因不明の故障で技術陣の大きな努力を要求されるにいたった。

その一方、試作部門では、二十ミリ機関砲を四門装備、爆弾装備と落下タンク装備、三十ミリ機関砲装備、小探照灯装備、単排気管、胴体および翼燃料槽拡張による遠距離戦闘機化、防弾ガラス装備、ハ45低圧噴射装備、曳火信管装備、ゴム袋式防弾タンク装備、酸素噴射装備、生産増強のための木製化および鋼製化などの改修が要請され、設計室は地球をささえるアトラスのような腕力が必要であった。

敵にB17、B29、P51などの新鋭機が続々と登場する事態においては、装備上の要請は至上命令であったともいえよう。性能上のマイナスを承知で、新鋭の敵に対抗しようとするキ84は、まさに「大東亜決戦機」の悲壮な姿であった。その内部は故障未解決のまま、満身創《そう》痍《い》とまでではなくとも完全な健康体とはいえない。とくに発動機油温筒温の上昇と気化器調整のむずかしさによるガスの不具合に起因した振動の問題は、大きな悩みであった。

敵パイロットの性能評価

一般的にいって、飛行機の性能が向上するのは新しい技術が導入された結果であることはもちろんである。したがって、進歩に比べて、整備取り扱いもキ27（九七戦）とおなじていどでは、とても新鋭機の実力を発揮させることは不可能といっても過言ではない。

キ84（疾風）にあびせられた一部の非難も、ある意味では不当であるにもかかわらず、キ

84はよく戦った。台湾でキ84と戦い落下傘降下したP51の若い操縦者の話をきいたことがあったが、

「ヒューッと後ろからキ84がきたかと思ったとたんに落とされた」

とその性能をほめていた。

思い起こせば、これを育てたのは陸軍航空審査部の岩橋譲三少佐であり、彼はキ84の全能力を発揮して中支方面をあばれまわったものである。ちょうどキ44（鍾馗）の育ての親・坂川敏雄少佐がその一個戦隊をひきいて南方で活躍したように、日焼けした秀麗なこの若い戦隊長の面影を終生、忘れえないであろう。

飛行機はよき設計者の頭脳から生まれ、よき工員の手で製作され、よき操縦者の試験でデータをフィードバックして、さらに改良をかさねて第一線機となる。〝時間〟は絶対の味方でなければならない。じっくりと時間をかけて欠陥をえぐり出し、ていねいに対策しなければ優秀機は絶対に生まれない。戦況の逼迫した昭和十八年ごろのあわただしさのなかに、キ84を育てた関係者の努力こそ特筆されなければなるまい。

だが岩橋少佐は、その愛機のキ84とともに散華した。遠距離作戦をつねに強《し》いられる大陸では、戦闘機の運用は困難をきわめたであろう。その成否は整備能力いかんにかかわるからである。飛行場上空の戦闘ならいざ知らず、気化器の調整がちょっとはずれても航続距離におよぼす影響は甚大である。敵上空では全開で敵機と戦闘をまじえなければならない。キ84をふかく知らなければできない運用でもあろうし、つねにまたきわどい作戦ばかりおこなわ

れたことと思われる。

岩橋少佐は長駆、敵飛行場を襲撃して数機を撃破、撃墜し、のち愛機とともに散ったといわれる。キ84を語るときはつねに岩橋少佐に思いをはせねばならない。栄光と悲運はつねに輝かしきものの上にのみおとずれるものであろう。

飛行五十一戦隊「疾風」レイテの空に燃ゆ

ネグロス島サラビア基地におけるP38との死闘

当時飛行五十一戦隊操縦員・陸軍准尉　常深不二夫

私は昭和十九年九月十五日、明野陸軍飛行学校より、中島凡夫戦隊長のひきいる栄誉ある飛行五十一戦隊に転属した。着任の申告をピストでおこない、さっそく四式戦闘機（四式戦）疾風《はやて》の未習をうけた。

九月三十日、防府（山口県）基地をあとに、四十五機の四式戦が一路、比島へ向かった。途中、悪天候とエンジンの不調に悩まされたがどうにかルソン島に直行し、クラークフィールドを経てポーラックに着陸した。ここは飛行場とは名ばかりの畑同様の荒地で、着陸に失敗する飛行機もあった。

以後ここを基地として、マニラの防空や船団掩護に、あるいはツゲガラオに前進したり、陸海協同作戦にと、毎日のように出撃をくりかえした。その間、グラマンとの戦闘で敵弾をうけ、エンジンより火を噴きながら山腹に激突寸前にあやうく落下傘で飛び出し、明くる日

サラビア基地に進出した飛行51戦隊搭乗員。右から５人目が常深不二夫准尉

の朝、フンドシひとつで奇蹟の生還をした加藤正夫軍曹などもいた。

やがて、レイテの戦局急を告げるにおよび、十月二十四日、レイテにもっとも近いネグロス島のサラビア飛行場に前進した。いよいよ本格的にレイテ作戦の一環として、全軍の期待に応えて四式戦闘機の全戦力を発揮するときがきたのである。覚悟をあらたに頑張ることをたがいに手をにぎり誓い合った。

そのころはまだレイテの敵タクロバン飛行場は整備中で、敵戦闘機の来襲はなかった。もっぱらモロタイから出撃するＢ24のみで、連日のように爆撃をうけた。そのため飛行場は泥沼と化し、全弾装備の四式戦にとっては最悪の飛行場となった。

毎日四回はおこなわれる離着陸に、全身くたくたに疲れはててしまった。ときには飛行場の先端のサトウキビを運ぶためにつくってあるレールに脚をひっかけ、小破する飛行機もあった。負傷者も出た。

まったく、話にもならない状況だった。一日一日、自分が生きていることがふしぎなくらいであった。逐次増大する敵飛行機にたいして、友軍機は日一日と戦死者がふえていった。

さて、サラビアに前進した翌二十五日、西川大尉を隊長として、原野軍曹、三吉軍曹、それに私の四人が出撃した。レイテ湾上空を飛行中、下方にキラッと光る機影を発見した。P38約十機が高度五千メートルを飛行中であった。ただちに西川機が追尾し、つづいて原野機が突っこんでいった。そして最後尾のP38に狙いを定めた。私はまず上方に敵機のいないのを確かめてから、あとにつづいた。

P38一機がぐっと機首を上げてきたかと思うと同時に、左にかたむき、下方に火を噴きながら落ちていった。P38は旋回性能がよく、四式戦にまさるともおとらない戦闘機である。私も三吉機もしばしば交戦したが、いまだ撃墜したことはなかった。

私は長居は無用と戦場を離脱した。五分ぐらい隊長機の帰りを待ったが、いっこうに現われる気配はない。ふと上方を見ると、P38六機がいまにも私をめがけて襲いかからんとしている。これはいけないとただちに高度を下げ、海上すれすれに基地に帰還した。しかしいくら待っても、隊長機もそれに原野機もともに帰ってこなかった。このときは大粒の涙があふれ出るのをどうすることもできなかった。この日の戦果はP38一機撃墜、不確実一機だった。なお、西川幾大尉は航士五十三期、原野久義軍曹は少飛十一期の出身である。

十月の末には、このサラビア飛行場へ午前と午後の二回、B24の爆撃があった。このころ敵のタクロバン飛行場はようやく整備されたらしく、戦闘機の発着が活発になったと偵察機の報告にもあった。そのうえB25も来襲するようになった。

ふたたび、レイテへの進攻がおこなわれた（日時ははっきりしない）。三石研三大尉、椎名軍曹、三吉軍曹、それに私の一小隊、川野雅章中尉以下三名（名前不明）の二小隊である。

レイテ上空七五〇〇メートルで酸素吸入器をつけ、さらに上昇する。眼下のレイテ湾には無数の敵艦船がうごめいている。これが戦場でなければ良いながめだなと思ったとたん、地上と海上から一斉砲火をあび、弾幕につつまれた。たちまち三石機を見失ってしまう。そのとき飛行機がぐらぐらとふるえた。尾部に弾丸を受けたらしい。飛行が困難となる。やむをえず高度を下げ、海上にて待つこと二十分。この日、三石機と椎名機はついに帰ってこなかった。

自爆か突撃か

こうして日一日と飛行機は失われていった。一機でも多く飛べる機をと、整備兵の苦労もなみたいていのものではなかった。飛び立つときには彼らの気持ちがよくわかり、涙で一杯になった。私たちはその当時、操縦者、整備者とも疲労は極に達し、飛行場のピストにいるあいだでも体はふらふらであった。

こっちの飛行機は少なくなるばかりなのに、タクロバン飛行場にはP38、B24の数が日ましに増大していった。内地からの補給機もまったくなかった。そこで少数をもって大きな戦果をあげるには、夜間を使っての夕弾（現在のクラスター爆弾に近い）攻撃しかないという判断がくだされた。この夕弾については簡単な攻撃要領の説明があった。

話は前後するが、十月二十六日、夜陰にまぎれて一機また一機と約五分間隔で出撃する。山づたいに高度二千メートルを飛行する。P38は双発双胴のためすぐ発見できる。ただちに高度を下げ、超低空にて敵機をやりすごす。敵飛行場上空で夕弾を投下して、ただちにレイテ湾上に出た。地上、海上から、ものすごい集中砲火をうける。無意識のうちに高度を上げたときエンジンがとまったような気がした。もうだめだ、これで自爆か、と不吉な思いが脳裏を走った。

しかし、自爆するならと思い直してふと下を見れば、航空母艦らしき三隻が目についた。こいつ、と思い、突入の体勢に入った。操縦桿を前に押す。すると機首が上がってきた。どうやら愛機は大丈夫らしい。まだ自爆するときではないと気を取りなおし、基地へ向かった。しかし、なにぶんにも低空すぎるので、山づたいにしだいに高度を上げていった。が、高度計は百八十K（計器高度）をさし、失速点すれすれである。下を見ると、うっそうたるジャングルだ。ここで死ぬなら、さっきの艦に突っこむべきだったかと思ったものの、もう遅い。高度計はぐんぐん下がるばかりである。

そのとき、進行方向の山と山のあいだにうっすらと白く波頭らしきものが見えた。レバーを全開にして吸い込まれるようにその中にはいり、海上に出ることができた。基地ではぽつんぽつんと明かりをつけて、戦隊長以下が出迎えてくれた。この日、小田切進曹長、川原軍

比島で敵手におちた「疾風」。米側試験では速度も操縦性も日本機一番といわれた

曹、宮崎少尉の未帰還者が出た。

十一月一日、友軍偵察機より、モロタイ基地を発進したB24三十機がレイテ方面よりサラビア方面に西進中、という報告が入った。しかも戦闘機の掩護なしというのである。中島戦隊長以下、全機が離陸した。そしてすでに高度三千メートルに達している者、いまだ離陸中の者ありというのに、大編隊のB24が悠々とやってくる。さすがに大きく、まぢかに見ると四式戦の十倍もあろうかと思われるほどだ。

目標はよし。戦隊長がまず一機を撃墜した。あとにつづく安倍大尉、多田、川村、池田、加藤機が猛然とB24におそいかかり、数機を撃墜した。敵もさるもの、各銃座より一斉射撃の弾幕を張った。パッパッと赤い炎があがる。そして急に高度を下げ、速度を増しながら爆弾も落とさずに西方に遁走した。

撃墜されたB24から米兵がバコロド沖の海に落下傘降下した。そのとき、一機の四式戦が翼端で落下傘の糸を切った。これは翌日のマニラの新聞に大きく報道された。着陸してから、それは高田節穂軍曹とわかった(二十年七月、帝都防空戦にて戦死)。

その日の戦果はB24六機を撃墜、不確実三機で、わが方は全機がぶじ帰還した。だが、明くる十一月二日、燃料と弾薬を補給中、ふいに西方よりあらわれたP38十機が地上攻撃をしかけてきた。これで、十二機を一瞬のうちに失ってしまった。わずか八機あまりが飛行可能機として残っただけである。また、このとき整備員一人が戦死している。

のちの情報で、これはB24の直掩機であることが判明した。なんでも命令の手違いから遅れてしまったらしく、ついでとばかり地上攻撃をかけてきたものであった。

殊勲の二機撃墜

明けて十一月三日、内地を出てから一ヵ月ほどがたった。戦場では月日のたつのはわからないが、内地ではすでに木枯らしが吹いて、そろそろ寒くなる頃であろう。しかしここは比島のネグロス島。あいも変わらず暑い日差しが照りつけ、つかれた体をいやしてくれるものは何ひとつない。

内地ではきょうは明治節だ。学校では式がおこなわれていることだろう。愛機の前に全員が整列し、はるか内地の方に向かって天皇陛下万歳を三唱する。そして、元気でいることを家族に報告するとともに、戦友が比島のどこかに不時着でもして生きていてくれることを念じつつ黙禱した。

ひさしぶりに天気が悪く、きょうは予定の爆撃がないらしいというので、出撃はとりやめになった。ひさびさに飛行場は休養である。しかし、午後になって天気が回復した。五十一、五十二戦隊より各一個分隊が飛行場上空哨戒のために飛び上がった。

五十二戦隊からは高谷曹長（僚機は不明）、五十一戦隊からは私と三吉軍曹であった。高度四千メートルで飛行場上空を警戒していると、レイテ方向より来襲するP38四機の編隊を発見した。長機に翼をふって合図し機首を下げる。敵機はそれに気づいたのか二機は西方に、二機はミンドロ島方向に避退していった。私はすばやくミンドロ島方向に追跡した。パナイ島上空に接近したとき一連射した。つづいて三吉機も一連射をあびせた。

手応えがあったなと思ったとき、一機が急反転して海面にたたきつけられるようにして火を噴いた。のこる一機を追跡する。敵機は低空で逃げまわったが、ついに山腹に激突、炎上しながら四散した。それを見とどけてから着陸した。

戦隊長に報告していると、第四航空軍の冨永恭次軍司令官が車で来られ「いまのは誰だ、みごとであった」、と戦隊長にいわれた。そして私と三吉軍曹の手をしっかりにぎり、「今後もしっかり戦ってくれ」と激励された。同時にこのとき軍司令官自筆の賞詞を受け、「即日准尉進級」と誉《ほ》められたが、じっさいには進級にならなかった（のちに准尉に進級）。

八日には安倍利男大尉もB24の編隊に夕弾攻撃をかけ、二機を撃墜した。こうして多大の戦果をあげながらも、敵の膨大な戦力の前にはなすすべもなかった。

十一月十二日、第十六飛行団は全力をもって、オルモック湾に上陸する味方地上部隊を、海軍と協同にて掩護すべしとの命令がくだった。飛行団の全力といっても五十一戦隊より四機、五十二戦隊より二機の合わせて六機だけで、ただちに出撃を開始した。高度五千メートル。オルモック湾ではすでに輸送船三隻が揚陸中であった。それを眼下にのぞみながら警戒飛行をしていると、レイテ方向よりグラマン約三十機が来襲してきた。

しかし、なにぶんにも多勢に無勢、一撃離脱戦法で射ちまくっても、多数の敵機にたいしてはいかんともしがたい。全機が敵弾を機体にうけ、かろうじて戦場をはなれ基地に向かった。下を見れば一条の黒煙が高く立ちのぼり、味方輸送船が炎上中である。が、どうすることもできない。地上部隊の上陸成功を祈りながら、ようやく基地に帰投した。飛行機はもはや応急修理もできないほどに損傷がひどく、これで全機を失うハメになってしまった。

私の機は、機付長増井伍長をはじめ全整備兵がなんとか一機でも飛べるようにならないものかと、飛行機にへばりついてあれこれと骨を折ってくれた。しかし、この機体の状態では飛行はやはり不可能であった。いよいよ五十一戦隊にはただの一機も飛べる飛行機がなくなり、操縦者のみがのこる戦隊になってしまった。

思えばひと月あまり前、四十五機の大編隊でバシー海峡をわたってきたのに、わずかのあいだに多くの戦死者を出し、一機の飛行機もなくなるとは予想さえできないことだった。

幸運の内地帰還

やむなく、わが戦隊は撤退をよぎなくされた。まず第一陣は十一月十三日、戦隊長以下五名ほどでマニラの司令部より飛来した九九双軽（九九式双発軽爆撃機）に乗りこんだ。めざすはルソン島のポーラックである。機はやがて、われわれ残留者の見送りをあとにマニラ方向に飛び去った。

しかしそのころ、このあたりの制空権は完全に敵の手中にあった。そのためこの先発の九九双軽はマニラ湾上空でグラマンの攻撃をうけ、戦隊長、大淵俊雄大尉など十一名が全員戦死するという不幸に見まわれた。

翌日、残ったわれわれ十名ほどが、双発高等練習機に乗りこんだ。パイロットはベテランの横尾准尉であるが、はたして無事にたどりつけるものやら、前途は非常に不安であった。しかし、さいわいにも跳梁するグラマンの目をかすめて、マニラ湾をへてポーラック飛行場にすべりこんだ。そのとたんにグラマンの地上攻撃をうけた。機はたちまち炎上し、われわれは命からがら機内から脱出した。まさしく着のみ着のままの状態でなにも持ち出すことができなかった。

十一月末、十名余の操縦者はクラークフィールドより内地へ帰る飛行機に便乗させてもらった。高度八千メートルを飛行中は寒くてがたがたふるえていた。そしてようやく九州の飛行場に着陸した。国防婦人会のみなさんに温い味噌汁をもらって、はじめて生きて内地の土をふんだ安堵をかみしめたのである。

疾風戦闘隊〝首都防空〟に燃えた闘魂

相模中津基地に布陣した臨時防空五二〇戦隊空戦記

当時臨時防空五二〇戦隊操縦員・陸軍兵長　**内藤上天**

某月某日、私は横須賀線の車中にあった。前席の二人が何事かを語り合っている。その声が窓ぎわにもたれかかった私の耳に聞くともなく入ってくる。以下はその会話……。

「周囲の警戒を厳重にしながら敵機をはやく発見し、しかも相手が多数でなければ、飛行艇でも喰われることはありませんね。まあ、ウデにもよるけど……」

「そうですね。ゲタバキといわれた零観でも、敵を落としているし……。しかし、やつは惜しいことをしましたね」

「まあ、やつはマラリアで四十度をこす熱をおして飛び上がったはいいが、なにしろ相手が多すぎた。いつもは三機ぐらいでくるのが、あの日にかぎって戦爆連合六十機ほどの大編隊でしたからね。しかも、ふしぎにあのときは他の五機が修理中で、離陸できたのはやつだけだったからな……。それにしても、よく落としたよ」

2千馬力級戦闘機の迫力を示す愛機「疾風」と内藤兵長

「ほんとうにそうですね。十二機にかこまれながら、バッタバッタというぐあいでしたからね」

私はいつしか聞き耳を立て、二人を凝視していた。南方戦線で活躍した人たちなのであろう。私より五歳ぐらい上であろうか。だとすると、飛行時間も、おそらく一万時間ぐらいには達するのではあるまいか。戦闘隊としては一五〇〇時間ぐらいであろうか。私たちのような若鷲からみれば、神サマのようなウデの持ち主たちなのだ。

二人の話はとどまることなく、それからそれへと進展していった。しかし、まわりの者たちはみな素知らぬ顔である。二人の話は熱を帯び、それを耳にする私の心はおどった。目をつむると、大空を馳《は》せていた当時の私がよみがえった。戦友たちのなつかしい顔もつぎからつぎへと浮かんでくる。爆音が……あの戦闘のおりに、ハラの底にこたえる爆音がキィーン、キィーンとうなりをたてていた。

遺憾ながら高空性能が

昭和十九年十一月二十四日のことである。第一航空軍に警戒戦備乙が発令され、つづいて戦備甲が発令された。

「B29一機、高度八千メートル、硫黄島西方二十キロ、北進中」

第一航空軍隷下のわが五二〇戦隊（神奈川県相模中津基地）は、全機が出動準備を完了した。しかし、この日に出撃した二十四機は大島上空一万メートルで待機したが、ついに敵機を発見できず、むなしく引き返してきた。

しかも、その内容が何ともお粗末であった。実際に一万メートルまで達した者は三機だけであった。ほかは十六機が酸素ビンの酸素発生が不能となり、六機は滑油の温度上昇、二速過給器の不良などによる高空性能および航空技術の不良から、一万メートルへの到達ができなかった。

まったく、目も当てられないとはこのことで、いたずらに飛行雲を描いただけであった。みすみす敵に写真偵察をゆるし、その離脱を手をこまねいて眺めているのにひとしかった。

つづいて十一月二十七日も同様の状態であった。当然、航空軍よりきつい叱責をうけたが、酸素欠乏症ではそれも不可抗力といえた。この日は行方不明が一名出た。少飛十三期の内野伍長（編隊長藤谷曹長）で、熱海上空においてであった。

しばらくして新鋭の酸素発生管四本を連結したアルミ棒が装備され、ようやく戦隊の邀撃力が強化された。同時に、背当板のうしろにあった四十ミリの防弾板がとりはずされた。すこしでも高空性能をよくしようというわけである。

しかし、まだまだ二速過給器のとりあつかいが不慣れで、九千メートル付近でアップアップしている者もみられた。だいたい疾風（キ84）の性能では一万一二〇〇メートルが上昇限度である。しかも四十五度にちかいほどに頭を下げての水平飛行をよぎなくされる。

その点、B29は一万一千メートルでも、ほとんど水平にちかい飛行が可能だった。したがって、そんな敵をたおすのは容易なことではなかった。後上方、後側上方攻撃の場合には、千メートルぐらいの高度差ではとてもよい結果は期待できない。といって、後方攻撃では被弾率が一〇〇パーセントに近く、反対にこちらがやられてしまう――これが戦訓であった。前側上方攻撃の場合は、対進のため被弾もすくないが、こちらの命中弾もすくなくなる。しかし、やむを得なければ体当たりも可能というわけで、わが戦隊の倉井隊ではもっぱらこの前側上方戦法がとられた。

ウデの立つ人で、まず大島上空で一撃をかけ、ついで都心で二撃、そして銚子上空または白浜上空で三撃をかけてようやく撃墜というのがひとつのパターンであった。しかし、大部分の者は都心、または銚子か白浜上空で二撃して、逃げられる場合が多かった。

頼もしき中隊長と共に

十一月三十日、私ははじめてB29と対面した。大島上空で熱海方向より攻撃をしかけたのである。高度差千メートル、距離は一五〇〇から二千メートルもあったろうか。しかしこの占位中も、十二機の敵編隊は合計一五〇門からなる十三ミリと二十ミリ機銃を、狂ったように私一機をめがけて集中させてきた。まわりはまるで火災を起こしたように真っ赤な炎につつまれた。

私はボールの位置をたしかめ、砲把柄をにぎった右手の拇指《おや》と人差し指に神経を集中させた。そうして照準器からいっぱいにはみ出したB29の翼の付け根付近をめがけて、右手を力一ぱいに握りしめながら、さらにその機体が目からあふれ出るようになるまで突っこんだ。

このときは、もう恐ろしさも何もあったものではない。無我夢中であった。あっという間に距離がちぢまった。すばやく左錐揉《きりも》みの操作をおこなう。しかし、あわや追突かと思った敵機はじつはまだまだ離れすぎていたのだ。第一撃は失敗である。

「よしッ、こんどこそ」

そう思って、つぎの編隊にくいついた。そうしながらも、いまの攻撃をふり返ってみる。敵機が射ってくるのは千メートルから三百メートルぐらいまでである。あとは離脱方向にむけて射っているのではないかと思われるほど、近距離になると火柱が少なくなる。

「こんどは、火柱が少なくなったら射撃だ！」

二度目にはたしかに命中弾の感触があった。パッパッとジュラルミンが吹き飛ぶようにはじけるのがわかった。しかし白煙も黒煙も出ない。そのうち、私の機はぴたっと弾丸が出なくなった。こうなっては、あとは帰投するしかない。

十二月初旬のある日。このときはB29七十機の来襲であった。警戒警報発令と同時に、

「カミシマ（五二〇戦隊の部隊暗号）倉井、大陸せよ（出撃せよ）」

私は倉井（利三）中隊第二小隊二番機で離陸上昇した。しかし、高度八千メートルでみなとはぐれ、単機になってしまった。さいわい、熱海上空でやはり単機で飛んでいた隊長機と出合った。そのまま僚機をさがし求めてなおも上昇をつづけた。そしてB29と遭遇したのである。

第一撃は大島と初島の中間あたりであった。隊長と二人で、さながら分隊戦闘の訓練そのままの攻撃であった。倉井隊長が敵機の火柱のなかを突進する。なかなか射たない。ようやく炎の火矢のかたまりがうすれはじめた。しかしまだ射たない。冬の十二月、しかも一万メートル上空の気温はかなり低い。寒いというより痛いというほどの厳しさである。それなのに背中を汗が伝って流れていく。手袋のなかの手のひらもじっとりとぬれている。

ようやく隊長機の四門の機関砲が、いっせいに火をふいた。火矢は敵の操縦席めがけて吸いこまれていく。すかさず私も右手で発射ボタンを押す。十三ミリと二十ミリ砲から弾丸が飛び出していく。B29の右エンジン内側のナセル付近のジュラルミン板が、パッパッとめくれあがって飛び散っていく。

そのまま右錐揉《きりも》みに入って一旋転。そしてただちに上昇する。隊長機は前方千メートルくらいを上昇中であった。ふり返ると、ねらった機は白煙に黒煙をすこしまじえた煙の尾をひきながら、僚機からいくらかおくれ気味に右旋回で離脱しはじめた。

これを追うには、やや距離がはなれすぎていた。それに他にもまだ敵はうようよしていた。隊長機もすでにべつの機に占位中だった。そこで私もブーストを一杯に押して隊長機のあとを追うことにした。

隊長は頭をこっくりとし、指を一本立てて、それを下に向けた。そして、二、三度ふってみせた。

「梯団長機を攻撃する」というのである。やはり単機よりも二機で攻撃するほうが、どれだけ心づよいかわかりやしない。

一万メートルというと千メートルの十倍であるが、千メートルの空の状態とはまるっきりちがっている。まして厳寒時の一万メートルである。酸素吸入の排気管からは五十ミリぐらいのツララがぶらさがっている。それに、高い空間に自分たちだけが放り出されたように、頼りなげに浮いている感覚が非常につよくせまってくるのである。

第二撃は第一撃よりもおちついて、自分の狙ったところに弾着を収束することができた。しかし、この機も黒煙を息をつくようにときおり吐きだすだけで、そのまま右緩降下で離脱していった。

隊長機と共にいるという安心感、信頼感には得がたいものがあった。「よしッ、今度こそ撃墜できるぞ」という自信がわいてくる。

「今度は、隊長機とおなじところに収束弾をあびせてやろう。それにはいままでのように内側ではなく、外側に占位して突っこんでやろう」

そうハラのなかで計算しながら敵編隊群の上空へ突きぬけた。何度も一万メートル以上にあがるにつれて、発動機のあつかいにもなれてくる。しかし、厚木から銚子まではアッという間である。流されるようにきてしまう。この日は相当につよい偏西風が吹いていた。私は東南から西北へむかって力一杯に左足をふみ、操縦桿を徐々に左から右前方にまわしながら攻撃位置についた。隊長機との距離は約六百メートルほどである。

またもや敵の烈しい火箭《かせん》がわれわれの機をとり巻いていた。そのなかを突きすすんでいくのである。隊長機は、敵機の左内側の発動機よりやや内側をねらって射った。そのへんのジュラ板がめくれあがるのが見える。私もそこへ向けて右手を力一杯にぎりしめた。隊長機の収束弾の孔のなかに、曳光弾が吸いこまれるように入りはじめた。そのとき、私のハラの底に何か力強い手ごたえがつたわってきた。

「やったぞ」思わず声を出して叫びながら右錐揉みに入った。そして敵機の下腹すれすれに飛び去った瞬間、ボーンとB29の後流にあおられた。と同時に、パッと後方に大きな火のかたまりが飛び散っていった。B29の右翼が胴体からけしとんだのだ。その機体はひゅっと一時とまったようになって散り、二つに折れた胴体が、私の機をかすめるように墜落していった。隊長機はすでに、地上に向かって急降下中であった。

「カミシマ、カミシマ、倉井、カラス（B29）一、白浜、ハシゴ百（高度一万メートル）」

隊長の通話をききながら近くに寄ってみると、隊長は風防をあけて「大丈夫、だいじょうぶ」と何度もうなずいてみせた。しかし、滑油が黒く風防に飛び散っている。

二月十日の悲しき凱旋

倉井利三少尉は下士官学生の出身で、伍長勤務上等兵のころから飛行機に乗りはじめた。そして、昭和十九年十二月三日に飛行時間二千時間を突破した。この間、ただの一度も事故がないという輝かしい記録をのこして第一航空軍より表彰をうけた(当時の戦闘隊では、千時間を越すことすら大変なことであり、ましてや二千時間を無事故というのは、国軍でも少ないはずである)。

さて、昭和二十年にはいった二月十日、群馬県の太田飛行場および周辺の中島飛行機の工場がB29の空襲をうけた。わが五二〇戦隊も全力出動で倉井機も部下とともに出撃していった。格納庫の前のペトンには前日に降った雨水がところどころに残って、輪を描いたような水たまりができていた。寒い日であった。酸素マスクをつけた隊長の顔がいつになくきびしく、印象的にうつった。私はこの日、搭乗割に入っていなかった。そこで、出撃を見送ったあとは無線室へつめていた。

この日の倉井隊長の活躍は、まさに獅子奮迅といってもいい、じつにすばらしいものであった。館林陸軍航空学校中隊長の某大尉の談話と無線の通信によると、まずB29二機に黒煙を吐かせて離脱させ、一機を撃墜した。そして、四機目の梯団長機を攻撃中に全弾を撃ちつくしてしまったので、これに体当たりを敢行したというのだ。敵の梯団長機は、機首を上げたところをダイヤモンド編隊の四番機が接触したため、二機はからまりながら宇都宮郊外に落下、炎上した（陸軍技官がこのときの体当たりの模様を十六ミリに撮影しており、テレビで放映された）。

一方、倉井隊長のほうは、Ｂ29の垂直尾翼に右斜めに右翼でもって体当たりしたあと機外に放り出され、千メートル付近まで落下傘を操縦しながら降下したが、敵機の破片か愛機の破片かが落下傘のヒモを切断したため畑に墜落して死亡した。

六尺三寸もあった堂々たる体軀は、全身砕骨で五尺ほどにちぢまり、肋骨三本骨折、後頭部砕骨で無惨な姿になりかわっていた。しかし、顔にはいつもの莞爾としたほほえみが漂っており、まるで部下の報告をうけているような、いつもと変わらぬ表情をしていた。飛行服には血のにじんだあともなく、きれいなままであった。「倉井の妻はＢ29だ」とつねづね自らもいっていたが、それにしても悲しい隊長の凱旋であった。後日、その輝かしい武功にたいして感状上聞にたっし、即日、二階級特進の栄誉があたえられた。また、武功章が贈られている。

つぎは二月十六日のこと——。依然として敵機動部隊が遊弋《ゆうよく》をつづけ、昨日につづいて敵機来襲の予想が大であった。昨日は、前夜より徹夜で雪かきをおこない、やっと一本の滑走路をひらいて邀撃にそなえたのであった。しかし、その戦果はかならずしも満足できるものではなかった。

村岡准尉が一機撃墜、一機撃墜破後に敵二機にかこまれて被弾し、落下傘で降下したが運わるく東京湾に落下した。そのあと大発に救助されたものの顔や手足に負傷して入院した。

昭和19年末、相模中津基地の「疾風」。
第一錬成飛行隊として操縦者教育をしていたが、本土防空が急をつげ、臨時502戦隊として迎撃戦闘にも従事した

川上軍曹は一機撃墜後に友軍の高射砲弾をあびて不時着したが、ぶじに生還した。といった状態で、今日こそはと搭乗割の者はみな真剣であった。私の分隊長は少年飛行兵十一期の五関伍長で、二十歳という若い兄貴であった。

昨日も今日も、各機付の整備員は不眠不休で愛機の整備、点検をおこなっていた。この部隊の整備隊には少年飛行兵出身の一期生がおり、キ84疾風については日本一を誇っていた。そのおかげもあって、終戦まで部隊の稼働率は八〇パーセントを割ることはなかった。

たしかに、キ84の発動機の整備は他機にくらべると複雑であった。それに生産のほうも熟練工がすくなくなり、動員学徒の未熟練者が多くなって、製品としての機の性能も劣悪になりつつあった。しかも、研磨すべきぎりぎりのところで部隊に配備されてくるので、切りけずった金属片が出てきたり、その他、種々の故障があとをたたなかった。

しかし、キ44（鍾馗）の整備からキ84にうつったことや、航空廠が部隊内にあって常時部品の補給ができたこと、キ84完成までの見本ともいえる各種の試作機があったこと、それに各戦隊の訓練未修基地として残された機や部隊が多かったことなどがさいわいした。

それでも、やはり整備の技術では一段上であったと思う。また、操縦者も一部をのぞけば熟練者が多くあつまっていた。第一航空軍の期待の部隊でもあり、ウデの立つ搭乗員が温存されていたといえる。未熟な私たちでさえ、十四、十五期の戦闘操縦者のなかから選抜された、比較的優秀な者たちがあつめられていた。

ああ今日も生命があった!

さて、十六日の朝六時ごろ、「全機、大陸せよ」の命令で倉井隊（二月十日における倉井隊長の戦死後もこの隊名が継承され、吉岡少尉が隊長代理をつとめていた）六機、山本隊六機、床呂隊四機が、雪塵をけたてて滑走路を飛び立った。五二〇戦隊の全力出動である。

「犬吠埼（千葉県）東方海上に、敵小型機数群接近中」との情報による出撃であった。倉井隊は、中隊長機（吉岡少尉）、僚機下田伍長、戸田伍長、分隊長五関伍長、僚機内藤、衛藤伍長の編成である。

全機は寒気きびしい二月の朝空に飛び上がると、高度をとりながら各機ごとに試射をおこなった。それからいったん相模湾上にぬけた。

レシーバーからは、軍情報がしきりにはいってくる。

「横須賀上空三十機進入中、高度四千」

「横芝上空」「木更津上空」「百里ヶ原基地上空、空戦中」

まるでキツツキが、木をたたくような音に聞こえる。

「カミシマ、カミシマ、赤一番、ハシゴ六十、白浜よりもかもめを攻撃します」

江ノ島上空で高度四千、城ヶ島上空で高度六千をとりつつ、戦隊は上方、左右、後方の警戒を厳重にしながら左旋回し、横須賀上空に目をこらした。しかし、敵機の姿はなく、弾幕も見えない。そこで右反転で吉岡編隊は館山上空へと進路をかえた。こんどは敵を発見する。数編隊が飛行場を攻撃中であった。山本隊は上空掩護にのこるらしかった。

私はひたすら五関機におくれまじと、レバーをふかして突入していった。たちまち味方の十機が敵の数十機をけちらしたかと思ったのもつかの間、反対に敵に重囲されたかたちになった。五関機も私も避退に大わらわである。背中は脂汗でべっとりと滲《にじ》み、たび重なる旋回宙返りで、ものすごい「G」がかかり、体はくたくたになる。やっとの思いで東京上空まで避退してきたが、このころには目の前がボウーッとかすむほどに疲労困憊していた。

しかし、五関機はまたもや高度をとりはじめていた。東京湾上空高度六千でふたたび館山へ向かったが、このときにはもうすでに味方機も敵機の姿も見えない。情報のほうも一応おさまったらしかった。レシーバーには何もひびいてこない。燃料、弾薬も心配になったので、ひとまず基地に帰還した。真っ白く輝くなかに黒々とした一本の滑走路を見たとき、思わず安堵感から溜息がもれた。

「ああ、今日も生命《いのち》があった!」

なおも後方を警戒しながら緊急着陸すると、ただちに補給、給弾をすませた。そしてふたたび情報の命ずるままに離陸した。そんなふうにして離陸、着陸をくりかえして、四度目に出撃したときは山本中尉機以下、十二機がそろっていた。時刻は午後二時五分前であった。

「館山上空、敵F6F四十機西北進中、高度二千」

との情報を得て、機首をその方向へめぐらせた。途中、海軍の零戦、雷電の混成部隊二十四機が、倉井隊の後方についた。

やがて太陽を背にして、敵四十機を下方に発見した。上空を警戒したが敵影はない。好機《チャンス》である。陸海の混成部隊三十六機は、完全に敵を単縦陣のスリ鉢戦法の底にとらえたのである。

まもなく、敵はわが編隊に気づき、逃げるスキを見出そうと左旋回でぐるぐるとまわりはじめた。獲物をとらえたわれわれはその上空を二周し三周する。そして四周目に入った。しかし、なぜか山本機はなかなか攻撃にかからない。

いつ攻撃に入るのかとヤキモキしているうちに、海軍機はゴウをにやしたのか、いっせいに突入しはじめた。それにつられたように私たちも敵機を追いかけはじめた。敵は小隊（六機）ごとや分隊（三機）ごとに、ちりぢりに八方に逃げだした。それを追う私たちもバラバラに分散してしまった。海軍に初動の先《せん》をとられた陸軍機のほうは、ほとんど敵機を捕捉することができなかった。貴重な高度差も包囲もむなしく、五関隊は鹿島灘上空で敵機を見失ってしまった。

私は生命を惜しんだ消極的な山本中尉を悔やむとともに、山本隊の者が泣きながらその僚機を変更してもらっていることを思い出した。部下にさえ信頼されていなかったのだ。また過日、あの倉井隊長が戦死後の邀撃戦のとき、山本中尉が「きょうは体当たりをするので、弾丸を抜けっ」といってわざわざ抜かせ、みなにおくれて出撃したが、三十分もしないうちに帰着して、「弾丸を入れないで、どうして墜とすことができるのだ」と機付の整備兵をなぐり倒すといった、矛盾した行動をとったこともあった。このことは、整備班長も小隊長も弾丸抜きを手伝っているので、間違いのないことである。

そんなことを思い出しながら、私は豊岡上空より中津基地へむかっていた。丹沢あたりにさしかかったときには、まだ降り足りないような雨雲が上空をおおいはじめていた。三時四十分ごろであった。と、突然、雲間をかすめて、私たちの前下方二千メートルぐらいのところより三機の編隊が中津基地へ急降下していった。何とF6Fである。何秒か前に私たちが先を進んでいたとしたら、反対に私たちがやられていたであろう。

F6Fは、そのままわが中津基地を攻撃しはじめた。五関伍長と私は後方を警戒しながら、「よき獲物があらわれた」とばかりに、その三機の背後にしのび寄った。そして、レバーも折れよとばかりに一杯に押したおし、ブーストレバーも引いて追蹤攻撃にうつった。

予期せぬ攻撃に敵はあわてふためき、これも全速で超低空のまま逃げ出した。しかし、この高度ではキ84疾風の性能のほうがまさっている。高度差は一五〇〇で、敵にとってはいかにも不利な態勢であった。しかも、この日の山本機にたいする憤りもあって、二人の闘志はまさに火の玉のごとく熱く燃えたぎっていた。五関機が、ついで私が十三ミリと二十ミリの四門を砲も壊れんばかりに射ちつづけた。

五関機のねらった敵機は、もんどり打って海面におどり込むように消えていった。私の前の機も黒煙を吐きながら左旋回し、左翼端が水面にふれて飛び散ったかと思った瞬間、白い飛沫のなかにあっけなく消え去ってしまった。残る一機は雲中に入ったのかどうか、すでにカゲも形もみえない。

「カミシマ、ゴセキ、五関編隊カモメ（戦闘機）二羽撃墜」

この日は、山本機と賀集少尉機（山本機の僚機）が未帰還となった。飛行兵たちは呆気にとられて、「逃げの山本も、とうとう年貢をおさめた」と、うわさをしていた。

通報があって、整備隊の者が死体を収容しにいった。そのときの話によると——雲間から二機の日本機が超低空で逃げまわり、そのあとを六機のＦ６Ｆが追いまわしていた。最初に僚機が落とされ、つぎに先頭機がふらふらと落ちたという。場所は東京の石神井付近で、賀集少尉は下半身だけを収容された。剣帯に白エナメルで〝賀集少尉〟と書かれてあった。

山本中尉は、十三ミリ弾が後頭部より前額部にぬけ、顔はめちゃめちゃであった。敵機とわたり合うこともせずに武功章をうけ（戦隊長か飛行長の作文であろうか）、「これでは、倉井少尉の武功章の値打ちがなくなるのではないか」と部隊スズメはさわぎにさわいでいた。

新鋭「五式戦」帝都上空一万メートルの戦い

飛行十八戦隊 B29高々度戦闘の実相

当時飛行十八戦隊操縦員・元陸軍大尉　角田政司

昭和十八年の終わりごろ、明野陸軍飛行学校乙種学生としての訓練を修了したわれわれ五十六期生の大半は各部隊に配属され転出していったが、私をふくむ約六十名は作戦補充要員として残留、ひきつづき訓練を受けることになった。というのも、乙種学生の訓練は九七式戦闘機および一式戦闘機（隼）であったため、二式単座戦闘機（鍾馗）、三式戦闘機（飛燕）の搭乗経験がなく、それぞれの機種要員にわかれて訓練を受けるためであった。私は三式戦の搭乗員を命ぜられた。翌日からは三式戦の性能を頭にたたき込み、カラダでおぼえるため、編隊飛行、戦闘訓練、射撃訓練など、どこの戦地の第何戦隊に配属されるのだろうかと心待ちしながら訓練をかさねた。

角田政司大尉

昭和十九年一月末ごろより三名、四名と、つぎつぎに同期生は所属戦隊がきまり、転出していった。昭和十九年三月はじめ、三井正隆（元立川駐屯地司令）、岩谷幸七（後に比島オルモックにて戦死）、遠藤栄（護国特攻隊長—昭和十九年十二月七日、比島オルモックにて戦死）、市川公重および私の五名は、帝都防空の目的で新設された飛行第十八戦隊付を命ぜられ、ただちに赴任した。飛行第十八戦隊は調布飛行場にあり、飛行場の天文台側にある伝統をほこる飛行第二四四戦隊を母体に新設され、同飛行場の天文台の反対側の西武多摩線ぞいに位置していた。

戦隊長・磯塚倫三（四八期）、飛行隊長（第一中隊長兼務）川畑稔大尉（五三期）、第二中隊長・富部誠五大尉（五四期）、第三中隊長・川村春雄中尉（五五期）、飛行隊付・小宅光男中尉（少候二三期）、飛行隊付・塩崎金吾少尉（少候二四期）、飛行隊付・中野少尉（少候二四期）。その他、さきに二四四戦隊に赴任して第十八戦隊に変わった坂上憲義少尉、前田桂助少尉の五十六期二名もおり、他に高島准尉、高野曹長などの少年飛行兵出身の精鋭がいた。

われわれもその戦力の一翼をになうべく、明野における訓練よりもさらに真剣に実戦的な訓練（すなわち対戦闘機戦闘、対爆撃機戦闘、および夜間の対爆撃機戦闘）に打ち込んだ。おりしもサイパン陥落後であり、B29の本土襲来はじゅうぶん予想され、戦局も緊張の度をくわえた。

第十飛行師団長・吉田喜八郎少将の命により、十五時間訓練が指示された。十五時間とは、午前中に五時間、午後に五時間、夜間に五時間のスケジュールで訓練するもので、われわれ操縦者は相当キツかったが、飛行機もキツかった。

というのは、飛行機（エンジン）の故障が日に日に多くなり、わずか二週間ぐらいの間に保有機数約五十機中、わずか五機の可動機しかない日もあり、われわれ操縦者の胸のうちには三式戦のエンジンにたいする不安感がわだかまることになった。

夜間検閲で起きた悲劇

昭和十九年五月、わが十八戦隊にたいし師団の夜間検閲がおこなわれた。当日は雲高八〇メートルから一〇〇メートルくらいまで低い雲が空をおおっており、梅雨時のようなまったくの闇であった。操縦者たちは今日も飛べそうもないので、夜間検閲は延期かあるいは課目変更になるだろうと思っていた。

ところが、午前三時ころ「銚子東南方百キロ付近、数目標西進、敵艦載機と判断す」という状況をしめされ、出動が下令された。ただちに第一中隊長川畑《かわばた》稔大尉が長機として、僚機に坂上憲義少尉がついて編隊離陸した。われわれはじいっと見守っていたが、離陸直後、翼灯が雲の中に入って見えなくなったと思ったとたん、突然ガアンという大音響が聞こえると同時に、多摩川の川原とおぼしきところに火柱があがるのが見えた。その後、二機につづき川村春雄中尉、高嶋准尉、田島軍曹がそれぞれ単機離陸したが、ただちに状況とり消しとなり着陸を命ぜられた。しかし、八〇メートルの低い雲がたちこめるなかの着陸は困難で、三機のうち二機は着陸時に転覆して大破、一機はかろうじてぶじ着陸できた。

そんな状態であったにもかかわらず、師団長の講評は、まったく天候を無視したきわめて過酷なものであり、結論はなお高度の飛行技術を会得するため、さらに訓練に励めというものであった。まったく狂気のサタというか、操縦経験のない上官……とくに師団長という職にある人などの作戦指導が当を得ないため、戦力向上どころか、逆に大切な操縦者を実戦ではなく訓練中にむざむざ殉職というかたちで失った例が非常に多かったことは実に残念なことであった。

検閲が終わったあとで分かったことであるが、さきほど多摩川べりで上がった火柱は事故だったのだ。川畑大尉機は多摩川の川原に墜落炎上して殉職した。また僚機の坂上少尉は、南多摩郡鶴川村の山中に墜落、殉職しているのが同日午後になって発見された。

この事故を想像してみると、離陸直後、すぐに密雲に入った坂上少尉は、急に長機が見えなくなったのでそれに離れまいとして近寄って接触し、長機は墜落したが、坂上少尉は雲の中のため何も識別できず、そのまま飛行しながら山腹に激突、殉職したものと思われた。

川畑大尉は技量優秀、豪放磊落《らいらく》といった人で、飛行隊員の信望をあつめていた。一方の坂上少尉も冷静沈着、訓練に熱心な人で部下にしたわれていた。しかも彼と期を同じくする者われわれ六人もおり、われわれはもちろん他の全隊員の士気を阻喪《そそう》させ、意気消沈のきわみにおちいったことは否《いな》めなかった。また戦隊長は爆撃機の操縦者であり、少佐になられてから戦闘に転科された方で、戦闘機による空中戦闘などの訓練はいっさいやろうとも思わない豪胆な人であった。それでも川畑大尉という大黒柱を失った心の痛手は深刻であった。

昭和十九年七月ごろよりB29は高々度で（九千～一万メートル）来襲するらしいとの情報が入り、いままで三千メートルから五千メートルの高度で訓練してきた防空部隊は大いにあわて、急きょ高々度戦闘の訓練に移行することになった。さっそく酸素吸入器が装備され（通常三五〇〇メートル前後から酸素が欠乏するが、それも訓練により五千メートルくらいまでは酸素吸入器なしでも行動できた）、まず単機で上がれるところまで上がることになった。

離陸後、十二～十三分で五千メートルに達し、それからは約三十分かかって七千メートルまで上がる。しかし、三式戦の操縦桿は手応えが非常に軽く、頼りない。さらに機体と上昇角度を保っていては上昇できないので、水平飛行で加速しては上昇するなど悪戦苦闘である。ようやく八千メートルまで達するのに離陸後約一時間も要した。

おたがいの経験を話し合い、研究してようやく一万メートルまで上昇できるようになるのに約一ヵ月ほどを要した。いよいよ高々度戦闘の訓練のため岩谷幸七中尉（八月一日付で五十六期は中尉に昇進していた）を長とする四機編隊を敵爆撃機と仮想し、私を長とする四機が攻撃することになった。

敵は高度七五〇〇メートル、こちらは八五〇〇メートルにて接敵、距離千メートルより斜前上方攻撃をかけた。岩谷機を確実に狙い、距離八〇メートルくらいで右側に反転離脱した。ところが相手は反転せずに直進するのみで、正面衝突を覚悟した瞬間、スレスレに右反転した。

着陸すると岩谷中尉に、「俺を殺す気かッ」と怒られた。これで高々度では空気はきわめて稀薄で、舵の利《き》きが悪く、操作後にあるていど遅れてから利きだすことがわかった。

初陣でのB29撃墜

昭和十九年十月、十八戦隊は千葉県柏《かしわ》飛行場に移駐した。移駐するとすぐに戦隊は比島決戦に参加することになった。ただし師団の計画では約三ヵ月の予定で、飛行機三十六機と地上整備員六十名のみが比島転進を命ぜられた。他の部隊へ配属されたばかりの特操、幹候出身の将校と少年飛行兵約三十名ほどは残留することになり、小宅光男中尉と私が残って、彼らを教育しながら防空任務に服するように命ぜられた。

また、おなじころ同期の遠藤栄中尉は、特攻隊長として部隊より特操出身の将校二名と下士官三名をひきいて、他の部隊から選抜された隊員とともに特攻教育に専念することになり、柏飛行場のわが部隊より転出していった。

残置した部隊は、まだ飛行時間がわずか百時間ていどの操縦者たちが大部分であったので、小宅中尉と打ち合わせをして、操縦技量の比較的優秀な者を十名ほど選びだし、いつでも昼間迎撃に出動できるような訓練を実施した。

そうして十一月一日にB29が一機来襲した。師団長の厳命で、初来襲の敵機は生きて帰すな、かならず撃墜しろとされていたので、帝都防空部隊はほとんど全機が出撃した。ところが、われわれがようやく一万メートルくらいまで上昇したとき、敵機はそれよりまだ二千メートルくらいの上空を悠々と旋回しながら偵察している。性能のあまりの違いがどうしようもなく、残念でならなかった。

十二月三日正午近くのことであった。師団より「敵B29の大編隊、御前崎南方二百五十キロを北上中、各戦隊は全機出動せよ」との命令が下った。小宅中尉は僚機（氏名不詳）とともに、私は目見田伍長を僚機として、それぞれ二機編隊で離陸した。小宅編隊の約一千メートル後方をぴったりマークしながら上昇、高度が約九三〇〇メートル付近に達したころ、北進するB29の八機編隊を右前方にみとめた。

小宅編隊はこのB29の編隊に突進すべく右旋回をはじめた。私はとっさに右旋回、B29の進行方向にたいして先に占位できるよう行動した。南方より侵入してきたB29の編隊は中島飛行機工場を爆撃し、そのあと針路を東方に変えて銚子方向に東進したので、わが編隊と相対することになった。小宅編隊はどうしただろうかとあたりを見ると、敵編隊の最後尾を攻撃している。ところが彼我の航空機のスピードの差はくらべものにならない。みるみるうちに距離は大きくひらくばかりである。そのときのB29は高度八五〇〇メートル、わがほうは九三〇〇メートルであった。

これならば直上攻撃が最適と考えて、前方約一千メートルの距離から背面飛行にうつった。そしてB29の編隊が直下にきたとき、小宅編隊が攻撃していた最後尾のB29めざして突進していった。そして敵機を照準眼鏡にとらえると、それっとばかりに機関砲（ホ5二十ミリ二門が胴体に、一二・七ミリ二門が翼に装備してあった）の発射ボタンを押した。B29はこちらの照準眼鏡いっぱいになり、さらにそれからはみ出した。全く大きな飛行機である。攻撃をおわ

飛行18戦隊の「飛燕」一型丙。両翼にマウザー20ミリ砲２門を装備

って離脱したときは、敵の尾翼すれすれであった。

そのときの降下角度は、六〇度くらいであった。そのため速度は加速され、ようやく水平姿勢にもどしたときは五千メートルの高度まで下降していた。そして攻撃したＢ29を見ると、両翼の付け根から、白い煙が噴き出しているではないか。「やったっ」という嬉しさでいっぱいだった。

もう一度攻撃をくわえて、トドメを刺しておこうと上昇すると、白煙につつまれたＢ29の胴体あたりから赤い炎がチラチラ見えはじめた。そして高度もしだいに下がりはじめ、彼我の高度がちょうど同じになったとき、Ｂ29は大きく火を噴き胴体と翼が分かれ三つになって墜落していった。

やがて基地（柏飛行場）へ向かい着陸した後、愛機をよく調べてみると、胴体の二十ミリ砲二門がそれぞれ二十四発ずつ計四十八発を使用しているのみで、十三ミリ砲は一発も発射されていないことがわかった。私は発射ボタンを全部押したつもりでいたが、初陣でやはりあがっていたのであろう。

その後、Ｂ29は暮れもおしせまった十二月二十七日、明けて昭和二十年一月九日と、ひきつづき来襲した。Ｂ29と三式戦の性能には相当の差があり、同高度でＢ29を発見してからでは、攻撃に有利な位置に移動することはほとんどむずかしかった。よほど運のよいときでなければ恰好の場所に占位できなかった。

そのため、われわれはすこしでも機体を軽くしようと、操縦者の身をまもる操縦席の背後にある鉄鋼板、ガソリンタンクを覆っている生ゴムをはずし、果ては、一門四百発載むはずの機関砲の弾丸を三百発に制限するなどいろいろ工夫してみたが、その甲斐もなかった。整備員の意見で油ポンプを交換し、二月三日試験飛行をした。その上昇中に高度八千メートルのところでエンジンより出火（油ポンプの焼き付き）、やむなく落下傘降下をした。そのさい尾翼に激突し、私は腰椎《ようつい》を痛めて柏陸軍病院へ入院した。このようにＢ29といかに対等に交戦できるかと、操縦者も整備員も懸命になっていたのである。

五式戦で二機目をしとめる

三月上旬、退院して原隊へ帰ると、わが戦隊は三式戦から五式戦に機種が改変されることになり、私はその未修教育を受けるよう命ぜられた。

三月九日、中村少尉（特操一期）以下四名をつれて、陸軍航空審査部のある福生に向かった。五式戦闘機とはすでにご承知のことと思うが、エンジン製作の遅延していた川崎航空機の三式戦の機体に、三菱で製作していた、一〇〇式司令部偵察機（評判がよかった）のエンジン「ハ112」をとりつけた戦闘機である。

当時、試作機一〜三号の三機が審査部にあり、われわれ五名は坂井（庵《いおり》）少佐に教育を受けた。坂井少佐は有名な歴戦の勇士で、天才的な操縦技術の持ち主として名パイロットの名声を博していた人である。離陸、着陸、巡航速度の諸元の説明を受け、さっそく慣熟飛行にうつる。離陸時、ぐいぐいと前に出ていく出力に、身体はぐんと後ろの座席に押しつけられるような感じになる。上昇力も速いので気持ちがよい。高度三千メートルで慣熟飛行にうつる。宙返り、横転、上昇反転などスムースで、三式戦よりも軽く感じる。これはよい飛行機だという感じだった。

五日間の未修教育をおわり試作機第四号を受領して、私は空路で、中村少尉以下四名は陸路で柏飛行場にもどった。それから部隊の者に五式戦の未修教育をおこないながら、つぎつぎに五式戦が補給されるのを待っていた。

しかし、五式戦の生産はなかなかはかどらぬ様子で、戦隊では五式戦の編隊と三式戦の編隊とに分かれて訓練・迎撃にあたった。それでも五月中には全部、五式戦のみとなったように記憶している。

話は少し前にもどり、三月十日に東京大空襲があったが、これを境に敵はわが方をあなど

三式戦の機体に、液冷にかえて空冷ハ112発動機を搭載した五式戦闘機一型の列線

ってか、昼も夜も堂々と正攻法で、しかも高度六千から八千メートルという比較的低い高度で来襲するようになった。そしてその辺の高度では、五式戦は三式戦よりあつかいやすく信頼性も高かった。

三月二十四日夜の、B29の来襲のときのことであった。時間は九時ごろだったと思うが、出動命令が下った。ただちに小宅中尉は三式戦、私は五式戦で離陸した。第十八戦隊の全機が出動したといっても、たった二機である。灯火管制で地上は真っ暗である。高度三千メートルくらいまで上昇すると、出動命令が遅かったのか、もう照空灯が敵機を捕捉している。高度は約六千メートルと判断してその進行方向に占位上昇した。

B29の左前方より突っ込み、一度手前で五七〇〇メートルくらいまで降下、じゅうぶんに加速し、ついで上昇して敵の下面からの攻撃、いわゆる前下方攻撃をかけた。狙うところは、三式戦で初撃墜したときとおなじく翼の付け根である。バカのひとつ覚えのようだが、そこはガソリンタンクからエンジンに燃料を送るパイプがまとまっており、防御の面であまり完全ではなかったのではないかと思う。

私は照準眼鏡に巨大なB29の機影をとらえ、ここぞと思って発射ボタンを押した。手応えがあったと思う間もなくすぐに離脱して上昇し、今度は敵の右前方より攻撃できるように占位する。そしてよく見ると、一撃がうまくいったらしく、そのB29は編隊よりやや遅れながら高度も低下しつつある。そこでB29の右前下方よりふたたび攻撃をかけると、B29は煙を吐きながらさらに高度を下げていった。そのとき照空灯は敵を捕捉するのを止め、つぎの編隊を捕捉すべく目標を変えた。

ところで、私の乗っていたのが五式戦であったため第二撃まで成功したのである。これが三式戦だとしたらB29に二度攻撃をかけることはむずかしかったであろう。しかしその五式戦でも、第三撃まで成功したことはなかった。われわれの五式戦が優秀であったといっても、それはあくまで三式戦にくらべてであって、B29にくらべると性能のひらきはあまりにも歴然としていた。

強敵P51ムスタング現わる

月日はあきらかではないが、その後もおなじく夜間戦闘で例の前下方攻撃をかけ、第二撃の準備の旋回をうっかり照空灯の照明の中でやってしまったことがある。

そこを待ってましたとばかりに敵に射たれた。その一連射がわが機の五メートルくらい下を通った。間髪を入れず第二連射が襲ってきた。途端に飛行機が水平のまま左へ錐揉《きりも》みのようにまわる。方向舵を踏むと、右の方向舵はスカスカとして力が入らない。左の方向舵は踏まないのに、もう一杯踏んだ状態になっている。これは敵の弾丸で右方向舵の索（鋼線ロープ）が切れたものと判断した。

また一弾は潤滑油タンクに命中して潤滑油が噴出し、もろに私の顔面にふりそそぐ。航空眼鏡のくもるのを左手の手袋でぬぐいながら機体を右に倒して、錐揉み状態になるのをなんとかくいとめた。そして、早く降下しなければと思って飛行場を探した。燃料もあと五分くらいしかもたないというふうに、計器盤で赤い電球がしめしている。

いよいよ落下傘で飛び出さなければならないのか、と思って覚悟したときである。ふとわが基地である柏飛行場が目にはいった。そこで五式戦を右に傾けたまま、横スベリのかたちで着陸しようと思った。第四旋回では普通だと二百メートルだったが、このときは八百メートルから速度を落としながら降下、接地する直前にエルロンの操作で水平にもどし、まず脚を地につけ、ブレーキを使って左にひっかけられるのを防いだ（ひっかけられるというのは着陸後、右か左に機体が回ってしまうこと）。今になってその当時をふりかえってみると、あのような放れワザがよくできたと感心する。

三月末まではB29むけの迎撃であったので、みなそれぞれ単機で行動するのが比較的多かった。ところが四月七日には「敵B29の編隊北進中」ということで出動したてみると、はからずもP51が掩護しており、わが方は八機中二機が撃墜された。前にも述べたが、わが第十八戦隊は比島に転戦したとき、ベテラン操縦者はこれに参加したため、残置部隊は小宅中尉と私をのぞいて、技量、練成度が低かったのである。

三月はじめに磯塚倫三戦隊長と藤波副官が帰隊、三月末か四月のはじめに川村春雄大尉が帰隊された。しかし三名が復帰されたといっても、空中戦力となるのは川村大尉一人であった。戦隊長はただの一回も敵と交戦したことはなかった。

また五月ごろのことだと思うが、「B29の大編隊北進中」の情報で、出動命令をうけるとただちに離陸した。そして編隊を組むため、飛行場上空二百メートルあたりで旋回飛行をしていると、突然、P51戦闘機約四十機が上空から襲い、甚大な損害をこうむった。私は自分の僚機だけは殺すまいと、このことのみを悲願にしていたが、その悲願もここで断たれた。というのは、僚機の坂井平八郎少尉（特操二期）が私の見ている前で撃墜されたのだ。私のショックは大きかった。

しかもこの日、B29は一機も来襲していない。後でわかったのだが、高度八千メートルで来襲したP51が館山上空から緩降下して、柏飛行場の離陸直後のわれわれを襲ったのである。いずれにしても情報が不確実だったことや、戦闘機に装備してある無線機の故障の多発したこと、それに空中戦闘の経験ない地上部隊出身の上官の適切とはいえない訓練指導や作戦指導がウラ目に出て、たちまちのうちに帝都防空戦闘隊の戦力を低下させたものと思う。

P51邀撃「五式戦闘機」空戦始末記

強敵ムスタングを迎え撃った五式戦の栄光と最後

当時飛行一一一戦隊操縦員・陸軍大尉　稲山英明

昭和二十年二月、硫黄島失陥とともに本土にたいする敵機の来襲はますます激化してきた。ついで三月はじめには、P51ムスタングの部隊が硫黄島に移動しはじめた。

やがてムスタングが本土に来襲するだろうという予想があたって、四月七日、最初のP51の編隊が昼間爆撃のB29に随伴して本土上空に姿を現わした。米側の公式記録によると、それ以来十回にわたってムスタングが対日攻撃に参加したことになっている。

稲山英明大尉

戦闘機とはいえ、非常に長い航続力をもち、固定の機関砲のほかにロケット弾、爆弾なども搭載できる多用途機で、さきの朝鮮戦争の初期にも共産軍の対地攻撃に使用されている。第二次大戦に最初のムスタングが出現してから、末期ごろに本土に来襲した機体とをくらべ

ると、性能も飛躍的に向上し、機体各部にくわえられた改修とともにまったく別機のような優秀機に生まれ変わっている。

Ｂ29が対日爆撃を開始した当時は、特定の偵察飛行のほかは主として夜間爆撃をおこなっていた。それがムスタング部隊の硫黄島前進にともなって、急激に低下しはじめたわが防空陣の手薄に乗じて、直掩戦闘機を随伴する昼間強襲爆撃の回数が多くなった。

当時、これらの来襲機を邀撃する日本の防空戦闘機のなかで、彗星のように出現して「恐るべき日本機現わる」と連合軍から一躍マークされた機体に、陸軍の五式戦闘機（五式戦、キ100）があったことを知っていた人は案外少なかったようである。この意味で陸軍の隼や、鍾馗、飛燕、疾風などが一般によく知られていたのに比較して、知らぬ間に消えていった不遇の戦闘機といえるのではあるまいか。私は終戦前の本土邀撃戦に数少ない経験ではあったが、新鋭五式戦に搭乗して出動し、Ｂ29やＰ51と空戦をまじえ、からくも生きのびて終戦を迎えた。

生まれるべくして生まれた五式戦ではあったろうが、なぜこの戦闘機がもっと早期に、もっと多く量産されなかったものか。いまでも残念に思う。当時の他の戦闘機に比較して稼働《かどう》率もよく、しかも高性能であった五式戦闘機キ100が、戦況の悪化にわざわいされたとはいえ、十分に真価を発揮することなくその短い一生を終わったことは、惜しみてもあまりあることである。

やがて終戦となり、日本に進駐した米軍当局の命により、私は四機の完全な五式戦闘機を米本国に輸送するため、五機のムスタングに護衛されて小牧飛行場から追浜飛行場へと飛んだ。

昭和二十年十一月はじめ、初秋の空高く、肌寒い冷気がひとしお身にしむ日であった。悲しくも私の乗る五式戦の双翼は星のマークに塗りかえられて、宿敵ムスタングと編隊を組む。その私の胸中には万感の思いが去来した。つい三ヵ月前まで、わが好敵手として空中に戦いをまじえたムスタングと、いまここで指呼の間にこのような状態でまみえようとは、夢にも予期しないことであった。

現在、多くの日本機の映像はわれわれの記憶から薄れかけている。あたら優れた素質を持ちながら、十分真価を発揮することなく埋もれた五式戦闘機の存在をあらためて認識してもらうのも、意義のあることであろう。詳細な構造諸元についてはともかくとして、私はここで五式戦と暮らした短い体験と、米軍に接収された最後の五式戦闘機を偲びながら、当時の模様をお伝えしたいと思う。

本土防空に現われた救世機

昭和二十年五月はじめ、当時南方にいた私は、激化した本土邀撃戦に参加するため、およそ百名前後の他の戦闘機操縦者とともに、本土防空要員として急きょ内地帰還を命ぜられた。明野飛行部隊に着任した私は、ただちに四式戦闘機疾風《はやて》の未修訓練をはじめた。いままで二式単戦鍾馗《しょうき》に乗っていた私は、大東亜決戦機と銘打たれて期待されていた疾風にはじめて乗ることになった。そして、つぎの日から疾風を駆ってB29の邀撃、合間をみての訓練と忙しい日々がつづいた。やがて、隼から鍾馗、疾風、ついで最後の五式戦へと私の乗る戦闘機も変わった。

六月に入ると、多忙な邀撃作戦の間隙をぬって、疾風から五式戦へと部隊の機種改変がはじまった。同時に、部隊へも新しい五式戦がぞくぞくと空輸されてきた。

元来この戦闘機は、三式戦闘機飛燕《ひえん》のエンジンであるハ140（液冷十二気筒、一五〇〇馬力）の生産が遅延してエンジンのない首なし機体が山積したため、本来ならば液冷戦闘機となるべきところを、苦肉の策として大戦中優秀な司令部偵察機として定評のあった一〇〇式司偵も搭載していたエンジン、ハ112Ⅱ（空冷星型一五〇〇馬力）を装着して、空冷戦闘機として再生させた機体である。ところが、こうして生まれ出た戦闘機が予想外に性能がよく、ただちに五式戦闘機として生産が開始され、当時の悪条件下に、総数三八〇機が生産された。

ただ、機首が短いため縦安定が悪く、離陸直後の低速時などには、とくに姿勢保持に注意する必要があった。しかし全般的にいって故障が少なく、エンジンも信頼性があり、操縦性能も良好で、初心者でも十分乗りこなせるといった利点がなんといっても本機の強味である。疾風が期待されながらも故障が多く、取り扱い操作によって性能発揮が左右されたことなどと比較すると、五式戦は当時の戦況にまったくマッチした戦闘機であったといえよう。

最初の搭乗で感じたことは、操縦桿が非常に軽いことである。低速の場合はとくに心もとない。しかし旋回性能は、当時の陸軍戦闘機の中では隼を除いて最もいいようであった。も

僚機翼下から見た五式戦一型。手前右の半円板は脚カバー。愛知県清洲基地にて

っとも、旋回性能がいいからといって優れた戦闘機とは限らないが、多勢に無勢でつねに苦しい戦闘をよぎなくされていた当時の邀撃戦では、ありがたい特徴であった。

また、五式戦の高空性能は他機に比較していいといわれていた。これも本機の特徴の一つだったが、八千メートル以上の高々度で来襲するB29の邀撃にはやはり機動性に難があった。これは五式戦に限ったことではない。高空性能がいいといっても比較の問題で、それは排気タービンを装備していない当時の日本戦闘機の欠点であり、高々度で侵入するB29の跳梁を許したのも、このような欠点がまねいた結果である。

武装は両翼に十三ミリ各一門、胴体上部に二十ミリ二門の装備であるが、部隊によっては両翼の十三ミリをおろして重量の軽減をはかり、高空性能の向上をねらうというところもあった。

ようやく五式戦に改変を終わったわれわれの

部隊は、六月も半ばすぎたころ阪神地帯防空のために明野から大阪南方の佐野飛行場に展開を終えた。部隊の保有機数は約三十機程度だったと記憶している。

宿舎の関係で、操縦者は三、四名ずつのグループに分かれ、飛行場周辺の村の民家に分宿することになった。私は四名の同僚とともに滑走路からすぐ近くの大きな農家にお世話になった。この村では旧家らしく立派な門構えの家で、子供はなく、老夫婦と若夫婦という静かな家庭だった。「お世話になります」と土間に並んで挨拶するわれわれの荷物をさっそく受けとりながら、「さあさあ、はようおあがり、お疲れさんやったなあ」と愛想よく招じ入れてくれた。この家のおばあさんは男まさりの気性で、若奥さんを指図して二週間ぐらいのわれわれの滞在の間、何くれとなく細かいところに気をくばって親身の世話をやいてくれた。

敵機来襲、勇躍出陣す

七月に入って、絶え間なく敵機は来襲してきた。部隊の操縦者と飛行機とは逐次消耗していった。若い操縦者がつぎつぎと赴任してきたので、出動の合間に彼らの教育をすることも重要な仕事となった。教育途中で邀撃に上がった若い人たちが、ふたたび基地へ帰ってこない日が多くなった。

佐野飛行場へ移動してから、最大の邀撃戦がおこなわれたのは七月十六日のことだった。朝からひんぱんに敵戦闘機P51の来襲を伝える情報が戦闘指揮所へもたらされた。風のほとんどない暑さのきびしい日で、夜明けとともにピストに待機していた操縦者たちは、「今日は相当な空中戦があるぞ」という予感で、さすがに緊張した面持ちである。空には雄大な積乱雲が立ちこめて、紀伊山脈の上空をおおっていた。

午前十時ごろ、「小笠原島西方海面をP51の大編隊が北上中」という情報が入った。飛行場で待機していた搭乗員たちは一斉に立ち上がって、各自の搭乗機へ向かった。じりじりと太陽が強い陽射しを投げかけて、白いコンクリートの滑走路が眩しく光る。広い飛行場は不気味に静まりかえり、補給車が真っ黒に日焼けした整備兵を乗せて誘導路を過ぎていく。

座席についた搭乗員がいっせいに緊張した瞳を戦闘指揮所へそそぐ。やがて、敵機が小笠原を通過した時刻から本土到着までの時間をはかって、全機始動開始の信号が上がった。一瞬、重苦しい不気味な沈黙がやぶれて、三十の発動機がいっせいに轟々たる爆音を立てはじめた。

私はすばやく各計器の示度に目を配りながら異常の有無を確かめる。全開を引いて左右にスイッチを切りかえる。異常なしだ。射撃のスイッチも入っているか、顔を前に寄せて照準眼鏡をのぞいてみる。丸い光の環が浮き上がって映って見える。飛行帽の中を伝わって顔に流れ出た汗の玉が、油ににじんだ飛行服の膝へポタリと落ちた。じっと息をつめて指揮所を見つめる私の胸に、たとえようのない切迫感がただよう。すでに車輪止めははずされているのだ。

ついに全機出動の命令が下った。両翼端についていた若い整備兵が祈るような目で私を見た。

「やってくるぞ！」

私は僚機の方をちょっと振り返ると、ぐいとレバーを押した。いっせいに地上滑走をおこした五式戦闘機の群れは、乾ききった砂塵をまきあげながら誘導路へ乗って出発点へ向かう。編隊長機から二機ずつの編隊離陸、二機、また二機と狭い滑走路いっぱいに翼をひろげて轟然と離陸していく。

滑走路に乗った私は、僚機の眼の合図を受けとってレバーを入れた。パタパタという単排気特有の甲高い爆音が操縦席の外を流れて、やがて車輪は地上をはなれた。脚を入れると小さく左旋回をして前方機を追う。振り返ると、すでに後続編隊も地上をはなれた。

七月十六日の大空中戦

何はともあれ機関砲の調子を確かめなければならぬ。私は飛行場上空で機首を海上に向けると、操縦桿の頭についた機関砲のスイッチを押した。二十ミリ特有の鈍い轟音をひびかせて、火を吐いた二つの砲口から赤い曳光弾が青黒くかすんだ瀬戸内海の地平へスーッと吸いこまれていく。

やがて空中集合を終えた部隊の全機は、逐次上昇をつづけながら紀伊半島にそって南下した。もうもうと湧いた積乱雲の峰々を縫うように、すでに高度四五〇〇メートルに達した三十の機影は、白い雲上に点々と影を落としながら左に大きく旋回を開始した。

前後、左右、上下と息づまるような索敵がつづく。顔を振るたびに酸素マスクのゴム管がブラリと揺れる。索敵の間にも、ときどき計器盤へチラリと注意の一瞥を送らなければならぬ。ようやく羅針盤が北にまわって雲が切れた。右手の方に伊勢湾の青い海面が光った。もうそろそろムスタングの編隊はこの付近の上空に到達しているころだ。敵の近さが肌に感じられる。さらに高度計の針は上昇して五五〇〇メートルをさした。ふたたび部隊は右に大きく旋回して機首を海岸へ向けた。

突如、ピカリと私の眼を射たものがある。名古屋の方向、縦につらなって海上を南下してくる機影を発見したのだ。スーッと矢のような早さで接近してくる十数機。瞳をこらせばまさしく敵機ムスタングだ。

「来たな、気がついているか」

胸の中にぐっと熱い興奮がこみあげてくる。私は敵機から目をはなさず、忙しく左右に翼をふって他機に報《しら》せた。同時に左手は無意識に過給器のレバーを二速に切りかえていた。

ムスタングの高度はわが方より約五〇〇メートルぐらい高い。先頭から黙々と間合いをおいて、われわれの進路を扼《やく》するように接近してくると、全機いっせいに落下タンクを投下した。ふわりと白いタンクがムスタングの翼下面から離れると、くるくると回転しながら樹氷のように白いガソリンの尾を長く引いて落ちていった。

ぐんと急激に右旋回したムスタングは、一本の縄のように連なって五式戦の後方へ回りこもうとする。そうはさせじと、五式戦も戦闘隊形に開いてムスタングの内側へ回りこんでいく。突如、どこを狙ったのか、白いアイスキャンディーのような敵弾がピラピラと空中に飛んだ。

われわれの頭上をかすめて上昇したムスタングの十六機は、今度は四機ずつの編隊に分開した。と同時に、われわれの上空掩護にあたっていた五式戦の第二編隊が、いっせいに各四機の三個小隊に分開してムスタングの上空に降りかかった。赤い曳光弾が花火のように空中に飛びかい、突進するムスタング、旋回する五式戦、急上昇する彼我戦闘機は、互いに生死をかけて伊勢湾上空に悽愴な空中戦の幕を切って落とした。

最初は少数であったムスタングは、いつの間にか百機に達するであろうと思われる大編隊となって戦場上空をおおった。文字どおり混戦におちいった戦場は、最初の整然とした隊形もくずれた五式戦の単機とムスタング数機の格闘となり、点々とひらいた白いパラシュートの間をぬって、黒煙、火炎につつまれた彼我戦闘機があとからあとから海中に飛沫を上げた。

空中戦はあっという間に終わった。通り魔のようなムスタングが逐次、姿を消しはじめた。燃料の残りが少なくなった敵機が、二機、三機と編隊を組んで南方洋上へ離脱しはじめていた。硫黄島から約千キロの航程を飛んできて、あの戦闘後また千キロの道を帰るのだ。敵ながらそのファイトは大したものだ。

私も断雲上を遊弋《ゆうよく》する友軍機一機と編隊を組み、いったん最寄りの飛行場に着陸して燃料補給をしたのち、いいしれぬ感慨を胸にしながら基地に帰還した。この日、夕方までに基地に帰還した五式戦は四機であった。私とともに分宿している同僚四名のうち二名が未帰還となった。

搭乗員の補充は一朝一夕にはできぬ

戦闘後の報告や未帰還者調査などで、その夜、私とSが宿舎へ帰ってきたのはすでに夜もふけてからであった。玄関まで出迎えてくれた一家の人たちは、われわれの手を引っぱるようにして労をねぎらってくれるのだった。だが、山のように出された御馳走にもわれわれは箸が重く、のどを通らなかった。

今日の戦闘は激しかった。しかも多勢に無勢とはいいながら、戦闘開始からの戦闘指導は必ずしもいいとはいえなかった。敵を発見してからの編隊長機の行動は機を失していたし、最初から無理とわかっていた戦闘にしゃにむに突っ込みすぎたきらいがあったのではないか。

一挙に部隊戦力の大半を失った打撃は大きい。優秀な操縦者の補充は一朝一夕にはできない。還らぬ二人のタオルが、縁の軒下で夜風にゆれているのがわびしかった。

「あとのお二人さん、どうしやはりました？」

あとから遅れて帰ってくると思っていたらしいこの家のおばあさんが、帰りが遅いのでこうきいた。

「実は、あの二人は今日の空中戦で未帰還になりました……」

「それはほんまかいな、やっぱり、そうだったんかいな！」

みるみる顔色を変えたおばあさんが両眼に涙をためて息をつめた。部屋の中に重苦しい沈黙がただよった。

「あんたたち、自分の戦友さんを……なぜ一緒に連れて……帰りはりゃしまへんでしたん」

おばあさんのこの言葉に、われわれはうつむいて声もなかった。あの空襲の模様はやった者でなければわからないだろう。やられないのがむしろ不思議なのかもしれない。しかし、わが子を思うようなこの老婆の至情に、どんな説明もつかなかったのである。

翌日になって、損害の模様が判然とした。他の基地やその他の不整地に不時着した搭乗員、落下傘降下して漁船に収容された搭乗員などが帰ってきたのである。そして、それらの中に二人のうちの一人がふくまれていて、大した負傷もなく無事に帰ってきた。私はその夜、彼の元気な姿を見て、文字どおり欣喜雀躍した老婆の、涙と笑いでくしゃくしゃになった顔を終生忘れることはできない。

部隊は戦力を回復して八月に入ると、大阪から小牧へ転進した。新しく補充された操縦者の訓練がもっとも重要な問題であった。戦闘機も補充され、いよいよ本格的な邀撃をおこなう段階に入って、ついに終戦を迎えたのである。

五式戦の最後をみとる

部隊の大半が復員したが、私はSとともに残留することになった。進駐した米軍の命令により、われわれの部隊で五式戦闘機を四機、横須賀まで空輸しなければならないことになった。格納庫には空輸用の四機の五式戦が準備されてあったが、いずれもプロペラは取りはずされ、試験飛行はもちろん試運転も許可されないという警戒ぶりだった。

終戦後、米軍の管理下、福岡県芦屋基地に並べられた五式戦一型

空輸の時期については米軍から指示があるとのことで、旅館で毎日待機しながらその日を待った。八月、九月、十月も過ぎ、そろそろ初冬の風が吹きはじめた十一月一日、ようやく米兵が二世の通訳をともなって、われわれのもとへやってきた。

「今日、飛行機を運びますから、飛行場へきてください」という。まったく急な話であるが、とにかくジープに同乗して飛行場へいった。格納庫から引き出された埃だらけの五式戦四機には、すでに工員の手によってプロペラを取りつけられていた。ムスタングが五機着陸していた。

三ヵ月ぶりに操縦席におさまって操縦桿をにぎる。計器、スイッチの一つ一つがなつかしく、私の眼に飛びこんでくる。試運転の結果は三ヵ月も回さないのだから、もちろん調子がいいはずがない。ムスタングはすでにエンジンを始動して長機から地上滑走を開始した。

そして、気の早いムスタングの連中はつぎつぎと離陸してしまった。五式戦の調子はいぜんとして悪い。とてもこんな飛行機で追浜まで飛べる自信がない。上空では五機のムスタングがわれわれの離陸を待って旋回している。

ついにその機体は断念して、他の五式戦に乗り換えた。この方が調子がよい。全開を引いてみたが、大した振動はない。「よかろう、いこう」とSに合図して車輪止めをはずさせる。このときには、さすがにいままで感じたことのない黒い影のようなものが心中をかすめた。それを無理に払いのけるようにして、滑走路へ乗ると思い切ってレバーを入れた。さいわいエンジンの調子はよく、車輪が地上をはなれた。脚を入れて左旋回すると、目の下には、はや黄色く色づいた秋の田畑がひろがって、三ヵ月前に見たあの真夏の青さと生気はなかった。

Sと編隊を組むと、待機していたムスタングの編隊が近寄ってきた。手のとどきそうな目の前を飛ぶムスタングの姿態は心憎いまで洗練されて、手入れのゆきとどいたシェパードのような精悍さが溢れていた。

それにひきかえ、振り返る私の目にうつった五式戦の姿——戦い疲れた両翼はすでに星のマークに塗りかえられ、三ヵ月の塵埃は青黒く機体をよごし、もはやこの機をみとる人もなく空母に積まれて海を渡っていくのだ。

東海道をひと飛びにやがて追浜に着く。編隊をといたムスタングはつぎつぎに着陸した。つづいてわれわれも着陸した。米兵に誘導されて停止線に止めると、左右からどっと米兵が翼の上へ飛び上がってくる。私は無表情に彼らを押しのけるようにして地上に降りた。

当日は米軍施設に一泊し、翌朝、ふたたびアヴェンジャーに乗って小牧へ向かった。小牧に到着すると、また昨日と同じように五式戦を操縦し、アヴェンジャーと編隊を組んで追浜へ向かった。私が空輸した五式戦闘機は、他の飛行機とともに空母に積まれて追浜から米国へ送られた。

短い五式戦との暮らしではあったが、私の操縦生活の最後をかざってくれた飛行機であり、私が最後を見とどけてやった戦闘機である。終始、苦しい戦闘の連続で、充分真価を発揮してやれなかったことは、いまだに気にかかることである。

終戦時における陸軍試作戦闘機

未完戦闘機十二機の生涯

『丸』編集部

キ64試作高速戦闘機

キ64は、キ60およびキ61「飛燕《ひえん》」を完成させて、日本における液冷式戦闘機の設計に確固たる地位をきずいた川崎航空機が、まったく独創的にして斬新な設計方針にもとづいて試作した、世界にも珍しい重戦闘機である。井町勇、北野純技師らによって設計がされ、昭和十八年十二月に完成した。しかし、テスト飛行においてエンジンから火を発して不時着破損し、性能測定前に実用機としては不適なものと判断され、試作一機だけで中止となった。

本機は、ふつうの戦闘機のような単胴型式であったが、操縦席の前と後ろにエンジンを装備し、高速用の層流翼、蒸気表面冷却装置、二重反転プロペラなど、高速戦闘機としてのあらゆる可能方式がとられた。設計上の最大速度は高度五千メートルにおいて六九〇キロ／時という、戦闘機としてはもちろん当時の日本で最高、世界でも一、二を争うものであった。厳密な速度テストは行なわれなかったが、キ61「飛燕」よりは約四〇キロ／時優速であったといわれる。したがって、六〇〇キロ／時は軽く突破し、出力二二〇〇馬力で七〇〇キロ／時、さらに動力を強化すれば約八〇〇キロ／時にも達するという見込みがついていた。戦後に実用化された初期のジェット戦闘機にも近い快速ぶりである。

ピストンエンジン機による世界速度記録は、ドイツのメッサーシュミットMe209による七五五キロ／時であり、戦後、キ64の斬新な各部の構造にたいしては、米軍調査員もびっくりしていたといわれる。本機の最大の欠点は、特殊なエンジン装置、および蒸気冷却装置などの整備調節の不便なことであった。

ともあれ、日本でこのようなダイナミックな重戦が試作されたことは、ありし日のわが国航空技術の底力を示すものとして、大いに誇ってよいであろう。ほかに、座席の後ろに発動機を一基だけ備えたキ88の計画もあった。

キ83試作遠距離戦闘機

キ83は一〇〇式司偵（一〇〇式司令部偵察機）の設計者として有名な久保富夫技師の主任設計で試作された、三菱最後の陸軍戦闘機である。最大速度六七〇キロ／時、航続距離二八〇〇キロという優秀な性能をもっていたが、排気タービン過給器の不調などにわざわいされ、試作四機のみでテスト飛行中に終戦となった。

上よりキ64、キ87、キ96の試作戦闘機

初号機は昭和十九年十月に完成したが、当時、世界で一流の双発長距離戦闘機といわれたアメリカのロッキードP38、イギリスのデハヴィランド〝モスキート〟、ドイツのMe210などよりも明らかにすぐれ、エンジンの性能が予定どおりに発揮されれば、高度九千メートルで約七〇〇キロ／時の高速を出すことができた。武装は二十ミリ二門、三十ミリ二門という強大なものであった。

本機の一機は、昭和二十年三月に低空における高速度飛行テスト中に、風防が風圧で破壊されて操縦者を失神させ、墜落大破するという珍事故を起こした。一般に日本の戦闘機は、軽く造るという点を重視しすぎたために、風防の枠までぎりぎりのところまで削減してつまらぬ事故を起こしたわけで、こうしたことはほかにもあった。

しかし、基本的な欠点は、やはり排気タービン過給器の不調による高空における性能の低下であった。これが戦争末期に日本の戦闘機がB29にたいして悪戦苦闘し、その活動を阻止することができなかった最大の原因であったことは明らかである。

キ83は、キ46「一〇〇式司偵」につぐ三菱の野心作ともいうべき、時速八〇〇キロを期待された快速機であり、試作三機、増加試作三十六機の予定であった。しかし結局、空襲の激化と東海地方の震災、テスト期間の延長などにより、完成したのはわずか四機だけであった。

第一号機は戦後、松本において修理整備のうえ連合軍に引き渡され、第二号機は前述のごとく風防破壊で墜落。第三号、第四号機は各務原で空襲により被爆焼失という惨憺たる最期をとげた。

キ87試作高々度戦闘機

キ87はキ84「疾風《はやて》」につぐ中島最後の試作戦闘機だった。これも高空性能の向上をはかって、排気タービン過給器つき発動機を装備したが、昭和二十年四月の完成以来、三ヵ月にわたる地上試運転を行なって終戦をむかえ、ついにモノにはならなかった。

陸軍は当時、アメリカで高高度戦闘機として開発されていたリパブリックP47に対抗させるため、地上で二四五〇馬力、高度一万五〇〇メートルで一八五〇馬力を発揮するハ44を装備し、高度一万一千メートル（B29の実用上昇限度と同程度）で七〇〇キロ／時級の速度を出す本機の試作を、中島飛行機に指示した。しかし、これもエンジン不調でついに終戦までに一機を完成しただけで終わってしまった。

本機は、中島が昭和十九年に新設した三鷹研究所（いまの国際基督教大学）において、新鋭設計陣の西村、青木、加藤技師らによって空襲下の悪条件のもとで試作された唯一のものであった。

単発単座戦闘機としてはもっとも大型に属し、二十ミリ砲二門、三十ミリ砲二門、場合により爆弾二五〇キロを積む重武装で、データだけの比較では十二・七ミリ銃八梃のP47サンダーボルトと絶好のライバルであったといえる。機体では勝ってエンジンで負けた終戦時の数多い日本試作戦闘機の、もっとも典型的な例の一つである。

キ94試作高々度戦闘機

アメリカやフランスの一部の輸送機で採用されている、いわゆる双胴型式の特殊な構造の戦闘機が、戦争中期に立川飛行機で計画され、また末期近くになって三菱でも中途まで試作された。前者は立川キ94原設計案、後者は三菱の「閃電《せんでん》」である。アメリカの代表的な双胴戦闘機ロッキードP38が、双胴の先端にそれぞれエンジンを装備した双発重戦であるのに対して、キ94の原案は座席の前後に串型に配置する双発の型式をとっている。

設計は小口、長谷川技師があたり、昭和十八年末に実大模型の審査が行なわれた。結局、実用性に疑問があり、実物機はつくられなかった。そこでキ94は根本的な設計変えがなされ、実際に製作されたのは前記のキ87と同じような標準型の単発単座の低翼単葉機として完成した。

エンジンはキ87と同じハ44で、寸法、重量、性能から試作時期にいたるまで、まったく似たりよったりなものであった。これもB29を阻止できる、高度一万メートルにおける最大速度七〇〇キロ級の高性能機としてその完成が急がれた。しかし、初飛行予定日の三日前に終戦となり、一度も地上をはなれることなくアメリカ軍に接収されてしまった。

通常、原設計の双胴型の方をキ94A型、試作された単胴型の方を94B型と称し、ともに気密式の座席を設け、日本における本格的な成層圏戦闘機として注目された。

双胴型の戦闘機は、アメリカをはじめドイツ、オランダでも数種の計画および試作が行なわれたが、結局、量産されて第一線で活躍したのはアメリカのロッキードP38ライトニングとノースロップP61ブラックウイドウだけで、他のものはほとんど失敗している。

キ96試作双発重戦闘機

川崎の双発複座重戦キ45は、「屠龍《とりゅう》」の名で日本の代表的な夜戦として知られている。これを単座戦闘機として再出発させたのがキ96重戦で、昭和十八年九月に完成した。キ45と比較すると、全体的にいちじるしく洗練され、エンジンも一五〇〇馬力二基に強化されて最大速度は高度六千メートルで六〇〇キロ／時に達し、武装は三十七ミリ砲一門、二十ミリ砲二門になっている。

しかし、キ83と同類のこの機体は、ついに試作三機だけで中止となり、ふたたび複座に改修されてキ102甲の名で量産に入り、少数機がＢ29の迎撃作戦に使われる結果となった。キ102のプロトタイプともいえる存在である。

結局、Ｐ38、Ｆ７Ｆタイガーキャットのような双発の単座戦闘機は、日本ではついに最後まで制式採用にならなかった。アメリカやドイツで見られたような単座重戦による派手な一撃離脱の高速奇襲戦法は、あまり行なわれていない。

キ102試作重戦闘機

キ102はキ45から発達した川崎航空機最後の生産型で、三つの型がある。102甲は高高度戦闘機、102乙は襲撃機、102丙は夜間戦闘機であった。

設計は土井、根本、山下技師らによって行なわれ、生産機は総計二一八機におよんだ。しかし制式機としての名称はつけられず、増加試作の方式ではじめ乙型が昭和十九年三月に、つづいて甲型が六月に完成し、十一月には対Ｂ29迎撃用として甲型の急速生産が行なわれた。

一方、本格的な高性能夜戦として、丙型が電波探知機と二十ミリ斜銃をつけて試作され、昭和二十年七月にその第一号が完成される予定であった。しかし、その直前に爆撃をうけて破損し、修理中に終戦となった。甲型は乙型に排気タービン過給器をとりつけて改修したもので、はじめのテスト飛行ではかなりの高空性能を発揮した。しかし、しだいに排気タービン過給器関係の故障が多くなり、性能にむらがあって整備員を悩ませた。また、本機にたいする軍側の態度も戦局の変化にしたがって終始一定せず、ついに増加試作の連続で終わったのは惜しまれる。

武装も型によっていろいろで、その何機かは戦後、アメリカ側に接収されて海を渡った。

本機も排気タービン過給器がもっと早く完成していたならばＢ29の迎撃に相当な活躍をした

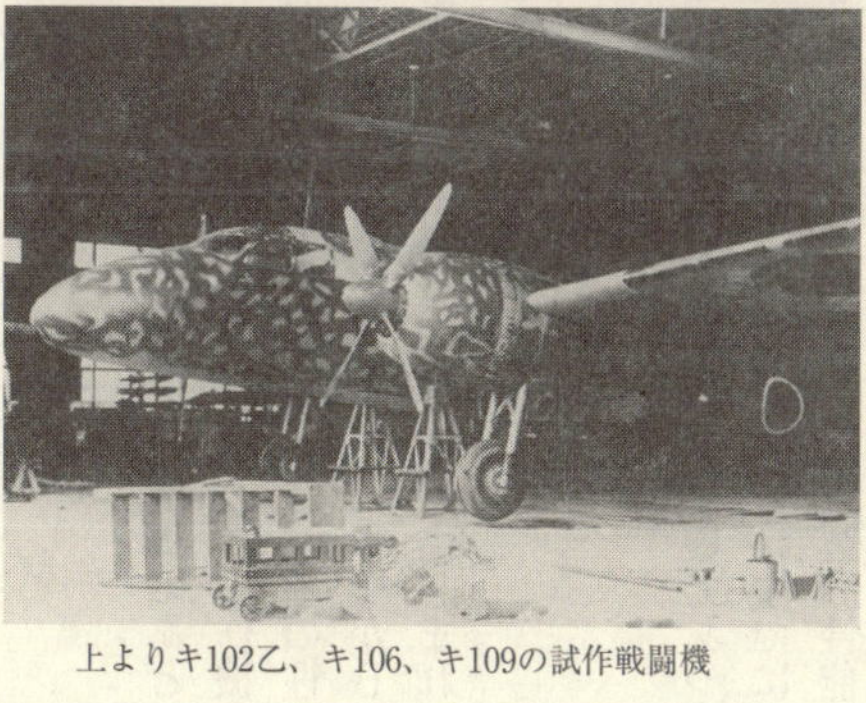

上よりキ102乙、キ106、キ109の試作戦闘機

にちがいない。

キ61「飛燕」がキ100に進化して五式戦闘機となったように、当然、二式複座戦闘機のあとをついで五式複座戦闘機と呼ばれてもよいものであった。二〇〇機以上も生産されて試作機で終わったのは、本機だけであろう。とくに丙型は本格的な高高度用夜戦であって、その性能は明らかにノースロップP61ブラックウイドウをしのぐ全天候戦闘機であった。本機がB29との空戦に間に合わなかったのは、艦戦「烈風《れっぷう》」の生産遅延とともに、もっとも惜しまれることである。

キ106試作戦闘機

陸軍の決戦型戦闘機キ84「疾風」は、その総生産機数三四七〇機にもおよぶ量産機であった。しかし、しだいにジュラルミン材の不足が予想され、昭和十九年に入ってからはすでにその前途の見透しが明らかでなく、イギリスのモスキートやソ連のラグ3などの木製高性能機を範として、キ84の木製化が立川飛行機において着手された。

その第一号機は、昭和十九年十月に北海道の王子製紙苫小牧《とまこまい》工場において完成した。テストの結果、金属製のキ84にくらべて全備重量は約一割増加し、性能はいちじるしく低下した。しかし、この結果は決して悲観的なものではなく、むしろ当事者の心配はハ45発動機の粗製濫造による出力の低下と滑油の漏洩、過熱による故障、さらに整備の困難にあった。

外観はキ84とまったくうり二つで、ちょっと見ただけでは区別がつかないほどである。テスト飛行中に主翼の外板の一部が飛散するなどの事故があったが、最初の高速木製機としてはおおむね成功したものといえよう。

本機も戦後、アメリカ軍に接収され、唯一の全木製戦闘機として検討された。日本の航空技術史上とくに注目すべき飛行機の一つである。

キ108試作高々度戦闘機

陸軍の要求により、川崎でキ102の二機に特殊気密操縦席をとりつけて、単座の高高度戦闘機としたものがキ108である。初号機は昭和十九年七月に、第二号機は同八月に完成した。テストの結果、気密操縦席は有効な機能を発揮して、その実用化が期待された。

また、その翼面積を増加して、高空性能をよくしたキ108改は、昭和二十年三月および五月に各一機が完成した。しかしテスト続行中に終戦となり、これも実戦には参加しなかった。

本質的にはキ102甲に気密座席をとりつけたもので、他の構造、性能、武装などはほとんど同じである。つまりキ102甲がキ108となり、キ102丙がキ108改に進化したものといえよう。いずれもB29迎撃を目的として改修され、やはり過給器の不調のためついに大成しなかったことは他の試作戦闘機と同様である。設計は川崎航空機の井町、清田技師であった。

キ109試作特殊防空戦闘機

キ67四式重爆撃機「飛龍」は、日本の爆撃機の中では稀に見る優秀機で、「隼」級の戦闘機を楽に追いこす高速を発揮することができた。B29の空襲によって、陸軍は双発級の強力重戦の緊急試作を重要課題とし、前記のごとくキ96、キ102、キ108などの試作を推進する一方、この四式重爆の重戦改造に着眼した。

三菱は昭和十九年八月に五十七ミリの大口径機関砲を搭載して、その第一号機を完成した。これがキ109で、終戦までに合計二十二機を生産することができた。しかし、なにぶんにも重爆を改造した大型機だけに、全備重量十トン余の空前絶後の超重戦となり、実戦では活躍するチャンスがほとんどなかったようである。

キ201試作ジェット戦闘機

ドイツのメッサーシュミットMe262を国産化したのが中島の「橘花《きっか》」であることは有名な話であり、同じ中島飛行機が陸軍のためにMe262をさらにひとまわり大型にして設計したのがキ201ジェット戦闘兼攻撃機の「火龍《かりゅう》」である。

本機は昭和二十年に中島の渋谷、森村技師によって計画されたが、ついに計画だけで幻のジェット機として終わった。

キ115「剣」特殊攻撃機

本機はいわゆる戦闘機ではないが、その構造性格から推して一応ここで紹介しておく必要があろう。

海軍には「桜花《おうか》」というロケット爆弾があり、史上稀に見る特攻機として世界の注目をひいた。これに相当する陸軍機がキ115である。中島の三鷹研究所において設計、太田製作所で昭和二十年春に緊急生産され、終戦時には一〇五機が完成していた。しかし、ついに一機も出動することなく終戦をむかえた。

製作費や期日を削減するため、構造はできるだけ簡単にし、胴体の骨格などはリヤカーのような鋼管をもちい、外板にも鉄板や合板を使うなど、徹底した粗製機であった。そのため、ブリキと木で造った飛行機ともいわれ、操縦者のみならず設計者にも敬遠されていた。

発動機は「零戦」や「隼」で量産に最も自信のあったハ115（栄）で、計器は必要最小限度のものだけを装備し、脚は離陸用のものであるため、いったん離陸してしまうと不用となるので空中投下式とした。爆弾は五〇〇キロまたは八〇〇キロ一個を、胴体下に半埋込式にとりつけるようになっていた。

この帰還着陸を予期しない飛行機は、終戦後、太田、福生、調布などにその残骸を見ることができたが、その完全な一機はやはりアメリカ軍の手におちて海を渡り、あちらの飛行場で展示された。海軍でもこの特攻機を「藤花《とうか》」の名のもとに採用する予定であった。

キ119試作戦闘爆撃機

キ119は大型爆弾を一個だけそなえて、敵艦船に一発必中の急降下爆撃を敢行し、あとは身軽となって敵の戦闘機と空戦をまじえて帰投する、という戦爆両用の本土防衛決戦機である。

昭和二十年三月に計画をたて、六月に実大模型審査を行ない、第一号機の完成は九月を目標としたが、結局は実現せず終戦時には設計図だけが完備していた。

中島のキ87、立川のキ94と同クラスの川崎最後の大型単発機で、発動機は定評のあるハ104を予定していたため、時間さえあれば立派に成功する見込みはついていた。

※本書は雑誌「丸」に掲載された記事を再録したものです。
執筆者の方で一部ご連絡がとれない方があります。
お気づきの方は御面倒で恐縮ですが御一報くだされば幸いです。

単行本『陸軍戦闘機隊』二〇一一年五月　光人社刊　改題

NF文庫

陸軍戦闘機隊の攻防

二〇一六年五月十四日　印刷
二〇一六年五月二十日　発行

著　者　黒江保彦他
発行者　高城直一
発行所　株式会社潮書房光人社
〒102-0073　東京都千代田区九段北一-九-十一
振替／〇〇一七〇-六-五四六九三
電話／〇三-三二六五-一八六四(代)
印刷所　慶昌堂印刷株式会社
製本所　東　京　美　術　紙　工

ISBN978-4-7698-2948-5　C0195
http://www.kojinsha.co.jp

ＮＦ文庫

刊行のことば

第二次世界大戦の戦火が熄《や》んで五〇年——その間、小社は夥しい数の戦争の記録を渉猟し、発掘し、常に公正なる立場を貫いて書誌とし、大方の絶讃を博して今日に及ぶが、その源は、散華された世代への熱き思い入れであり、同時に、その記録を誌して平和の礎とし、後世に伝えんとするにある。

小社の出版物は、戦記、伝記、文学、エッセイ、写真集、その他、すでに一、〇〇〇点を越え、加えて戦後五〇年になんなんとするを契機として、「光人社ＮＦ（ノンフィクション）文庫」を創刊して、読者諸賢の熱烈要望におこたえする次第である。人生のバイブルとして、心弱きときの活性の糧《かて》として、散華の世代からの感動の肉声に、あなたもぜひ、耳を傾けて下さい。